越え、川沿いに馬を歩かせ、
る領都に到着したのは、日が傾きかけた頃だった。

Start up from disqualification.
The rising of the sorcerer-road.
Story by Hitsuji Gamei, Illustration by Fushimi Saika

詠唱後、大量の【魔法文字】が中空に吹き出され、ばら撒かれる。
青みを帯びた白に輝く【魔法文字】は
膨張したかと思うと、それらはやがて泡に変化。
油膜を張った泡はプリズムによって部分部分が虹色に反照し、
ふわふわと中空を漂い、思い思いに広がっていった。

小さな山を
目的地で

GC NOVELS

失格から始める成り上がり魔導師道！

Start up from disqualification. The rising of the sorcerer-road.

～呪文開発ときどき戦記～

3

小　説　樋辻臥命

イラスト　ふしみさいか

Contents

Start up from disqualification.
The rising of the sorcerer-road. 3
Story by Hitsuji Gamei, Illustration by Fushimi Saika

プロローグ　影の蠢動

東へ続く道を、とある男が歩いていた。

街道を、同じく王都へ向かう人の流れに沿いながら、しかして同道することはせず。ただひたすら、己の目的をこなすために。

そんな男が街道を外れたのは、ナダール領にあるミルドア平原を抜けたすぐあとだった。

ここには地元の者も知らないような抜け道があった。

男が昔、王国の追っ手から逃げるために使ったものだ。

入り込めば誰であろうと二度と出られないような鬱蒼（うっそう）とした森の中に、獣道のように頼りない一筋の道がある。

男が仲間たちと万が一のときのために切り開いたものだ。

彼ら以外の誰も知らない、街道の脇の森に設えられた抜け道である。

男の道行きに翳りが出たのは、その抜け道に入ってまもなく、夕闇が差し迫ったころのこと。

「おい。そこで止まれ」

そんな安全な道行きの最中、男に対しどこからともなく声がかけられた。

男が立ち止まると、やがて正面の闇から獣が現れる。

獣、いや、獣のような風体をした男と言った方が正しいだろう。

決して身ぎれいとは言えず、身にまとう服も見るからに粗末。布を編んだ衣よりも、毛皮を縫い合わせたものの方が多いとさえ言えるほど、文明からかけ離れた格好をしていた。

まず間違いなく、この辺りの山野を根城にする賊だ。

おそらくは偶然にでも、この小道を見つけたのだろう。

「私に、何か用か？」

「用っていうほどのもんじゃねえよ。なあに、おめぇが大人しくしていりゃすぐ済むことさ」

賊の言葉を切っ掛けにして、木々の陰からぞろぞろと、彼の仲間たちが現れる。

みな一様に目をぎらぎらと光らせており、金目の物を狙っているのが如実にわかった。

「身包(ぐる)み置いていけ。それで勘弁してやる」

「それは困るな。私も荷がなければ今後の行動に支障が出る」

「お前が困ろうがどうしようが俺たちには関係ねぇよ。死にたくなかったらさっさと寄越しな」

「やれやれ、ここは安全だと思ったのだがな」

「運が悪かったんだよ。お前さんは」

「運か。確かにそうかもしれないな」

男はため息のようにそう言葉をこぼすと、魔導師が口にする呪文を唱え始める。

《――鵲(かささぎ)が鳴く。シャシャと鳴く。その声は天より来りて、立ちはだかる者どもの耳を打つ。途切れぬ輪唱。雨ざらしの軒先。天よりの絶望。降り注ぐ雨は鉄の味なるや》

男が言葉を唱えた途端、周囲に【魔法文字(アーツグリフ)】が散らばる。

「ちっ、こいつ魔導師か⁉」

「矢を撃て！　魔法を放たれる前に！　早くやれ！」

男が魔導師とわかった途端、賊たちが泡を食ったように動き出す。

しかし、男の詠唱に対し、賊たちの動きはギリギリだった。

必要な呪文を唱え終えた男は、賊に向かって皮肉そうに鼻を鳴らした。

「そう、お前たちの言う通り、何事も運だ。運が悪ければここで果てるし、運が良ければ生き残ることもできるだろう」

男が魔法を使う。だが、それよりも一瞬早く、弩（いしゆみ）の狙いが定まった。

射手は、男を討ち取ることができたと確信した。

矢を撃つ方が早い。しかも、用いるのは弩だ。この距離ならば、そうそう外すこともない。

狙いが心臓に付けられ、引き金が引かれようとしたそのとき。

その確信は男の背後から放たれた矢によって、淡くも崩れ去った。

次いで、男の魔法が、空から矢じりの雨を降らせる。

賊たちは逃げ場のない矢の雨に打たれ、その場に倒れ伏していった。

だがどんな天の采配が働いたのか、賊たちは傷は負えども生き残った者がほとんどだった。

「ふむ。ここまで残るか。お前たちはよほど運がいいらしい」

「てめ、え……仲間がいたのか」

「自分に仲間がいるのに、他の者にはいないと思うのは浅はかだな」

男がそう言うと、
木々の陰から、一人、二人……否、さらに多くの者が音もなく姿を現す。

その誰もが眼光鋭く、飢えた獣のように賊を見ていた。

道行きは一人だったにもかかわらず、どこにこれほど仲間がいたのか。

いや、男の仲間はみな、こういった場所での戦い方がよく調練されている。

それが一目でわかる挙動をしている。

賊の男は悟った。この男は、自分たちが決して手を出してはいけない者だったのだと。これは自分たちがいる場所よりもなお深い闇の中にその姿を潜ませる、餓狼の群れだったのだと。

餓狼の頭目が、ふと一計を案じたかのように思案顔を見せる。

「ちょうどいい。お前たちにも協力してもらおう。なに、私たちのような日陰者が、この王国に一泡吹かせることができるのだ。悪い話ではないぞ」

ふいに男が見せたのは、狂笑にも似た笑みだった。

深い恨みを胸に秘めた者が、待ち続けていた復讐の機会をやっと迎えたような、そんな狂気が感じられる。

決して敵わないだろう戦いに臨み、ただ一筋の傷を与えんがためだけに動くような捨て身の計略。

戦いに負けた者たちに、拒否権はない。拒否するということは死を意味するからだ。

男は仲間に生き残った賊たちを任せると、再び抜け道を歩き出す。

そう、すべては己や仲間に屈辱を味わわせたあの男に復讐するために。

第一章

「西への道行き」

Chapter1 ∽ Journey to the West

この日アークスは、スウと一緒に、王都にある市場(バザール)を歩いていた。

王都を流れる巨大な河川、物流の動脈であるルーロ河沿いにあるこの市場は、王都にある市場の中では最大のもので、生鮮食品から日用品、貴族から払い下げられた衣服など生活に必要なものから、刻印付きの道具に至るまで様々なものが売られている。

カラフルな簡易の店舗がひしめくように軒を連ね、売り物の野菜や果物が積まれている様は、まるでヨーロッパのマーケット。

ファストフードの定番である屋台や、敷物の上に商品を広げただけの露天商などもちらほら。足を踏み入れれば、客の購買意欲を煽る威勢のいい声が聞こえ、暑さとは別種の熱気に包まれる。

ここは魔法の勉強に毎度使うカフェや広場などと同様に、よく二人で回る場所の一つだ。

目的は珍しいもの探しもそうだが、基本は屋台で売っている料理がお目当て。

下町のものであるため上品さはないが、値段も安く、味もいい。

そしてその代表が、王都名物のダックサンドだ。

炒めた鴨肉に古典的なグレイビーソースを絡めたものを、小麦粉を練って蒸した大きな包子(パオズ)で挟んだファストフード。

見た目は男の世界の中華を思わせるパンに、洋風の具が入っているという折衷(せっちゅう)ぶり。

包子（パオズ）は蒸し上がったばかりで、中身も出来立てで湯気が立ち上がっている。匂いもそうだが、照りのあるブラウンのソースが白い包子（パオズ）にとろりと垂れる様が、ひどく食欲をそそって仕方がない。

スウがそれを、口いっぱいに頬張った。

「あむ……んー」

スウはダックサンドを咀嚼（そしゃく）して、満足げな声を出す。

顔は満面の笑みで、とても幸せそうなことが窺（うかが）えた。

「スウは好きだね、それ」

「うん！　やっぱり王都の下町と言えばこれだよ！　あー、幸せー……」

そう言って、袋からダックサンドを取り出してまた頬張る。

いいとこのお嬢様では、こういった食事もそうそうできないのだろう。

スウはダックサンドを咀嚼するたびに、うっとりほわほわ。

実際ダックサンドは美味いのだから、この反応も当然か。

彼女が美味から生まれた陶酔（とうすい）の余韻（よいん）に浸っている中、ふと目を向けると、口元にソースが垂れていた。

「スウ、顔にソース。ソース付いてる」

「え？　どこ？」

「ほら、そこ」

教えるように自分の顔を指すが、こういったやり取りの定番か、左右意識している方向が食い違う。

こちらが指で差しても、彼女は反対側を拭うばかり。

そんな、埒が明かないやり取りを嫌って、取り出したハンカチで口元を拭いてあげると。

「――ひぅ⁉」

驚いたようにそんな声が上がる。

「動かないで」

「う、うん……」

指摘すると、スウはいつになく縮こまる。ふとした粗相に恥じらいが湧いたか。やがて顔を拭き終わるとスウは、神妙な様子で、

「ありがと……」

「いえ、どういたしまして」

お礼に気軽な返答をして、ハンカチをしまう。

……他方に視線を向けると、東方寄りの串焼きや、西方風のフルーツジュースのお店。

王都には先ほどのダックサンドのように、東方と西方の食文化が混ざってできたものが少なくない。

こうして部分部分に折衷的な色合いが強く出ているのは、王国を興したクロセルロード家が東方の出身であるためだろう。まだこの地方が戦乱の最中にあったころ、この地の氏族たちをまとめ上げて王国を勃興したという歴史がある。

東方との交流も盛んであるから、というのも理由にあるが。

そのせいで、王国は下地が西洋風であれど、文化がごっちゃになった感がところどころに散見され

るのだ。

その最たるものが、食文化だろう。

自分としてはハンバーグが開発されていないのがまことに残念ではあるのだが。

顔見知りの屋台の店主が、威勢のいい声で話し掛けて来る。

「ようスウちゃん！　今日も彼氏とデートかい？　いつもいつもお熱いね！」

「ちょ！　ちょっとおじさん！　別にアークスは彼氏じゃないよ！　突然なに言ってるの⁉」

「にしてはいつもべったりじゃないか」

「そんなことないってば！」

「そうか？　さっきだって口についたソースを――」

「あああああー⁉」

スウは屋台の店主の冷やかしを誤魔化すように、手をぶんぶんばたばたと大きく振って、声を張り上げる。店主はそんなスウの態度が面白いのかニヤニヤとした視線を向けるばかりで、一方それを見た彼女はぷりぷりし始めた。

見れば周囲の人間も、にやにやとした視線を向けてきている。

……彼女とはなんだかんだ一緒にいるため、周囲の人間からはそう思われていたり、こうして茶々を入れられたりするのだ。

以前までは、憚（はばか）りなくくっ付いてきていたのだが、最近では、なんとなく以前よりもツンツンしているような気がする。子供っぽい遠慮のなさがなくなったからなのだろう。友達ということをきちんと意識し始めて、不用意な接触を避けるようになったのだ。

遠慮のない好意が向けられなくなったことについては、寂しく思っているのだが。

「スウ嬢ちゃん、ウチの商品も見ていきなよ。面白いものが入ったんだぜ」

「えー？　お兄さん前もそう言って、結局おかしなものだったでしょ？」

「スウちゃん、いいリンゴが入ったんだ。一つ持ってきなよ」

「あ、おばさん、ありがとう！」

……スウは人気者だ。

基本的にどこにいてもこんな感じになり、誰とでもすぐに仲良くなる。

明るく、天真爛漫（てんしんらんまん）な性格だからだろうか。

パーソナルスペースへの踏み込み方が上手いのだろう。

人は物理的な接近、精神的な接近を不快に感じるものだが、スウの場合は距離の取り方が上手いようで、大抵は相手に気に入られる。

それで友達らしい友達が自分しかいないのは不思議なのだが、それはともかく。

男の世界では、こういった人物を評するとき、よく「カリスマ」という言葉が用いられるが、まさにこれだろう。

不思議な魅力が、相手を惹きつけるのだ。

そんな風に彼女を分析している自分もまた、その一人なのだろうが。

こういった人間が、宗教の開祖や、指導者となるのだろう。

ひとたびここで彼女に演説でもさせれば、みな足を止めるはずだ。

（なんか、俺の周りにいる人間ってとんでもないのばっかりじゃね？）

そういった者たちと比べると、やはり自分は凡人なのではないかと思ってしまう。

他との差異があるならば、男の人生経験とその知識があるくらいだろう。男の世界の読み物によくある、特殊で途轍もない力を持つ主人公のような力はまるでないし、魔力だって常人の域を出ない。

その点、スウは他と比べても破格だろう。魔力はとんでもない容量を持ち、使った魔法は他の人間よりも強くなるという意味不明な資質まである。

そのうえ、腕力もあるのだから比べるのもおこがましいというもの。

この前、日々の鍛錬の成果の自慢とばかりに、

「最近伯父上の訓練の甲斐もあって、力も付いてきたんだ」

「じゃあ腕相撲でもするー？」

負　け　ま　し　た。

しかも、彼女の場合はちょっとやそっと力を付けただけでは敵わないようなバカ力だった。あの細くしなやかな腕のどこにそんな力があるのか甚だ不思議だが、この世界の人間は魔法だけでなく、こういった理外の力を持つ者も多くいる。

人生不平等で、不公平だ。ちょっと自信が付くと、その自信をもっとすごい力を持った誰かが砕きにくるのである。もう悲しみしかない。

ともあれそんなスウさんは現在十三歳ということもあり、魔法院に通い始めたらしいのだが。

会う頻度がこれまでとほぼ変わらないのが謎。

――魔法院の勉強？　私はメルクリーア先生の講義に出るくらいだし。

とは、魔法院のことを訊いたときの彼女の言だ。

国定魔導師の講義以外はあまり役に立たないとまで言ってのけ。

むしろこうして自分と一緒に勉強している方が有益だとまで言い切る始末。

おそらくその理由は、彼女にはきちんとした魔法の家庭教師が付いているためだろう。

魔法の歴史、文法、正当な勉強はすべてそちらで学んでいるため、魔法院の講義の価値が低いのだ。

決して魔法院の講義の質が低いわけではない。

だから、他では取得できない知識を得られる、自分との勉強の方が優先されるというだけ。

ともあれ、

「そこまでなのか？」

と、訊ねると。

「だってときどき著者が不必要に脚色したテキストまで引っ張って来るんだよ？」

「脚色したテキストって、もしかして原典から着想を得た創作小説とか？」

「そうそれ！　それを一解釈だとか言って無理やりねじ込んでくるの！　だから効力弱くなるっていうのに、呪文の幅が広がるとか、使いやすくなるとか、適当に理由こじつけて授業で教えてるんだよ！　教育の私物化だよ私物化！」

「いつになくお怒りだな」

「怒りもするよ！」

そんな風に、スウはプンプン。いつになく怒りの愚痴をぶちまけている。

確かに、【紀言書】の解説書などは、多分に著者の主観が混じることが多い。呪文は言葉の意味やその深奥に秘められた意図を抽出して扱うものであるため、著者が深読みしすぎた解説が記載されることがままあるのだ。

講師がそれを〈深読み〉と認識せず、新たな発見として教えてしまう。

【紀言書】から勉強を始めた人間にとっては、噴飯ものなのだろう。

しかも今回は創作物というから始末に負えない。

…………先ほどソースを口に付けたのにも懲りず、また包子を頬張るスウ。高まった怒りも、包子の前には無力なのかすぐに相好を崩す。

いつものように白い外套に身を包み、その下には動きやすそうな服装。

黒い髪は手入れを欠かさないのかさらさらであり、瞳は瑠璃の中に翡翠の輝きが散っている。ふとしたときに剣呑に細められる目は、いまはぱっちりと開いており、彼女の快活さを感じさせた。

「どうしたの？」

「あ、いいや、なんでもない」

顔を見ていたことを悟られて、視線を逸らすと、彼女はもの欲しそうにしていると思ったのか。

「アークスも食べる？　一口だけならいいよ」

「……それちょっとケチくさくないか？」

「あー、文句言うとあげないよー」

「じゃあ一口」

「はい」

差し出されたダックサンドにかぶりつくと、口の中いっぱいに鴨のうま味が広がる。

それが包子(パオズ)と合わさって、これがまた。

「うまい」

「だよねー」

そんな他愛ない話をしながら、歩き出す。

この日、外に出たのは、いつものように魔法の勉強……ではなく、自分の用事のためだ。

今回それをスウに言うと、付いて行くと言って押しかけて来たわけだ。

こちらの用事優先にもかかわらず、彼女の要望を聞いて先に市場(バザール)を見て回る羽目になったのは、自分と彼女の間にある目に見えないパワーバランスのためか、それとも単に彼女には甘い顔をしたくなるためか。

目的の場所は、魔力計や刻印の材料を作るため、よく贔屓(ひいき)にする大店(おおだな)だ。

王家の要請で魔力計が増産されるに至ったのは記憶に新しいが、そのぶん魔法銀が大量に必要になり、いつも材料を発注している大店に在庫状況を確認しに来たというわけだ。

「——魔法銀の在庫がない?」

入店後すぐ、番頭に言われた言葉がそれだ。

聞き返すと、番頭はひどく申し訳なさそうに頭を下げる。

「それが……はい。在庫を切らしてしまいまして。毎度贔屓にしてくださっているのに、申し訳ございません」

「でもどうして急に？　必要になるのは事前に伝えていたはずだけど？」

「はい。そうなのでございますが、仕入れの方が滞っておりまして……」

「仕入れが？」

「ええ。実を言いますと、少し前から仕入れられる量が少なくなっておりまして、お売りする分は在庫で補っていたのですが、つい先日その在庫も」

「なくなったと」

「はい」

在庫がないのはわかったが、しかし問題はなぜそうなったのかだ。

確かに魔法銀は重要な物資だが、刻印に使う量は微量であるし、技師もそれほど多くないため、需要が供給を上回るということはそうそうないはずなのだ。

そんなことを考えていると、番頭が口を開く。

「以前はここまで仕入れの量が少なくなることはなかったのですが……いやはやどうしたわけかこのような状況に」

「魔法銀のもとになる銀の産出量が減ったとか？」

「いいえ、それはいままで通りだと聞いております。ただ、魔法銀を直接卸す商会から、複数の小売りの商会が高値で買い取るようになり、こちらに入る量が減ってしまったと」

産出量や生産量に変わりがないなら、理由はそれだろう。

誰かが先に買ってしまった。

もしくは、札束で殴り始めたかだ。

だが――

「でも、急にそんなことするところが出てきたら、他から文句とか出るんじゃないのか？」

「それがどうも貴族様の息がかかっているらしく、卸の商会もあまり大きく出られないと」

「そうか……」

そういった理由があるならば在庫を切らすのも仕方ないが、そうなるとまた別の問題が出て来る。

貴族の息がかかった商会が集めているということは、その行きつく先は貴族の蔵だ。

そうなると必然、なぜそれほどまでに銀を集めているのか、という話になる。

「ちなみにそのお貴族様ってのはわかるか？」

「まだ不確定な情報ではございますが、ナダール伯ではないかという噂を聞いております。まだ噂の段階ではありますが」

「ナダール……」

ポルク・ナダール伯爵。

王国の西方に領地を持つ上級貴族であり、隣国ギリス帝国と領地を接する領主の内の一人でもある。

そんな領主を背後関係に持つ商会が、魔法銀を高値で買い漁っているということは、だ。

「軍事力の維持のために、集めているとかか？」

「さあ私にはそこまでのことは……」

「うーん……」

魔法銀は刻印に使うため、主に武器の加工に回される重要な軍事物資でもある。

どこの軍も刻印付きの武器を揃えたがるため、魔法銀は戦力の維持、拡充には欠かせない。

「でもそれにしたっておかしいな。複数の商会で集めて、そのうえ他に回せなくなるくらいなんて、いくらなんでも集めすぎだ」

「私たちには詳しいことはわかりませんが、それがどうにかならないと、仕入れは難しいかと」

ならば、上に掛け合って圧力をかけてもらうしかないだろう。

この状況をクレイブなりゴッドワルドなりに伝えれば、状況は改善されるだろう。

魔力計の生産は国王の勅命で動かしている案件だ。

だが、当然そうなるまでにはある程度の時間は要するだろうし、トラブルがないとも限らない。

いますぐにでも欲しい分は自分で仕入れに行く必要があるだろう。

「魔法銀、どうすれば手に入る？」

「それでしたら、西方のラスティネル領に直接買い付けに行かれるのがよろしいかと。あそこの領主さまは銀山を複数お持ちになっておりますし、魔法銀の工房もあります」

「ラスティネル領か……ノアに相談しようかな。わかった。行ってみる。ありがとう」

「はい。毎度ご贔屓にありがとうございます」

番頭の慇懃な礼を聞いて店を出ると、それまで大人しくしていたスウが口を開いた。

「魔法銀の買い占め……ね」

「ああ。一体なんでまたそんなことをするのか」

「単純に考えると、大量に必要になったからだよね」

だろう。魔法銀は安くないため、塩や麦のように備蓄を作るようなものではない。

軍備拡充が目的でないのなら、考えられるのは市場の操作が第一に挙がる。

だが、当然その辺りのことは禁じられているため、軽々に手を出すこともないはずだ。

目立てば当然、監察局が嗅ぎつけて来る。そうなればすぐ、処罰の対象になるだろう。

「ならやっぱり自領の軍の強化か……」

ナダール領は他国に面しているため、そういった領地の性質上、常に武力で他国を威圧しなければならない立場にある。

攻めるのが難しいと思わせれば、それだけで抑止力になるからだ。

軍の強化を進めれば効果は上がるし、もし他国が軍備を増強すれば、それに合わせることも必要になる。

ならばやはり可能性が高いのは、軍事力の強化となる。

そう言うと、スウはまた別の理由を考えていたらしく。

「あと他には、誰かに売りつけるって理由もあるよ？」

「誰かに売りつける？」

「そう。国内に向けて高値で売りつけるんじゃなくて、他国とか、懇意にしている国にね」

「なるほど。国内の物資を求めるのは、なにも自国の人間だけではないってことか」

「そうそう。ナダールは外貨獲得の一環で貿易とかしてるし……主に帝国とかだけど」

「ギリス帝国って……いいのかそれ？」

「まあ物によってはいいんじゃないかな？　その分の金も手に入るし。輸出の内容によっては、経済的な戦略って意味合いもあるし。表面的にでも友好を保っていれば、すぐに戦争とかもなりにくいし。さすがに魔法銀はご禁制だけど」

「でも敵国と取引ねぇ……」

なまじ男の人生を追ったせいか、敵国と聞くとすぐに経済制裁が結び付く。

それに、王国にとっては最大の敵国と取引しているというのは、どうにも聞こえが悪い。

「そう？　必要だよ？　だっていまは一応平和なんだから」

ギリス帝国とライノール王国とは数年前に小競り合いがあった程度で、ここ最近は大きな戦いには発展していない。

領地が隣接している貴族とのトラブルはこまごまあるだろうが、彼女の言う通り一応平和は保たれていると言える。

すると、

「じゃあスウ先生からアークス生徒に質問です」

急によくわからない設定が足されたらしい。

「はー、一体なんでしょうか先生？」

「あー！　やる気ないの減点項目なんだよ？」

「へーそうですか。ちなみに赤点とか取ったらどうなるの？」

「一定期間アークスは私の奴隷になりまーす」

「ひでぇ。自分にしかわからない問題出されたら手も足も出ないだろそれ？」

「あ！　それ良い考え！　いただきだよ！」

「よくないっての！　つーかいただくな！」

当然、全力で拒否だ。

そんなことがまかり通れば、毎度毎度突飛な想像をする少女のこと、何を命令されるかわかったものではない。

「……で、それで、質問っていうのは？」

「どうしてライノール王国は、敵国であるギリス帝国との平和を保っている、保たなければいけないのでしょうか。あ、王国は平和が好きだからって軟弱な答えはダメだからね」

そこを軟弱と言い切る辺り、強い王国を夢見る彼女らしいが、ともあれ。

「そりゃあ戦争したくないからだろ？」

「そうだね。じゃあどうして王国は戦争したくないの？」

「まあ、帝国と戦うとなると被害が大きいし、できるだけ避けたいだろうから」

「でも南東に版図を拡大したい帝国は、いつか王国に進攻してくるよ？　じゃあ、王国はどうしなきゃいけないと思う？」

なるほど、そういうことか。

「いずれにせよ、帝国との戦いは避けられない運命にある。なら王国は、それまでに対抗するのに必要な分の力を蓄えておきたい。だからできるだけ和平の状態を延ばすために、貿易や交流を行って表面上は友好を保っている。国境の貴族たちにできるだけ保たせている……と」

「そういうこと。アークス生徒。よくできました。ぱちぱち」

なるほど。それなら、取引があってもおかしくはない。

むしろ取引を行って、敵国の物資や情報を手に入れるというのは重要な戦略だろう。

「じゃあいまの状況は国策としては上手くいっているってことなのか。でもさ、領地が面してると、恨みつらみも相当あるから、暴発ってこともあるんじゃないのか？」

「そこで領地替えだよ。敵国とは因縁のない、外交に長けた貴族に交換して、矢面に立たせる。こうすれば少なくとも上の人間は戦争回避に尽力するわけだから、暴発は抑え込める」

「うわぁ……えげつなっ」

上意で無理やり領地を替えるとは過激だ。

「でもそういうのって、穏便に済むものか？」

「ある程度不満を持たれちゃうのは仕方ないよね。でも利益不利益を考えたら仕方ないし」

「力を背景に黙らせるってか……まあそれしかないか」

……話を聞けば、結構無茶なようにも思える。

所有する土地に強い執着を持つ封建社会において、領地替えは禁じ手に近い。

新しく領地を与えられて日が浅いのならまだしものこと、土地を開墾し、人々を治めてきたという自負や愛着がある貴族に対し、領地替えを申し渡すのは、ともすれば大きな不満の温床にもなりかねない。

当然対象になった貴族からは文句も出たとも思うが、王国はそうしなければならないほど、戦争への時間を稼ぎたかったというわけだ。

「やりようはあるんだよ？　いまの領地よりもいいところにしてあげるとか。勲章あげるとか。あとは適当にケチ付けて罪を被せて領地を没収とかね」

「横暴を絵に描いたようなやり口ですね。こわい」

だが、この話の流れから行くと、だ。

「つまり、そういう役目を負わされたのが、ナダール伯と」

「そうそう」

「でもそういうのって、もし移したのが信頼のおけない貴族家だった場合は怖くないか？　滅多なことは言えないけど、裏切りとかさ、するんじゃない？」

そんな憂慮を口にすると、やにわにスウの気配が冷たくなる。

そして、

「――だからこそ、その背後には必ず信のおける軍家を置くのだ。寝返るようなことがないよう常に監視させて、背中をせっついておけば、容易には謀反に走れない」

「後ろから脅し掛けるってことかよ……」

彼女の空恐ろしい分析に、ドン引きである。

しかし、確かにそれは効果がある。

裏切られれば、敵を自国領に引き込むことにはなるが、すでに裏切りを見越しているのであれば、被害は少なくできるし、周辺の貴族はすぐに外線作戦をとって取り囲むことも可能だ。

なんとなく話が進んでいたが、ふと思う。

「……なんかスウって、やたらそういうの詳しいよね」

「えへん。勉強してるんだよ」

「勉強してるで詳しくなるもの？」

「べ、勉強してたら詳しくなるでしょ普通⁉　特に勉強してないのに詳しいアークスはどうなるの⁉」

「いや俺も勉強して――」

「え？　なに？　レイセフト家にそんな戦略的な指南書なんてあったの？　それは聞き逃せないんだけど」

「え？　それは、その」

スウの問い詰めるような訊ねに、言い淀む。

自分にこういった知識があるのは、基本的にあの男が読んでいた書物のおかげだ。

男の場合はほとんどが一度読んで終わりというものばかりだったが、自分は一度でも読めば覚えることができるため、追体験時に男が目さえ通してくれていたものであれば、知識を取り出すことはそう難しくない。

「いや、というか聞き逃せないってのはなんなのさ？」

「それは、えっと、貴族家のいろいろ的なもの？」

そんな話もそうだが、やはり気になるのは。

「帝国と取引ね……」

「まだ本当にそうなのかわからないから、なんとも言えないけどね」

そんなことを話していた折、ふいにスウの冷たい雰囲気が戻ってくる。

「……しかし、さすがに魔法銀の買い占めはやりすぎだ。どうにかしなければな」

それは彼女がふとしたときに覗かせる、どこか厳しい一面だ。こういったときはいつも冷ややかな風が吹いて、何とはなしに酷薄さを感じさせる。

口元に手を当てて目を細め考える姿は、大人顔負けの堂に入った仕草。

鼻を利かせているのか、しきりに「脂が腐ったような臭いがするな……」と呟いている。

時折こうして口調が変わるのはまったく不思議なのだが――

「どうにかする？」

「ああ。そうだ」

「どうにかできるのか？」

何気なくそう訊ねると、スウはふっと何かに気付いたように顔を跳ね上げ、

「え？　いや、あ、あははっ！　もう、何言ってるのアークス!?　私なんかがそんなことできるわけないじゃない！　やだなーもう！」

「公爵家のご令嬢なら、そこそこ権力あるんじゃ？」

「ないない。あるわけないよーないないない」

「はーん？　この前、なんか裏で動く奴らに指示出してた人がねぇ……」

「あ、あれは家の仕事をしてる使用人みたいな人たちで！　あ、あははは！」

　こんな風に、突然の誤魔化し笑いである。

　先ほどからそうだが、本当にこの少女は一体何者なのかつくづく疑問だ。

　アルグシア公爵家のお姫様ということは、ガウンの騒ぎで知ったことだが、陰に日向に手足になる者たちに命令を下すなど、まだまだ謎が多い。

　落ち着かない様子のスウを胡乱そうに見つめていると、何故かジト目を返され、

「なにその目、頬っぺたぐにぐにしちゃうよ？」

「また新しい手を……ってちょっ！　やめろって！　ほんとにぐにぐにすんな！　ぎゃー！」

「うーん！　やっぱりやわらかーい！」

　結局いつもこうなるわけだが……。


　――ラスティネル領。

　ここは、地方君主であるルイーズ・ラスティネルが所領する、ライノール王国西方の土地だ。

領地の大半を山岳地帯で占められているため農耕には向かないが、鉱山資源が豊富で、特に銀山を多く保有し、ライノール王国で消費される銀の約三割がここで産出されると言われている。

……現在アークスは、このラスティネル領を訪れていた。

王都西門から、馬に乗って街道沿いを西へ西へと進み、山を一つ越えて、王国の端まで。

その目的はもちろん、魔法銀を得るためだ。

先日、大店で魔法銀の在庫の状況を確認した折、仕入れが滞っていることを聞いたのは、いまも記憶に新しい。

そのため、〈魔導師ギルド〉に報告を入れ、各商会に問い合わせてもらったのだが、いまはどこも売れるほどの在庫がなく、銀からの加工待ちとのこと。

ひとまずの分を確保するため、王家から発行された認可状と、訪問に際してかかる旅費など諸経費を受け取り、銀山を保有するラスティネル領へ赴いたというわけだ。

いまは馬に乗って、街道をぽっくりぽっくり常歩(なみあし)の旅。

先導は現地の案内役を雇い、旅のお供はいつものようにノアとカズィ。

伯父クレイブの訓練の成果か、もう乗馬にも慣れたもの。

いまでは馬を駆けさせながら、呪文の詠唱もできるほどの腕前となっている。

馬の背の上で手綱を持ち、長閑(のどか)な景色を眺めつつ、漫然とした調子で口にするのは、ぼやきの声。

「まさか、本当に仕入れの旅をする羽目になるとはなぁ」

「銀はどこでも必要とされますからね。食器、装飾品に鍍金(ときん)、貨幣などはその最たるものでしょう」

「だからってこの時期はないだろ？　量産体制を整えた矢先のこれだぞ？」

口からは、不満たらたら垂れ流し。

これまでの研究によって【錬魔】利用法に関しての先行きに目途が立ち。

すでに一部魔導師の囲い込みと契約、【錬魔】の指南が完了。暫定呼称である〈錬魔銀〉のさらなる量産が可能な状態になったばかり。

そんな状況での、この原材料の不足だ。

人生は上手くいかないものだが、自分の場合、結構な頻度で障害が降りかかっているような気がしてならない。

ノアとそんな話をしていると、カズィが他人事のように薄ら笑いを見せる。

「キヒ。まったく、もっと上手くできないもんかね。国王陛下のご命令なんだから、強権使ってよ」

「そっちは、まあ、な……」

「ええ。難しいでしょうね」

王家が強権を用いて銀を徴収しようとすれば、当然それは銀を必要としていることを表立って喧伝しているのも同じだ。

突然王家が銀を欲しがれば、他国は訝しがるだろうし、その理由を調べようとするだろう。

ともすれば、そこから魔力計の存在にまで届きかねないのだ。

それゆえ、ギルドでの相談の結果、今回はギルドではなくアークスが事業のために求めているというていを取りつつ、まずは必要分を仕入れるということになった。

……他方、銀をため込んでいると噂のあるポルク・ナダールとやらにギルドが探りを入れたらしいのだが、そちらの調査の方は芳しくないとのこと。

銀の流れをたどってもらった結果、確かに以前までは買い付けをしていたそうだが、少し前に買い込むのをやめたのか、流通自体が途切れているらしい。

では、途切れてから銀は一体どこへ行ったかだが——当然それを調べるのはアークスの仕事であるはずもない。

「にしても、長旅だなぁ」

馬上、足を伸ばして背を反らし、青々とした空を仰ぐ。

何とはなしにそう言うと、ノアが不思議そうな顔を見せた。

「そうでしょうか？　復路を合わせても、二週間程度ですよ？」

「いやいや、往復それだけかかれば長旅だって」

と言っても、ノアとカズィは不思議そうな顔をするばかり。

男の人生を追体験しているため、自動車、電車、飛行機などの乗り物の記憶が、自身にはある。それゆえ自然、どうしてもそういったものと比較してしまい、長旅という感覚が抜けないのだ。

道中暇な間は、たびたび気さくに話しかけてくれる案内人の気遣いが、旅の慰み。

この道二十年のベテランは伊達ではなく、様々な話を聞かせてくれた。

目の上に手をかざして、空を見上げる。

「太陽が憎らしい」

「確かに、今日は暑いな」

「ええ。アークスさまも、体調にはお気を付けを」

「はぁ、クーラーが恋しいぜ」

そんなことを言いながら、覆いかぶさるように、馬の背に身体を預ける。そんな疲れたようなポーズを取ると、カズィが困ったものでも見るような視線を向けてきた。

「おいおい、いくら長閑だからってあまり気を抜くなよ？」

「ええ。そろそろ、注意しなければならないことも増えますし」

「それは？」

「まず、挙がるのは直接的な危険でしょうね。端的に言うと、盗賊の類です」

「いわゆる山賊ってやつか？」

「はい」

「そういうの、出るのか……」

ノアの肯定を聞いて、なんとも言えない吐息が漏れる。

確かに、傭兵崩れなどが山賊になって近隣を荒らし回るというフレーズは、男の世界の読み物でもメジャーなものだ。城壁の囲いの外を出歩けば山賊、山に入ればすぐに山賊といった具合に、なにかにつけて山賊山賊しているほど。

しかし、

「山賊ねぇ……」

男の人生を追体験した身だと、山賊と聞いてもどうもピンとこない。比較的治安が良い男の国では、当然そういったものが発生するわけもなく、かなり幻想的な生物に属している。類似するものを挙げるなら、おやじ狩りとかカツアゲとかになるのだろうか。

外国では、そういったものもいたとは聞いた覚えがあるが――

「想像が湧かないのであれば、ガストン侯爵が雇っていた傭兵をもっと見すぼらしくしたものと考えればいいでしょう。それが山野にある洞窟や古い坑道、朽ちた村々を根城にして、定期的に盗みに出ているのです」

「でも、ここまでの道のりじゃそういった話は聞かなかったけど？」

訊ねると、それにはカズィが答える。

「王都近隣は基本的に整備されてるからな、街道なら頻繁に衛兵が巡回してるし、出くわすこともねえ。近隣ならそこまで気を付けるものじゃない」

「ですが、地方となれば違います。このラスティネル領は他の領地と比べ広大で、しかも山ばかり。その分管理が行き届いていない空白地帯がいくつも存在します」

「で、その空いた隙間に、そういった連中が湧いてくると」

取り締まり切れないのは、当然と言えば当然だろう。

ノアたちとそんな話をしていると、

「――皆さま、しばしお待ちを」

ふと、先導していた案内役が馬を止め、そんな声をかけてくる。

なにかあったのか。見れば、道の先で不自然にかがんでいる男がいた。服装は、道中でよく見かけた旅装だ。砂除けの外套を羽織り、ニット帽にも似た黒い帽子をかぶっている。

傍らには馬が一頭おり、よくよく見れば倒れた者を介抱しているらしい。

ノアが馬を動かし前に出る一方で、カズィは馬首を巡らせて背後の警戒に当たる。

そんな中、ふいに腰に下げていたランタンが小刻みに震えた。

「……？」

このスチールランタンは、ガウンの手伝いをした際にお礼でもらったものだ。取り付けられた窓を開くと、ガウンが使役する幽霊犬トライブが飛び出してくる。

窓を開けないと何もないはずだが、いったいどうしたのか。

疑問には思うが、まずは案内人のバドに声をかけてもらった。

「もし、なにかありましたか？」

「道の途中で、この青年が倒れているのを見かけてな。ちょうど困っていたところだ」

「ご病気でしょうか？」

「わからんな。私は医者ではない」

旅の男は言葉少なにそう言って、青年の意識を途絶えさせないよう、しきりに話しかけている。青年の体勢にもよく気を遣っており、随分と面倒見がいいらしい。

病気らしいことを耳にしたため、すぐに馬を降りた。

「俺に見せてくれないか」

「……貴族の子弟か。医術の心得が？」

「ないけど。まあ、この日差しだから倒れた心当たりくらいはあるよ」

「ふむ」

質素な服装と日焼けからして、青年は農家百姓かと思われた。

おそらくは近隣の村の者だろう。

そんなことを考えながら、青年を診る。

肌の張りはなくなり、口を開けると舌は乾いていた。

「大丈夫か？」

「は……はい。急に、身体の調子が悪くなって……」

「ちなみにだけど、水や塩はきちんと摂ったか？」

「水は飲んでいましたが、塩はまったく……」

「なるほど。やっぱり日射病だな」

断言すると、ノアに訊ねられた。

「アークスさま、日射病とは？」

「直射日光で汗をかき過ぎて身体から水分が足りなくなった状態だ。そうなると体温調節が利かなくなって、こうして体調を崩すんだ」

「その者は、水は飲んでいたと言っていたが？」

「水を飲んでも、塩分やミネラルも摂ってないと身体がうまく吸収してくれない。汗をかくと塩が欲しくなるだろ?」

「そうですね。塩を摂っていないと体調を崩すのはそのせいですか……」

この日差しと陽気だ。倒れた原因はまず日射病で間違いないだろう。

あとは、今後の処置だが。

「意識もあるし、身体も熱いけど軽症の範囲内だ。カズィ、薬箱に砂糖と塩があったよな?」

「ああ、あるぜ」

「出してくれ。あと水筒も」

「わあった。ちょっと待ちな。よっと」

カズィは携帯用の薬箱から、指定した品を取り出す。

それらを混ぜ合わせてさっさと魔法で温め、また冷やす。

すると、青年を介抱していた男が口を開いた。

「君は魔導師なのか?」

「ああ。一応ね」

「ふむ……随分達者だな。その歳でここまで淀みなく魔法を操れるのも珍しい」

「ありがとう。でもこのくらいなら誰だってできる範囲だから」

そんな会話をしながら、青年に即席で作った補水液を飲ませ、ノアに魔法を使ってもらい身体を冷やす。

しばらくすると青年は症状が落ち着いたのか、身を起こした。

「ありがとうございます。つらさがだいぶ和らぎました。そちらの方もありがとうございます」

「君の運が良かっただけだろう。私だけではどうにもならなかった」

薬箱をノアに渡して、青年に訊ねる。

「家は近いのか？　送るよ」

「いえそんな、貴族の方にそこまでしてもらうわけには……」

「せっかく助けたのに、また体調悪くして倒れられたら俺の助け損だ。最後まで面倒見させろ。あ、これ貴族的な命令だからな。言うこと聞かないと処罰しちゃうぞ」

「……申し訳ありません」

スウに倣(なら)って無茶苦茶を言うと、青年は大人しく頭を下げた。

話を聞くに、どうやら彼は先にある村に戻る途中だったらしい。その途中で体調を崩し、動けなくなってしまったということだった。

「えっと、そっちは？」

どうするのかと言うように、ニット帽の男に訊ねると。

「私は西へ戻る途中だ」

「西か。なら、途中まで一緒に行かないか？」

「……同道したところで、特に君に寄与するものはないと思うが？」

「じゃあ何か話でも聞かせて欲しいな」

「暇を持て余したお貴族の坊ちゃんらしい言葉だ」

「そうそう。王都の外に出るのも滅多になくてさ。色んな話に飢えてるんだよ。別にわざわざ離れてから移動する必要もないんだし、構わないだろ」

男も馬に乗った道行きだ。移動速度が同じならば、結局同道するようなものになる。

こうして見ず知らずの者を同道に誘ったのは不用意かもしれないが、道端で倒れた青年を介抱していたのだ。悪い人間ではないだろう。

青年を後ろに乗せて、再びの移動。

ニット帽の男は、エイドウという名前だった。

「西へ戻る途中ってことは、王都へ？」

「そうだ。あまりいい思い出はないから、すぐに取って返したがな」

「そうなのか」

「……ああ」

エイドウは、この話にはあまり触れられたくないのだろう。さらに言葉少なになった。

「エイドウは西の方に住んでるのか？」

「どこ、という特定するような場所はないな。転々としている」

「ふーん」

そんな話のあとは、王国西側の話や、少し南に行ってサファイアバーグの話を聞かせてもらった。

西は平穏だが、サファイアバーグでは魔物が発生する遺跡がその地に住む人々の頭を悩ませているなど、王都ではあまり聞かないような話を聞くことができた。

「ノアも、サファイアバーグには？」

「行ったことがあります。確かにあそこは他の国に比べて魔物が多い印象がありますね」

「そうなのか」

「そのせいか、傭兵が冒険者と名を変えた、未開拓地を探索する者たちの存在があります」

「おおっ！　冒険者！　じゃあ冒険者ギルドとかもあるのか⁉」

「え？　ええ、もちろん組合はありますが……」

「あるんだ。マジでそういうのあるんだ。すげー……」

こちらの興奮に、ノアは少し引き気味だ。温度差がある。

一方で、エイドウが、

「冒険者たちは腕力に自信がある者ばかりなため他と比べて粗暴だが、ギルドが作られたことでかなり良くなったと聞くな」

「へえー」

そんな話をしながらの道中。

いまは、そろそろ次の山へと差し掛かるという辺り。

どうしたのかと思いつつも、案内役に合わせて馬の足を止める。

彼の視線の先には、山道の入り口が。

よく見るとそこには、不自然な人だかりがあった。

案内人は「様子を見てきます」と言って離れて行く。

……やがて案内人が、話を聞いて戻って来ると、

「どうやらこの先は通行止めになっているそうです」

「通行止め？」

「はい。なんでも付近に山賊が出たとかで、一時的に道を封鎖しているとか……」

ということは、被害が出ないように、領内の役人が計らったのだろう。

どうやらこの世界も、山賊山賊しているらしい。

「いつ封鎖が解かれるかは？」

「それは衛士にもわからないと」

「なら、他に道は？」

「あるにはあるのですが、そちらを使うと大きく迂回することになります」

「そうか……」

だが、それも仕方ない。いつ封鎖が解かれるかわからない以上、ここで待っていても仕方がない。

入り口では天幕を張って、封鎖が解かれるのを待つ者たちもいるようだが、自分たちはそこまでの準備はしていない。遠回りをすることに関しては、避けられないとして。

問題は、だ。

「……あまりかかるようだったら考えないといけないぜ？　日が暮れちまったら面倒だ」

カズィの言う通り、遠回りは予定していなかったため、さほど時間があるわけではない。

次の宿場まで時間を要するようであれば、途中で日が暮れてしまうだろう。

夜行軍はなるべく避けたいところではあるが――

先ほど助けた青年が声をかけてくる。

「では、そのまま私の村に逗留されてはどうでしょう？　そこで一晩明かせば、明日の夜には領都に着けるかと思います」

「そうだな……わかった。じゃあそうしようか」

今後の予定が決まった直後、ふいにエイドウが隊列から離れた。

「では、私はここから別行動だな」

「え？　でも道は封鎖されてるって」

「私は近くで待つつもりだ。なに、堪えが利かなくなったら立ち寄らせてもらう」

彼のそんな言葉を聞いて別れたあと、アークスたちは青年の導きに従い、別の道に馬を歩かせた。

……………アークスたちが去ったあと、封鎖地点前の人だかりから、旅人が一人外れてくる。

その旅人はエイドウのもとへ来ると、彼に一枚の紙を差し出した。

「これを」

「……そうか。因果なものだな」

エイドウは紙に書かれた文字を目で追うと、アークスたちが向かった方角に向かって、そんな独り言を呟いたのだった。

ラスティネル領、領都への道中。

領都へ通じる山道の一時的な封鎖に伴い、道中で助けた青年の提案を受け入れ、経路を変えたアークスたち。

彼の先導のもと、東西を結ぶ主要な街道から横道に逸れて、しばらく経ったあとのこと。

木立の中を進んでいると、やがて遠間（とおあい）に人の手による建造物が見えてくる。

それは、男の世界の洋画などで見るような、不揃いの丸太が突き立てられた簡素な防壁だ。

ファンタジーや歴史モノに登場する砦を彷彿とさせる見た目のせいか、つい「おお！」と驚きの声を上げてしまう。

そこに向かって進んでいると、前方に人や荷車で構成された列が一つ。

どうやら他にも通行止めのあおりを受けた者たちがいるらしい。

いまは村に入るための許可を得るために、門の前で列をなしているようだった。

列の長さを見るに、これはいましばし時間が掛かりそうだなと思っていると、青年が肩越しに振り向く。

「先に行って話を付けてきます」

「いや、揉め事になったら困るからいいよ」

「よろしいのですか？」

青年は先に入れてもらえるように申し出てくれるが、すでに並んでいる者たちとトラブルになるのは避けたい。

列の最後尾に馬をつけ、おとなしく順番が来るのを待つ。

列からはみ出して状況を窺ってみると、最前列には人だかり。

門の前で立ち会っているのは、村の若い衆と見識のありそうな壮年の男性などなど。

おそらくは、村に入れていい者かそうでない者か、簡易にではあるが調べているのだろう。

若い衆はみな一応ではあるが武装しており、簡易ながら荷車も検(あらた)めている。

「へぇ、ああいうこともするんだな」

「村におかしな者を入れるわけには参りませんので、ああして危険がないか調べているのですよ」

何気なく口にすると、案内人が答えてくれる。

旅路ゆえ、武器は仕方ないにしても、禁制の品などを持ち込まれるのは村としても好ましくはないのだろう。護衛が持っている長柄の武器や弓などをスルーする一方で、積み荷についてはきちんと聞き取りまで行っているらしく、しきりに何かを話している。

やがて、前方の商人たちが村の中に入り終わると、青年が馬から降りた。

「では私が話をつけてきますので、皆さんは少しの間お待ちください」

そう言うと、青年は村衆の一団に紛れていく。

彼が手を挙げて挨拶をすると、村の者たちは顔をほころばせた。

青年は村の者たちと二、三言葉を交わすと、小走りで戻ってくる。

「大丈夫そう？」

「もちろんです。アークス様は私の恩人ですので、無理にでも通しますよ。それと……」

「なにかあったか？」

そう訊ねると、彼は神妙な表情を見せ、

「アークス様が貴族だということは伝えてあるので、失礼はないと思いますが」

「……ああ、そういうことか。大丈夫。わかってるよ」

青年は、村人とのトラブルを危惧しているのだろう。

ここは高い身分の人間などそうそう現れない場所。みな貴族に対しての作法など知る由もないため、その辺り大目に見て欲しいということだ。

門の前に差し掛かると、老年の男性が歩み出てくる。

「私はこの村の長をしております。何もないところではありますが、どうぞお寛ぎになってくだされ」

「突然申し訳ない」

「事情は聞き及んでおります。山道が封鎖されるとは、この度はとんだ災難でしたな」

「まったくです。この辺りではああいうことはよく？」

「ここ最近、領内に現れる山賊が増えたとかで、たびたび」

それほど頻繁なのか。

ノアやカズィ、案内人の男の顔を見るが、三人とも怪訝な表情。

ということは、かなり珍しい事態なのだろう。

規模の大きな野盗団でも領内に入り込んだと見るべきか。

そんなことを考えている中、ふいに村長が、申し訳なさそうな表情を見せる。

「それとなのですが……」

村長が後方を見回すと、挨拶に困ってしどろもどろになっている若い衆たちの姿。

やはり貴族に対する作法がわからないのか、照れていたり、バツが悪そうにしていたりと様々。

「何分この調子。みな田舎者ですので、不調法はなにとぞご容赦いただきたく」

「大丈夫。その辺りは気にしなくてもいいから」

「ありがとうございます」

村長が礼を口にすると、ノアが前に出る。

「では、逗留に際してお支払いする金銭のご相談をしたく」

「おお！　ありがとうございます。何分、その辺りのことはこちらとしても言い出しにくく……」

だろう。貴族相手に金銭をせびるなど、彼らにとっては畏れ多いはずだ。

かといって、逗留にはいろいろと入り用だ。水に食料、天幕を持ってきていなければ寝床も用意しなければならない。どれもタダではないし、費用を要求しなければ村の人間が賄わなければならなくなる。

問題が解決し、村長や周りの若い衆も、安心したというような表情を浮かべていた。

そんな中、カズィが、

「それなら刻印でもやってやればいいんじゃねえか？」

そんなことを言い出した。

「刻印？」

「ああ。農耕具に刻んでやるのさ。お前ならその辺り簡単だろ？」

「まあ」

刻印に必要な道具や魔法銀も、何かのときのために持ってきているので、できなくはない。

だが、

「そんなのでいいのか？」

「そんなのってな……」

「アークスさま、刻印は専門職ですよ」

訊ねると、二人は呆れ気味。

刻印に関しては早い段階からクレイブにやらせられていたため、ついつい特別な技術なのだということを忘れてしまう。

それに、技術としては特殊なのは確かだが、それが必要とされるかは話が別だろう。

すると、カズィ曰く、

「刻印は、こういうところじゃおいそれとできるようなもんじゃねえからな。やってやれば喜ばれるぜ」

とのこと。

刻印具は王都では一般家庭でも普及している代物だが、小さな村にもなると滅多に手に入らないのだろう。

「……その、刻印を刻めるのですか？」

「ああ」

村長の訊ねに頷くと、彼は村の者たちと顔を見合わせる。

こんな子供が、本当にそんな技術を持っているのかと、半信半疑なのだろう。

「これでも、取り扱ってるものは、王都の大店にも出してるんだ。これも俺の作ったものだ。ほら」

そう言って、簡易の着火装置(ライター)を使って見せると、小さく驚きの声が上がった。

村長は周囲の者たちと、また顔を見合わせて。

「では、お願いしてもよろしいでしょうか？」

「こっちも、手持ちを残しておかないといけないから、あまり多くはできない」

「はい。必要なものだけ選びますので」

「わかった」

村長の朗らかな笑顔が、明らかにほくほく顔へと変わっていた。

ということは彼らにとってもそれだけ、喜ばしいことだったのだろう。

その場にいた何人かが、大急ぎで村の中に戻っていく。必要そうなものを取りに行ったのだろう。

「これで？」

「村の人間が好意的になれば、それなりに過ごしやすいもんさ」

農村育ちのカズィに訊ねると、そんな返事が。

こういったところは閉鎖されたコミュニティだ。基本、よそ者を嫌う者も多い。

だが、こうやって喜ばれることをすれば、多少なりとも違うということなのだろう。

逗留の際の快適さは、村の人間の気持ち一つ。

もてなされることはなくとも、邪険にされないというだけで、気疲れの心配をしなくて済む。

……村に入ると、すでに空き地にはいくつか天幕が張られていた。

この村には宿がないため、野宿の用意がある者は、こうして自前で準備したのだろう。

自分たちは村長宅に通されるまで、しばしの間待ちぼうけだ。

「……しっかし山賊か」

そんな風に何気なく口にすると、

「アークスさまに話したあとでこれですから、何かよくない兆しでもあるのでしょう」

「となると、だ。この分だと、今晩にでも襲撃かけられたりしてな。キヒヒヒヒッ」

誰もいなくなったことをいいことに、物騒なことを言い始める二人。

「お前らな……」

当然それには、呆れの声を禁じ得ない。

大きな大きなため息を吐き出して、ジト目を向けると、反対に二人は不思議そうな視線を向けてくる。

「どうしました？」

「どうしましたも何もないっての。そんなこと言ったらマジで襲撃されるだろうが」

「そんなこと、そうそうあるわけねえって」

「ええ。アークスさまは物事を悪い方に考えすぎるきらいがありますね。将来それでは、疑り深い人になってしまう恐れが……いえ、それはもう遅いですね」

「キヒヒッ！　それはあるかもな！」

やはり二人は、主人の発言を肴（さかな）に盛り上がっている。

どこにいても相変わらずな従者たち。

それはともかく、問題は先ほどの不用意な会話だ。

「……お前らはわかってないんだ。言葉ってものにはどれだけ魔力があるのかを。こういうときにそんなことを言うと、法則が働くんだぞ、法則が」

険しい顔でそう言うと、

「法則？」

「そんな法則があるのですか？」

「……たぶん、引き寄せとか、マーフィーとか？」

改めて聞かれると、いまいちなんの法則なのか符合しない。

いま挙げたどちらも、似ているようで似ていない気がする。

当然、主人がわからなければ、従者もわからない。

三人、村の広場の真ん中で、不思議そうに首を傾げるばかり。

ともあれ、

「もし今夜襲撃されたら、全部お前らのせいだかんな？」

スウ以来久方ぶりの、最悪のフラグ立て（じゅもんえいしょう）。

それにはやはり、一抹の不安を感じずにはいられなかった。


――刻印。

これは、魔法銀を用いて、対象物に【魔法文字（アーツグリフ）】を刻み込み、様々な効果を発揮させる技術だ。

刻印を刻む対象の材質は特に問わず。

木材。

革材。

樹脂材。

などなど。

金属材に対し、鏨（たがね）を用いた彫金などのように行うことが特に多い。

彫り込む【魔法文字（アーツグリフ）】も、通常の筆記で用いる書体とは違い、模様のようにする必要がある。

その辺りは、職人の好みが関わるため、人によってまちまち。

下手な技師は、文字をそのまま繋げて刻むだけなので模様とさえ言えない代物になるが、有名な技師になると美しく華やかなものに仕上げ、美術品の扱いまで受けるほど。

必要なものは、魔法銀はもちろんのこと。

効果を左右する鉱物由来の着色料。

対象物に溝を彫り込むのに必要な、小刀や鏨、小槌。

表面を仕上げるやすりと、物は様々。

刻むものは、対象物が長持ちするような刻印がほとんどで、特に錆止めなど腐食防止の加工を求められることが多い。

だが、これが刃物など武器関連のものになると、難度が格段に跳ね上がる。

切れ味の向上や錆止めのみならば特段難しくはないのだが、こういったものは往々にして頑丈なものを求める傾向にある。

単純に頑丈さを求めて刻印を施すと、今度は刃を研ぐ際、頑丈過ぎて研磨できないことにもなりかねないのだ。

それゆえ、手入れを考慮して施さなければならず、刻印との兼ね合いが難しくなる。

ともあれ今回はそんな難度が高い仕事というわけでもなく、刻印がいくつかと、もともとあった刻印具の整備がほとんどだった。

こちらとしても複雑な刻印を施す手間がないため、時間的にも材料的にも安心だ。

村長宅のリビングを借りて、刻印の欠けや掠（かす）れなどを点検、修復。昼の休憩を挟んでからしばらく、いまは刻印に取り掛かっているというところ。

……主人がせっせと働いている一方で、従者二人は暇をしている……などというはずもなく、馬の世話やら寝床の準備、他に立ち寄っている商人たちとの物資の交渉など、忙しなく仕事をしている。

特にカズィに関しては、農村のことは詳しいらしく、こういったコミュニティの不文律などを意識しつつ進めてくれている。

土間の方では、物珍しさに集まってきた村の人間が、先に出来上がった砥石の高性能ぶりを目の当たりにして、おもちゃを貰った子供のように歓声を上げていた。

そんな中、村長がお茶を持ってくる。

「ありがとうございます」

「ほとんどが点検と修繕（しゅうぜん）くらいだから、そんなにお礼を言われるようなものでもないんだけどね」

「とんでもございません。みな大助かりでございます」

村長はそう言って、今日はもう何度目かになるお礼の言葉を口にする。

そして、

「今日は家内が腕に縒（よ）りをかけた料理をご用意いたしますので」

村長の視線を追うと、キッチンにはすでに様々な食材が運び込まれていた。

山菜。

卵。

午前のうちに潰したのか、鴨まである。

「さすがにそこまでしてもらうわけには……」

「いえ、それくらいさせてください。これだけ見てもらったのです。むしろこちらが金銭をお支払いしなければならないくらいなのです」

村長はそう言うが、その辺りどうも得心がいかない。

一夜分の宿代と、刻印具の点検、整備程度であれば、釣り合うまではいかないにしろ、その差分も多少のもの。夕食を豪華にする分、村の出費の方が多いとさえ言える。

ということは、だ。

「……やっぱり、これも高騰してるのか？」

刻印を示しながら訊ねると、村長は「はい……」と困ったように頷く。

魔法銀が高騰すれば、当然それを材料にする刻印も釣られて値段が上がってしまう。

そうなると、ここもその影響を受けているということは想像に難くない。

しかしてその予想は当たっていたようで、

「……以前までは時折ですが、刻印具を購入したり、刻んでもらっていたりしたのですが、最近では整備だけでも目玉が飛び出るほどの額を要求されてしまうほどで」

「そこまで……」

「他にも急に値上がりしたものが増え、私どもとしては苦しい限りでして」

と言って、麦や塩の値段が上がったということを教えてくれる。

村長のため息には、重みを感じずにはいられない。

銀山を有するラスティネル領でもこれなのだ。

どうやら今回の問題は、かなり深刻なものらしい。

村長とそんな話をしていた折だった。

「――おお、おったおった」

ふいに、そんな声が掛けられる。

声の方に視線を向けると、そこにはチューリップハットをかぶった若い男がいた。

土間の人だかりをかき分けて現れ、さらにその後ろから、小太りの中年がひいひいと息を荒らげながら続いてくる。

近付いてくるということは、村長に用事でもあるのか。風体からして、村の人間ではないことが窺える。旅装をしているゆえ、自分たちと同じく村に立ち寄った者なのだろう。

チューリップハットの男は、ノアと同程度か少し上かという年のころ。

外套をまとい、腰には大きく曲がった刀、小さめの背嚢を背負っている。

目が糸のように細く、男の世界の狐面をそのまま貼り付けたような印象を受けた。

特徴と言えば、そのくらいか。

もう一方は、いかにも商人風といった出で立ちの男で、小太りということ以外はさほど挙げるべき特徴も見当たらない平凡そうな人間だった。

二人に気付いた村長が、チューリップハットの男に声をかける。

「これは、ギルズ殿」

「村長さん、ちょっと邪魔するで」

ギルズと呼ばれた男は、村長に軽妙な挨拶を返すと、にこやかにウインク。

次いで、こちらに笑みを向けて来る。

一体どうしたのかと思えば。

「や、ここにお貴族様がおるとか聞いて、ご挨拶でもしよかなと。こういったときに顔見せしておくんは礼儀やって話やし。知らんけど」

「あ、ああ」

軽妙な口から飛び出て来たのは、かなりの地方訛り。

聞いてもいないのにベラベラとまくし立ててくる様は、男の国の地方都市のおばちゃんさながらだ。

そんな男の勢いに押され戸惑いつつ、村長に視線を向けると、彼もチューリップハットの男の勢いに順応できないのか、目を白黒させている様子。

すると、見かねたもう一人が諫めるように声をかけた。

「ぎ、ギルズ殿。高貴な方にそのような口の利き方は失礼では……」

「ちゃうねん。ワイは、イメリアの生まれやから、喋るとどーしてもこんな風に馴れ馴れしい感じになってしまうんや。頼むしあんまり気にせんとってな？　な？　な？」

「ま、まあ……」

糸目の笑顔をぐいぐいと近付けて、押し気味に訊ねて来るギルズに、ついつい頷いてしまう。

「ほうら！　お貴族様のお墨付きやで！　これで万事解決やな！」

言葉遣いのことは笑顔で押し切ろうとするギルズ何某。面の皮の厚いことだが、不思議とそれを失礼とは感じないのは、所作の端々に愛嬌があるためか。人好きのするような笑顔に、いささかオーバーな身振り手振り。それらが相俟ってか、どうも嫌な感じがしなかった。

村長が持って来たお茶を飲もうと思っていたこともあり、一旦手を止める。

一瞬土間の方に目を向けると、ノアの姿が。

おそらく警戒して見に来てくれたのだろう。

視線を戻すと、ギルズが正面の椅子にどっかりと腰を掛け、もう片方が控えめな調子でその隣に座った。

そして、背から降ろした背嚢をゆさゆささせ。

「ワイはギルズっちゅーもんや。いわゆる旅の商人でな。東へ西へ、北へ南へ、諸国を回って商売しとるんや。そんで、お隣さんは……なんやったっけ？」

「私はピロコロと申します。私もいくつか商売をしておりまして。どうぞお見知りおきを……ええと、お嬢様？」

「うぐっ……」

ピロコロ何某の訊ねに悪意はまったくなかったが、それでもその言葉には口元を引きつらせずにはいられない。

痙攣気味の口から苦みを絞り出すようにして、訂正する。

「こ、これでも俺、一応男なんだけどな……」

「それはとんだ失礼を！」

ピロコロがすぐに頭を下げると、旅の商人であるギルズが、しれっとした態度で、

「いや、ピロコロはんありがとうな。ワイもどっちなんかわからへんかったんや」

「は？　ギルズ殿？」

「ピロコロはん真面目そうやし、連れてけば先に訊いてくれるやろなって思ってたんや。許してえな」

　ギルズの言葉に、ピロコロは口をパクパク。やがて頭を抱えだす。

　なんともコンビのようなやり取りだが……しかしコンビと考えるには違和感がある。

「二人は知り合いというわけでは？」

「ちゃうで。ピロコロはんとはさっき知り合うたばっかりの赤の他人や」

「はい。天幕を準備している折に、挨拶にきたギルズ殿から『貴族様に挨拶に行くから、ピロコロはんもどうや？』と訊ねられ……」

　ピロコロは何故かそこで口ごもる。

　つまり、だ。先ほどの話から推察するに。

「……有無も言わさず引っ張られてきたと」

「はい」

　顔に疲労を見せる小太りの商人。

　ギルズのこの行動力と喋りのペースの相手をするのは、確かに疲労感抜群だろう。

「ちゃうちゃう。ピロコロはんも暇しとったから、ちょうどよかったんやって」

　それを考えるのはピロコロ氏だと思うのだが、ギルズはそういうことにしたいらしい。

「……俺はアークス。短い間とは思うけど、よろしく」

　当たり障りのない挨拶をすると、ギルズが、

「ほんなら、アークス様とお呼びした方が？」

「好きに呼んでも構わないよ」

「お、ええんか？」

「それを咎める人間も、俺を侮る人間も、ここには別にいないしな」

むやみやたらと身分を振りかざしては、面倒事を引き寄せるだけだ。

いずれにせよ、彼らとはここでの出会いだけなのだから、あまり高圧的に出る必要もないだろう。

ギルズの「ほんなら、アークス君でええな？」という言葉に、「ああ」と簡素な肯定を返す。

他方、ピロコロの方はそんな呼び方は畏れ多いらしく、恐縮そうな様子。

「二人も、やっぱり山道の方から？」

「せやで。それでピロコロはんとお互い足止めを食ろてなぁ。ワイは一人やし身軽でええけど、ピロコロはんは大所帯やさかい大変やろ？」

「ええ、まあ……」

その言葉に、ピンとくる。

「大所帯って……ああ、荷車を何台か引いてたのって？」

「はい。あれは私どもの荷なのです」

「そうなのか」

すると、ギルズがピロコロに含みのある笑みを投げかける。

「一体何を運んどるんか、気になるよなぁ。あんな頑丈そうな荷車使ってるってことは、それなりのモンやろうし」

「あれは精錬済みの銀でして、近くの銀山から領主さまのもとへお届けするために運搬しているのです」

「ほほう！　銀か！」

「銀……」

その言葉に、少なからず驚きを覚える。いま自分が求めているものを運んでいるとは、まさかだった。

奇妙な縁にも思えるが、別途気になることもある。

「ああいうのってさ、領主の管轄で運ぶんじゃないのか？」

「ええ。もちろんあの荷も領主さまの管理下のものにございます。私どもは運送の方でも商売をしておりまして、今回の運搬も領主さまの命令で行っているのです」

「ああ、なるほど……」

運搬に関しては委託するといった形を取っているのだろう。重い荷を運ぶのは人手も費用も掛かる。

そのため、その辺り専門の業者に委託するという形の方が経費削減に繋がるのだろう。

そう言って懐から許可証を取り出し、見せて来るピロコロ。

ギルズはそれを手に取ると、一度「ほーん……」と曖昧な返事をして。

「そんなら、山道に着いたときは大変やったやろ？」

「ええ。賊が現れたという話で、もう気が気ではなく……」

積み荷を盗られるかもしれないという恐れからか、顔色があまりよくない。

ひどくおどおどしているため、この商人はかなり気弱な性格なのだろう。

「にしても、銀なぁ。ワイにも売って欲しいくらいや。いまやったら欲しがる人間はなんぼでもおるしな」

「先ほども申しました通り、あの荷は領主さまにお届けするものなので、お売りすることはできないのです。それにお売りできたとしても、ギルズ殿には運ぶ手段がないでしょう？」

「ははは！　そりゃそうやな！　こりゃ一本取られたわ！　なんて！」

ギルズは一人で笑っている。

こちらとしても、目的の物が近くにあるのは気になるが、この旅の目的は仕入れだ。

当然ここでピロコロと交渉し、買い付けをして「はいお終い」というわけにはいかないし、そもそも領主の荷物をこの場で買い付けでもしたら、こじれるのは明らかだ。

認可状があるため、押し通すことも可能だが、そうなると今度は王家とラスティネル家の間で問題が発生する。やるならば勇み足などせず、きちんと領主に申し出たあとで、しかるべき道筋を経由して買い付けるべきだろう。

「で、アークス君は一体何をしとるん？」

「刻印だよ。……というか、見たらわかると思うけど？」

「ただの話の切っ掛けやんか。にしても、その歳でえらい器用なもんやなぁ。こまい部分にまで手ぇかけて」

ギルズは置いてあった砥石を持ち上げて、矯めつ眇めつし始める。「他にもないんか？」と聞かれ、着火装置を見せると、

「……ほぉ？　これは、なかなか」

火を点しつつ、唸る。そして、

「刻印模様の美しさに、定着具合、効果も申し分あらへんな。こんだけの道具でここまでできるっちゅーことは、アークス君はかなりの腕前やな」

「ギルズ殿は、刻印の目利きができるのですか？」

「これでも色んなモンを見てきとるからな。しかし、見たことない筋の紋様やな。どこの流派や？」

「俺はどこの流派でもないんだ」

「ちゅーことは、独学か」

といっても、基本的には幾何学模様などを参考にしているだけなのだが。

「ちなみにアークス君は、他の刻印具作りはやっとるんか？」

「基本的に小さな部品とか、いま出した着火装置みたいな日用品ばっかりかな」

「ほほう。それはそれは……」

ギルズはほんの一瞬だけ、その細目を開いて鋭い眼光を向けてくる。そのどこか値踏みするような光を備えた視線を受けたあと、彼は一転して笑顔を作り、

「どや？　アークス君。君の作る刻印具、ワイんところでも扱わせてもらわれへんかな？」

「って言ってもな」

こちらが口にしたのは、そんな曖昧な返事だ。

その言葉だけでは、本音か世辞か判じ得ないし、そもそもこういった手合いの人間に安請け合いは厳禁というのが世の習い。

そんな中、ふいにギルズの口元に、思わせぶりな笑みが浮かんだ。

そして、その口から飛び出て来たのが。

「アークス・レイセフト」

「——!?」

「お？　やっぱ当たりやったか？」

どや顔を見せるギルズ。

一方こちらは、ファミリーネームまで言い当てられたことで、つい顔色を変えてしまう。

「あんた、どうして俺の名前を？」

「そんなもん、風の噂やなぁ」

と言って、核心をはぐらかそうとする糸目の男に指摘する。

「風の噂って……それで人の名前を当てるなんて無理に決まってるだろ？」

「いんや。そんなんそない難しいことやないで。王国で銀髪の家系なんて滅多にあるもんでもなし、ほなら、思い当たる節を潰してけばええやんか」

確かに、レイセフト家はシルバーブロンドを輩出する家系としても有名だ。

貴族ということがあらかじめわかっているなら、たどり着くことができるというのも道理ではある。

「無能で廃嫡されたって話やけど、いやいや噂は当てにならへんモンやなぁ」

その話は旅の商人にまで広まっているのか。久しぶりに父ジョシュアへの怒りが高まる。

「で？　こんなとこにおるってことは、やっぱり目的は銀か？」

「…………」

今度は顔に出さず、むすりとした不機嫌さを呈したまま。

この男は、なぜそれを察することができたのか。

返事をせずに警戒の視線だけ向けると、ギルズは地雷を踏んだと感じたのか、にわかに焦ったような素振りを見せる。

「いやいや、そんなん簡単やん？　刻印やっとるってことは、魔法銀が必要になる。つまり材料の銀も必要になるやろ？　それでや、それで」

「なるほどな……」

そう言って、気のない返事をしておく。

一方ピロコロは場の空気が剣呑さを孕んだことで、居心地の悪さを感じたのか、話題を変えにかかった。

「アークス様。もし銀を必要としていらっしゃるのなら、領都に着いたあとであればですが、多少お口利きできるかもしれません」

「あ、ああ……そうか。じゃあそのときはよろしくお願いしようかな」

認可状があるためそんな必要もないのだが、当たり障りのない返事をしておく。

するとピロコロは「かしこまりました」と言って頭を下げる。

「じゃ、そろそろお暇しよか」

「そうですね」

「じゃ、ワイは天幕におるさかいに、なんかあったら声かけてや」

そう言って、妙な男はピロコロと一緒に、村長宅から去って行ったのだった。


村での滞在は、思っていた以上に忙しなかった。

貴族の邸宅にいるわけではないため、誰かが勝手に世話や手配をしてくれるわけでもなく、基本的に自分のことは自分で行うのが当たり前。

ノアとカズィ、案内人の男がいたため負担はさほどなかったが、刻印や明日の準備、領都までのルートの再設定など必要な作業の諸々を終えたときには、すでに日は落ちていた。

そして、現在は夕食時。

目の前、マホガニーカラーの木製テーブルの上には、想像していた以上に豪勢な食事の数々が並んでいる。

山菜と卵を使ったスープ。

川魚を用いたパイの包み焼き。

ハーブを詰めた鴨の丸焼き。

などなど。

祝い事の席にしか出ないような、村人も滅多にお目にかかれないだろう料理ばかり。

天井から吊り下げられている〈輝煌ガラス〉によって煌々と照らされている。

こんがり焼かれた鴨の皮は飴色をしており、天井からの光で照り映え、スープは匂いのしみこんだ湯気を立ち昇らせ芳(かぐわ)しく、フィッシュパイにおいては言わずもがな。

魚の形を模したクリーム色の生地には、キツネ色の焦げ目。

表面には輪切りのレモンが重ねられ。

周りには茹でた野菜が彩りとして添えられている。

にしても。

「……でけーパイ」

鴨の丸焼き数個分に匹敵するような大きさのパイに、自然と目が丸くなる。テーブルの大半を占拠するほどの巨大料理が外の窯から運ばれてきたときは、何事かと思ったものだ。

男の世界の国民的アニメ映画にでも出てきそうなほどのボリュームと、なんともいえぬ素朴さが感じられる。

「この魚はオシロマスですね。西の地域ではよく獲れるそうです」

「オシロマス……サーモンのパイ包みみたいなもんか」

「似たような料理を知ってんのか。相変わらず知識が偏ってんな」

ノアやカズィとそんな話をする。

しかし、でかい。これは食べきれるか問題が発生しそうだ。

案内人の男を含めても四人。頭を一つ食べきれるかどうかだ。

おかみさんが「うふふ」と穏やかに笑う中、一人パイの大きさに絶句していると、

「これは全部食うモンじゃねえからな？　最低でも半分残すんだぞ？」

「賓客が訪れたときに豪華な食事を用意して、残った分を年下の子供たちに食べさせるというものです。どの地域でも一般的な習わしでしょう」

「あ、これ、そういうのなんだな」

二人の説明で、この量にも得心がいった。

だが、そうだとしても、これらが奮発したものであるのは想像に難くない。いくらこの世界の食糧事情が安定しているからといっても、鴨の丸焼き数点とパイの包み焼きを一緒に出すのは並大抵のものではないだろう。

やはり、村の青年を助けたことや、刻印具の整備や補修は、村の者にとってはかなりありがたかったようだ。

あのあとも、青年から改めてお礼を言われたし、外を出るたび多くの者からお礼の言葉を貰っていたのだ。

久しぶりの豪華な晩餐に、従者共々舌鼓を打つ。

特に包み焼きが絶品で、生地と白身の間に挟まれたチーズが蕩けて得も言われぬおいしさ。輪切りのレモンと相俟って、川魚の匂いも後味もしつこくない。

おかみさんからレシピを聞きつつ、食べ進める。

……それだけなら、特段なにもなく平穏だったのだが。

「いやーえらいすんまへんなぁ！　あ、これ、このパイおかわりお願いしてええ？　美味すぎて頬っぺたが落ちそうや」

「…………」

「…………」

「…………」

アークスたち三人が何とも言えない視線を向ける先には、上機嫌で笑うギルズの姿。伸びるチーズに悪戦苦闘する案内人の男の隣で、いまは帽子を取ってその短い茶髪を見せている。

彼も、夕食のご相伴（しょうばん）に与っているといった状況だ。

村長の方も、ギルズからいろいろと物資を融通してもらったらしく、そのお礼も兼ねての招待とのこと。

まあ別に嫌ではないからいいのだが、当然食事の席でも、彼のアクの強さに圧倒されっぱなしであった。

「……アークスさま。おかしなお知り合いを作るのもほどほどにした方がよろしいかと存じますが」

「おいノアてめえ、いま一瞬チラッとこっち見ただろ？　なあ？」

「それは、気のせいでは？　それとも、カズィさんはご自身がおかしいという自覚がおありなので？」

「このっ……」

涼しい笑みを作る美貌の執事に、カズィが口元を引きつらせ、非難の視線を向ける。

彼らのこういったやり取りも、もう慣れたものだ。性格は正反対であるにもかかわらず、なんだかんだこうして気の置けないやり取りをして、コミュニケーションを取っているのがこの二人。ノアも気を許した相手でなければこんなことは言わないし、カズィはカズィでそれほど気にした風もなく、肩をすくめている。

ともあれ、もう一方の「おかしな」と言われた方はと言えば。

「そっちの綺麗なにぃちゃんはごっつ手厳しいなぁ」

「いえいえ、お褒めに与り恐悦至極」

「よう言うわ。ワイはそっちの兄さんの方がとっつきやすそうやな。な？」

「やめてくれ。俺はあからさまに胡散臭い奴とは付き合わないようにしてるんだ。キヒヒ」

すり寄って来たギルズに対し、カズィはそう返す。

やはりカズィにも、ギルズのことは胡散臭く見えるのだろう。

もとは胡散臭さの代名詞だった男を遥かに超える胡散臭さなのだ。底が見えないと言えば聞こえはいいが、それが過ぎると警戒もむべなるかなというもの。

笑顔の裏にもわずかな警戒を忍ばせるカズィ。そんな彼の態度から、意図を正しく読み取ったのか。

「あらら、ふられてもうたわ。はー、ワイの親友はアークス君だけやなぁ」

こちらはそんな風に、勝手にお友達にされる始末である。

「いや、親友って」

「そんで、そんな親友に頼みなんやけどな？　さっき話した刻印具の取引の件なぁ」

「聞けよ……」

そう繋げて来るのか。

「どないや？　考えたってくれへんか？」

「って言われてもなぁ」

再び曖昧な返事をするが、ギルズはまだ食い下がる。

「絶対損はさせへんって。きちっと儲けさせたるさかい、な？　な？　な～この通りやから」

「そこまでかな？」

「あないな綺麗な紋様そうそうお目にかかれるようなもんやなし。今後のさらなる発展を見据えてってことや」

「うーん……」

ふと、思案で唸る。

ギルズも褒めてはくれるのだが、どうにも内意がいまいち読み取れない。上手いと言われれば嬉しいものだが、その称賛を額面通りに受け取るには、商人とは少々懸念のある職の人間だ。

だが、ここで突っぱねてしまうのも、軽々というものか。

そもそも自分はこの男のことを――特に商人という面についてはよく知らないのだ。

なら、聞くべきは。

「……販路はどれだけ持ってるんだ？　ギルズのコネを聞きたいな」

「お？　聞いてくれるか？　北部連合にサファイアバーグ。南はグランシェルから、ハナイ諸島にまでコネがあるで」

「それは……」

王国と関わりを持つ国家のほとんどの商会を網羅しているということだ。

当然、それで全部ではないだろうが、それでもかなり手広くやっていることは間違いない。

ノアがほぅと、息をこぼす。

「それはすごいですね」

「伊達に諸国漫遊しとらんのや」

「だがそれにも、『話の通りなら』って但し書きが付くんじゃねえのか？」

「せやなぁ。確かにそうや」

疑いを向けられても、ギルズは風を受け流す柳のよう。

しかしこの話が本当ならば、むしろ関わりを持たないと損、ということまである。

何も、こちらが売るだけが商売ではないのだ。こういった人間と関係を持てば、商品から情報までも買うことができる。

……だが、やはり、一人旅。後ろ盾があるのかどうかもわからないというのは、二の足を踏ませるには十分理由になるだろう。

ギルズはそんなこちらの内心を察したのか。

「これはあんまり人には見せんのやけどな……」

そう言って、商売人としての証明というように、足元に用意していた背嚢から商品を取り出していく。

さながら宝石のような輝きを放つ樹脂の塊。

鉄臭さを放つ赤黒い植物の実。

色とりどりの玉の実がなった不思議な枝。

それらを見たノアとカズィが、ふと唸る。

「これは……どれも貴重なものばかりですね」

「こいつは、鉄丁子（てっちょうじ）じゃねえか。ほう……」

ノアがハンカチ越しに手に取ったのは、宝石のような樹脂塊。

一方カズィの見ているものは、クロス山脈の奥地でしか採れない貴重な植物になる実だ。

二人に聞いてみると、どれもがそうそう簡単にお目にかかれないものらしい。

王都の大店だろうと、仕入れられないものもあるとのこと。

ノアが小声で、この方は「本物ですね……」とまで付け加えて来る。

お墨付きを得たことで、ギルズは機嫌を良くしたのか、それともただの得意げなドヤ顔なのか。やたらニヤニヤとしている。

そして、

「どや？　これなら取引したってもええんやないか？」

「ふむ……」

確かにこれなら、こちらにも十分メリットはある。

コネのある地域の多さと、扱う物品の珍しさ。

取引をする、しないにかかわらず、繋がりを持っておくのは選択肢としてはアリだろう。

ただ問題は、この男がいまだ何者か知れないということだ。

それだけで首を横に振る理由には十分だが、果たしてここで突っぱねたときのメリットが、呑み込んだ場合のデメリットと両天秤で釣り合うかという話。

他方、ノアは澄まし顔をしたまま。

カズィを見れば、我関せずと言うようにお食事再開。

その辺りは二人とも、主人の判断に任せるということなのだろう。

信頼されているのか、単に面倒だからなのか。当然質問すれば答えてはくれるだろうがよくわからない。

そんな中、ふいに腰のランタンが震えた。

「うん……？」

しゃおんという涼やかな音と、揺れるような感覚。そういえば昼間にも、こんな風にランタンが震えていた。

違うことと言えば、いまの揺れは昼のものよりも強く激しい震えだったように思う。

「アークス君。どないしたん？」

「いや、なんでもない」

ともあれと、話をさらに進めようとした折、にわかに外が騒がしくなった。

すぐに、どんどんと戸を叩く音が聞こえて来る。

おかみさんが急いで戸を開けると、村の若い男が息せき切って駆け込んできた。

棚に手をかけて背を丸め、荒い息を吐き出すのもつかの間。

「む、村長！　大変だ！」

「どうした？」

「門衛が外に灯火の光を見てっ！　かっ、かなりの数だ！」

「……このような時間にか？　領軍の巡邏(じゅんら)か？」

「まだはっきりとはわからないが、もしかしたら賊かもしれねえって。いま急いで村の若いのを集めてる」

当然、その物騒なやり取りは聞こえており。

「は？　おいおい、まさか本当に来るのかよ……」

「これは……予言者アークス・レイセフトの誕生ですね」

「ああっ？」

驚きの声を上げるノアとカズィ。そんな二人に対し、目を三角にして唸り声を上げる。

従者二人に威嚇すると、ノアもカズィもバツが悪そうにそっぽを向いた。

他方、何気なくギルズの方に視線を向ける。

こちらは先ほどと変わらず、飄々(ひょうひょう)とした笑みを崩さないまま。

こんな状況であるにもかかわらず、だ。

「……どないしたんや？　アークス君」

「いや、ギルズはどうしてそんな落ち着いてるのかなってさ」

「ま、ある程度は予想しとったからな」

「賊が現れることをか？　いや、まだわからないけどさ」

「十中八九、そうやろ」

「確信が？」

「ん？　そんなん当たり前やん？　賊っちゅーもんは常に奪う相手を探して動いとるんやで？　奪える相手がおらへん場所には現れへんし、いるところに現れるのが自然なことやろ？」

「だから、動じなかったって？」

「せや。直近で山道付近に現れたんなら、近くの集落に来るかもしれへんってゆーのは、頭に入れとくべきことやろ？」

「…………」

確かにそうだ。ギルズの答えの出し方は、きちんと筋が通っている。

だが、それが本当ならば、彼はなぜそんな危険の有りそうな「付近の村」を逗留先に選んだのか、だ。安全に気を払うべき旅の商人ならば、リスクのある行動は極力避けるはずである。こんなところには、決して近寄らないはずだ。

しかし、ギルズはやはり、得体の知れない笑みを浮かべたまま。

何を思うのか。その細目から、内意はまったく窺えない。

だが、いまはそんなことを考えている暇ではないか。

「ノア、カズィ」

二人に呼びかけると、「かしこまりました」「やれやれ」と銘々口にして、すぐに準備に取り掛かる。

ノアは武器の用意に取り掛かり、カズィは様子を窺いに外へ向かう。

こちらが動き出すのを見た村長が、戸惑いの声をかけて来た。

「あ、アークス様？」

「もしものときは、俺たちも戦うよ」

「そ、それは……」

「大丈夫。あの二人は戦い慣れてるからさ。あ、バドはここで待っててくれ」

指示をすると、案内人の男は頷いて応える。

案内人がやられては今後が困るので、彼を危険な場所に出すわけにはいかない。

「いや！　その歳で勇ましいなぁ。君主の跡取りみたいでかっこええで？」

「ギルズも戦うのか？」

「いやー、ワイは自分のことで手一杯やし、どこぞに隠れさせてもらうわ」

そう言ってくっ付いてこようとするのには、一体どんな意図があるのか。

もしや自分たちの後ろに隠れるつもりなのではないか。

さりげなくノアが耳打ちしてくる。

（……私も見ておきますが、あの男にはお気を付けを）

（……よろしく頼む）

ノアとそんなやり取りをしていると、戸口からカズィが顔を出した。

そして、いつものように気味の悪い笑みを見せながら、

「やっぱりうちのご主人サマは予言者だったらしいぜ？」

「じゃあ今度から俺を崇め奉れよ」

「キヒヒッ。いつも傅（かしず）いてお世話してんだろ？」

そんなことを言うカズィは、いつの間にか変わった持ち手（ハンドル）が付いた杖を持っていた。

長旅ということで持って来たらしいのだが、これまで一度も使っていなかったが、ここでそれを出すということはつまり、武器なのだろう。

村長がカズィに訊ねる。

「状況は、どうなっているのでしょう？」

「ああ、南側の門を無理矢理破ろうとしてやがるな。いまは村の連中が押さえ込んでるが、破られるのは時間の問題だろ」

「そ、そうですか……」

村長は青い顔を見せる。彼も、こういった経験はそうそうないのだろう。

自分も同じように経験はないが、しかし知識だけならある。

こういうときは……。

「村長は……外に出て戦う準備と篝火の手配をしてくれ。あと、他の家を回って外に出ないように連絡を」

「は、はい！」

「村長殿！　アークス様！」

ふいに、ピロコロが駆け込んできた。

「ピロコロさん、状況は」

「存じております。ですが私共には荷がありますので、そのまま北門近くで待機させていただいてもよろしいでしょうか？」

「いやでも、村の人たちだけじゃ」

「大変申し訳ありません。ですが、私共が引き受けているのはご領主さまの荷。これは何かあっては申し訳が立ちません。もし北門に賊が来た場合はこちらで対処しますので、どうかお許しください」

「……わかった。もしそっちにも余裕がありそうなら、こっちにも誰か回してくれ」

「承知いたしました」

ピロコロとそんなやり取りを終えてから。

ノアを伴い、ギルズを後ろに引き連れつつ、現場へと向かう。

南門の前にはすでに簡易の柵が用意されており、武装した村の男たちがいた。

そして、カズィの言った通り村の若い者たちが門を突破されないよう押さえ込んでいた。

昼間に助けた青年が近づいてくる。

「アークス様、こんなことになってしまい申し訳ありません」

「どうせ山道の封鎖で村に寄ることになってたんだ。気にしないでくれ。それより。俺たちも戦うぞ」

そう言うと、村の者たちもぎょっとした表情を見せる。まさか自分のような少年が一緒に戦うと言い出すなど思わなかったのだろう。

「そ、その、失礼ながらアークス様は避難していた方がよろしいのでは？」

「俺は魔導師だぞ。戦えるって」

「あ……わかりました」

青年と同じように、村の者も納得した表情を見せる。

刻印を施せるのを知っているため、その辺はすんなりと理解できたのだろう。

ふと、門を押さえていた者が大声を上げる。

「長くは保ちません！」

丸太か何かをぶつけているのか、衝突のたびに重い衝撃音と、震動が腹に響いてくる。

細かな木片が飛び、門の向こうからも煽るような声が聞こえてきた。

古びた閂が大きく歪み、みしみしと悲鳴を上げる。

破られるまで、もう間もなく。

この勢いだ。門が破壊された瞬間、賊共がどっと雪崩れ込んで来るはずだ。

おそらくいまは、襲撃が叶ったあとのことに思いを馳せて、嬉々としている最中だろう。

殺人。

略奪。

凌辱。

ただ一つ彼らが予想できないのは、こんな場所に襲撃を仕掛けた自らの不運だけだろうが——


夜の帳が下りた村は、思った以上に暗かった。

〈輝煌ガラス〉の普及で煌々とした王都の夜を見慣れているから、というのもあるだろうが。

月明かりや星明かりでは心もとなく。

どこも墨をこぼしたような黒に圧し潰されている。

家々の窓からは〈輝煌ガラス〉の光が漏れているものの。

そのせいで、家と家の間から深い闇が這い出ているといった印象。

村の者たちが持つ松明、そして外に設置された篝火と〈輝煌ガラス〉のおかげで、あるていど視界は保たれているが、それでも見えないところの方が多い。

このような状況で、下手に村の中に紛れ込まれでもしたら、探すのは至難。

闇に隠れて息をひそめ、闇に乗じて襲われる。

そんな光景がありありと思い浮かぶ。

ゆえに、賊は必ず門の入り口付近で食い止めなければならない。

「——柵をありったけ前に出しなさい！　杭はギリギリまで打つこと！　手を止めてはなりません！」

門から、ずしん、ずしんと重い音が響く中、ノアがよく通る声で後方の村人たちに指示を出す。

いまもって設置され続けている柵や杭、張り巡らされている縄は、相手の動きを阻害するためのものだ。これらが乱雑に設置されていると、敵は自由に動き回ることができないし、一方防衛側はその後ろから長柄の武器を突き出せるうえ、弓矢も安全に撃てるようになる。

「ずいぶん慣れとるなぁ綺麗なにぃちゃんは。こういった経験でもあるんか？」

「……私の初陣は、攻められる戦いでしたので」

「そうなんか？　いやいや、にぃちゃんも苦労しとんのやなぁ」

ギルズの言葉に、ノアは静かに頷く。

彼の初陣は伯父クレイブに付いて戦場へ行ったときだと勝手に思っていたのだが、実際はそうではないのか。

ともあれ、まずはと準備に取り掛かる。

白の外套を裏返しで羽織り、剣を鞘から抜き放つ。

もしもの場合を想定して、腰のベルトに装着したガウンのランタンを確認。

そして、前方の柵の前に出た。

「二人とも、準備は？」

「はい、こちらはいつでも」

「問題ないぜ？　キヒヒッ」

「よし。じゃあ俺が一発目を撃ち込んだあと、ノアが前に、その後ろに俺とカズィだ」

そんな風に即席のフォーメーションを告げると、ふとカズィが歩み出る。

「いや、今回は俺も前に出られるぞ」

カズィが大きな長柄の棒で自分の肩を叩いた。

ということは、やはりそれを使うということなのだろう。

いびつな形状で、ところどころに持ち手の付いた妙な棒。

これがどう使われるのかは定かではないが、彼に「わかった」と返して、今度は門を押さえている者たちに声をかける。

「みんな、そこから飛びのいて、しっかり耳を塞いでくれ」

「お？　あれをやるのか？」

「そ。だから二人はあの耳栓の準備を」

「かしこまりました」

「わあった」

「なんや？　なにするんや？」

「いいからいいから。耳を塞いで黙って見てろって」

興味有りげにぐいぐい顔を近付けて来るギルズ。彼に鬱陶しそうにそう返してから、門の方に指示を出す。

他方、門を押さえている者たちは困惑するばかりだ。

門が支えを失えば、圧力に耐えられずたちまち砕けてしまう。

確かに突然離れろと言われても、容易に頷くことはできないだろう。

そんな彼らに魔法を使うと付け足すと、一斉に横方向に飛びのいてくれた。

……支えを失った門と閂（かんぬき）の破壊が、さらに加速する。

圧力が一方からだけになったせいで門が内側に反り返り、それを支える閂が嫌な音を立てて割れていった。

再度、しっかり耳を塞いでくれと念を押し。

門が壊れて賊が飛び込んでくるか否かのその直前――

《――弾けろ。暴れろ。目覚ましラッパに大いびき。犬の吠え声金切り声に、四流五流の音楽家。赤子の癇癪おやじの怒号。うるさいものは全部くるめてぶちまけろ。耳をつんざくシャボンの泡沫（うたかた）！》

――【びっくり泡玉（アストニッシュバブル）】

詠唱後、大量の【魔法文字（アーツグリフ）】が中空に吹き出され、ばらまかれる。

青みを帯びた白に輝く【魔法文字（アーツグリフ）】は膨張したかと思うと、それらはやがて泡に変化。油膜を張った泡はプリズムによって部分部分が虹色に反照し、ふわふわと中空を漂い、思い思いに広がっていった。

その様はまるで、シャボン玉を沢山作り出す専用の玩具を使ったかのよう。玩具が作り出すシャボン玉との違いは、随分と巨大なシャボン玉というところと、魔法の力を持っているというところだが。

灯火の光である程度の明るさがあったためか、門の前がにわかに幻想的な雰囲気に包まれる。

「ほほう、なんや綺麗な魔法やなぁ」

「っ、だからさ」

「――いやぁ、アークス君、可愛い顔してえげつないわ」

「……！」

ギルズは笑って耳を塞ぐ。

そんな彼に抱いたふとした驚きは、いまはともかく。

触るな。

できるだけ離れろ。

そんな意味を表すジェスチャーを出しながら、耳栓を持たない村人たちに避難を促す。

まもなく、大きな破壊音と共に門が破れ、丸太を持った賊たちが勢い余って飛び込んできた。

その後ろに続くのは、突破に伴い中へ雪崩込まんとしていた賊たち。

しかしてそれらの先鋒が、待ち構えていた魔法のシャボン玉に激突した瞬間だった。

――パパパパパパパパパパパパパァアアアアアアン！

爆竹を数倍、いや、数十倍にしたような爆音が、辺りにけたたましく打ち付けられる。

悲鳴すら掻き消える鼓膜への直接の音撃に、耐えられる者は当然おらず。

事前に耳の保護と避難を指示されていた村の者たちはともかく、賊たちは口から泡を吹き出してその場に倒れ伏す。

無事な者も、くらくらふらふらと酔っ払いや立ちくらみさながらに覚束ない足取り。

倒れ込んだ賊に足を引っかけて転倒し、立ち上がれずに地を這うばかり。

門の前には倒れた賊で累々の有り様。

当然、後続は完全に出端をくじかれ、二の足を踏まざるを得なかった。

賊が門の外でなにやら叫んでいる。

おそらくは魔導師がいるから気を付けろとでも叫んでいるのだろう。一時的に耳が聞こえなくなったためか自分の声量も把握できておらず、耳をやられた者が大半であるため、その言葉がどれだけの仲間に届いているかも理解できていないようだ。

賊の方は、思うように動けない。

倒れた仲間がいることもそうだが、まだ空中にシャボン玉が複数漂っているせいだ。

触らないように動けば自然動きは鈍くなるし、その状態で踏み込めばこちらの思う壺。

一人が意を決して突進してくるも、村人が投げた石ころがシャボン玉に当たり、真横から音撃をまともに食らう始末。

「先にあの泡玉をすべて壊せ！」

賊がシャボン玉の破壊を指示する。

やはり、防御しにくい攻撃は効果が高い。音は盾や簡素な遮蔽物では防げないため、効果は抜群に覿面だ。

このままこの魔法ばかり使い続けていれば、時間稼ぎは当然のこと、自動的に全滅や逃走に至るかもしれないと思いつつも——今度は村人への配慮もあって、使うのはこの一度だけ。

自分たちは刻印仕様の耳栓があるからいいが、他の者はそうもいかない。あまり長くこの魔法に晒され続ければ、彼らにも影響が出てしまう可能性がある。魔力消費も少なく、随分と使い勝手のいい魔法なのだが、こういったときや乱戦時には使いづらくなるのがネックだ。

門の外から、シャボン玉に狙いを付けた矢や石が飛んでくる。

パン、パンと破裂音が響き、浮かんだシャボンが砕けた【魔法文字（アーツグリフ）】となって消えると、賊が警戒しつつも侵入してきた。

しかし、【びっくり泡玉（アストニッシュバブル）】で賊はかなり減らせたのか、入って来た数も十人程度かそこらしかいなかった。

門の外にまだ待機している可能性もあるだろうが、出端をくじくことができたのはかなり大きい。侵入に二の足を踏ませることができただけでも、状況は魔導師に有利に働く。

ノアに先んじ、カズィが突然突出する。

不用意な前進で、すぐに賊たちが彼を取り囲もうとするが。

《——アルゴルの草刈り鎌。手入れを欠かさぬ鋭い刃が、庭草蔓草薙ぎ払う。雑草払え。葦原払え。なんでも根こそぎ薙ぎ払え》

——【アルゴルの草薙ぎの法】

引用は無論のこと、【精霊年代】に描かれる農夫アルゴルは野良仕事の月曜から。

古史古伝によく使われる、男の世界の七曜とよく似た周期の週、もしくは曜日より。

仕事始めの月曜に、野良仕事に従事するアルゴルの様子を描いたものだ。

詠唱後、長柄の先端に真鍮色の【魔法文字（アーツグリフ）】が集中したかと思うと、それらはやはり真鍮色の輝きを放って定着。

美しい曲線。

大きな刃面。

さながらそれは、死神の持つ大鎌か。

それもそうなのだが——

「び、ビームブレードだ！　ビームブレード！　ビームサイス！」

「？」

「？」

ところどころで表情に浮かぶ疑問符。

ついつい興奮して飛び跳ねつつ、そんな叫びを上げたのもつかの間、カズィが腰だめに身体を捻り、それを大きく振り抜いた。

彼を中心とした円周が、さながら大鎌を薙いだように切り裂かれる。

当然、カズィを取り囲もうとしていた賊数名がその難を受け、上と下が泣き別れの憂き目を見た。

「うえ……」

「これはよい切れ味ですね」

「ほう……これまたお見事な呪文やなぁ」

【草薙の法】の威力を目の当たりにした反応は三者三様。残虐な倒し方に顔をしかめる者、威力の程に感嘆の声を上げる者、唸る者。

「不用意に近づくな！」

血だまりの惨状を目の当たりにした賊が叫ぶ。

細剣を構えるノア。

大鎌を持つカズィ。

彼らが立ちはだかっていることで、賊も不用意に内側へ入り込めない。

だが、弓矢が散発的に飛んでくるため、こちらも下手に攻めに出られない。

村人たちも、柵の後ろで槍を構え、同じく投石や弓矢などで援護している。

そんな膠着した攻防はしばしば続くが――

「ノア」

「ええ、これはおそらく」

こちらの呼びかけの意図を察したノアが頷く。

向こうの攻め方が、どうにもおかしいのだ。

その理由を挙げるならば、攻め方に腰が入っていないということだろう。

こちらを倒そうと向かってはくるのだが、集団の襲撃にあるべきはずの積極性が、この攻めにはまったく感じられない。普通なら、もっと数に物を言わせて押し寄せるように攻めかかるはずなのにもかかわらず。

後方には、まだ賊が控えている。

それは、弓矢や投石の数からも窺えること。

しかし、何故かそれらをすぐに投入してこない。

にもかかわらず、攻めは続ける。それが悪い攻め方であるのにもかかわらず、だ。

ということは――

「う、裏手からも賊が！」

「――っ、あっちもやられたか」

気付くのが少しばかり遅かった。

北側の門を警戒していた者が、息せき切って報告に駆けて来る。

「ほほう、向こうさんもなかなかやるなぁ」

いつの間にか隣に来ていたギルズが、薄笑いを浮かべていた。

裏手を攻められているというのに、余裕があるものだ。

だが、その理由も頷ける。

「ま、裏にはピロコロはんが連れてた護衛がぎょーさんおるし、あっちはあっちでなんとかなるんちゃうか？　こっちはこっちのを倒せばいいことやし」

「……そうだな」

ギルズの言う通り、北側にはピロコロの荷を護衛する戦士たちが詰めている。

彼らも自分たちの荷を守るために、賊の侵入を死守してくれるだろう。むしろ戦力はこちらよりも多いのだ。問題が出ればすぐに誰かが呼びに来るはず。

その間に、自分たちはこちら側の敵を倒し切るのが最善だろう。

そんな風に考えていた折、こちらの賊たちにも動きが生じた。

後ろに控えていた賊が、機を見て押し寄せてきたのだ。

「マズいですね……みなさん、下がってください！」

ノアが村人たちに、さらに下がれと指示を出す。

「おいおい、攻め方が変わってきてるじゃねえか！」

「おそらく指揮を執っている者が変わったのでしょう。これは……」

カズィとノアがそんなことを話していると、突然門の上から岩石が降ってくる。

着弾と共に、強い震動が地面を揺るがした。

こんな場所に投石器があるわけでもなし。ということは……と考えていると、やがて飛ばされてきた岩石は呪詛(スソ)となって霧散した。

「向こうにも魔導師がいたか――みんな下がれ！　固まっていると魔法の餌食になるぞ！」

「いや、これはあんまよくないなぁ……アークス君、どうする？」

「こっちにもまだ手はある」

「お？　さすがやなぁ。そんで、その手いうんは一体なんや？」

「まあ見てろ」

ギルズにそう告げ、まずは一つ目のカードを切ることにした。

「さ、お前の初陣だ。村の人たちを守ってくれよ」

そう言って、ガウンのランタンの窓を開ける。直後、ランタンに青白い光が取り憑き、その異様な力を発揮し始める。

青白い光は一度強く輝くと、さながら鬼火のように青白い焔（ほのお）を揺らめかせ、焔を外部へと放出。焔がいくつかに分かれてランタンから離れると、やがて再び寄り合い、一つになった。

飴細工や粘土をこねるように形を変え、徐々に犬や狼の輪郭を形成する青白い焔。やがてそれは六本足となり、角を生やした姿となった。

舌先は二本に分かれ、犬や狼とは全く似ても似つかぬ不気味な姿。

幽霊犬トライブ。ガウンが使役する、この世ならざる存在だ。

「おお！　これは」

トライブを見たギルズが、驚きの声を上げる。

興奮しているのか、チューリップハットを押さえながら前のめりになって見るほどだ。

一方でトライブはその場で不気味な嘶（いなな）きを上げると、賊を睨みつけながら低い唸り声を上げた。

一歩、二歩と踏み出すたびに、まるで湖面を歩くかのように青白い波紋が地面に浮かび上がる。

やがてトライブは青白い閃光の尾を引いて賊を襲い始めた。

「な、なな、なんだこいつはっ⁉　ぎゃあっ⁉」

「魔法かっ……⁉」

「いや違うぞ！　これは幽霊犬だ！　昏迷を誘うガウンの下僕だ！」

「な、なんでそんなものがいるんだ⁉　俺たちはガウンなんぞに手を出しちゃいないぞ⁉」

彼らにも、トライブに関しては心当たりがあるらしい。

賊たちは【精霊年代】に登場する尋常ならざる存在が敵に回ったと知り、半ば恐慌状態に陥る。もはや村人になど目もくれない。どうにかトライブを排除しようと躍起になって闇雲に攻撃し始めた。

賊はトライブに対して剣を振るうも当たらず。一方でトライブはまるで宙に見えない足場でもあるかのように、夜空に青白い波紋を立てながら自由自在に駆け巡る。

その様は、さながら青く燃えて落ちる流星だ。

幽霊に実体がないことを証明するかのように、矢じりも投石もすり抜けていく。

しかし、トライブが賊の身体をすり抜けると、まるで魂が抜かれたように崩れ落ちた。

「む、ムリだ！　こんなの勝てるわけねぇ！」

「どうすりゃいいんだこんなの！」

「ひ、退け！　後ろに下がれ！」

賊たちが崩れ始めた、そんなときだった。

「――なかなかやるようだな」

門の外。暗闇の中から、重く、静かな声が響いてくる。

その声に釣られて視線を向けると、やがてそこから声の主らしき孤影が姿を現した。

まるで硯の海から墨汁を引くように、闇から影が分離する。

頭にはニット帽にも似たデザインの帽子をかぶり、黒い服をまとった男。髪は後ろで縛り、身体は痩せぎす。こけ気味の頬には傷が一筋走っており、目は餓狼のように鋭い。

アークスたちは、その男に見覚えがあった。

「あんたは……」

「おいおい」

「これは……」

賊が退く流れに逆らって現れた男こそ、まさしく街道で青年を介抱していた男、エイドウに違いなかった。

「まさか君たちのいる場所に来ることになるとは思わなかった。因果なものだな」

「っ、エイドウ、あんた山賊の一味だったのかよ」

「ああ、残念ながらな。だが、私は村人に危害を加えるつもりはない」

「ここまでやって危害を加えるつもりがないなんて信じられると思うか」

「確かにそう思うのも無理ないだろう。だが、それは本当だ」

「その代わり他の奴が危害を加えるとか、女や金目の物を全部差し出せとか言うんだろうが」

「いいや、しばらく大人しくしていれば何もしない」

「……？」

エイドウの言葉に、眉をひそめる。

まったく不可解だ。山賊の一味と訊いて肯定したのに、何もしないとは。

そんな中、昏倒を免れた賊の一人が、エイドウに向かって叫ぶ。

「おい！　話が違うぞ！　ここにいるのは村の連中だけじゃなかったのか！」

「それはこちらとしても予定外だ。なに、予定外などいくらでもある。お前たちの運が悪かっただけだ」

「ち――やってられるか！　俺たちは退かせてもらうぞ！」

「いいだろう。あとは予定通りに動くことだ」

男が手下たちと退いていく中、エイドウは再びこちらを向いた。

「それで、どうだ？　大人しくしていてはくれないか？」

「だからって、はいそうですかって言うこと聞くかっての」

「そうか、それは残念だ」

「まったくだ。人助けしてたから悪い奴じゃないと思ってたのに」

「相手の一面だけを見て、その内面を量ろうとするのはよくないな。誰しも裏の顔はある」

「今回のことでよーくわかったよ」

サイスを肩に担いだカズィが、アークスの横に付く。

「んで？　俺たちとやるって？　エイドウさんよ？　キヒヒッ」

「仕方あるまい」

ノアも隣で、細剣を払った。

「いくらなんでも多勢に無勢では？」

「それはどうかな？」

エイドウがそんな思わせぶりな発言をしたそのとき、背後の闇にぽつりぽつりと気配が現れ始める。

一つ、二つ程度ではない。十、いや、二十に迫るほどの数だ。

「これは、山賊の残り……ではない？」

「おいおいなんだよ。さっきの連中とまるで気配が違うぞ？」

気配からして、闇の中にいるのは餓狼の群れであり、エイドウはそのリーダーというところだろう。

「ノア、カズィ。エイドウを倒すぞ。頭をどうにかすれば向こうも退くはずだ」

そう言うと、ノアが前に出て、カズィが再度【草薙の法】の呪文を唱える。

エイドウは……泰然とした姿勢を崩さない。徒手のまま、武器を取り出す様子もなかった。

だが、そんな状態でも、己の勝利を疑わないのか。

「君たちでは私には勝てないぞ」

「そんなの試してみなけりゃわからないだろうが！　――ノア！」

掛け声を発すると、まずノアが剣を構えて駆け寄る。エイドウは武器らしい武器を持っておらず、どんな手立てを持っているのかわからないが、ノアの腕前であればたとえどんな攻撃をされても対応できるだろう。

エイドウは静かに、口を開く。

「……試してみなければわからない、か。ならば、これを見ても同じことが言えるか？」

ノアがエイドウの間合いに入るか否かのその最中、エイドウが魔力を放出する。

彼の身体から弾けるように放出された圧力に、肉薄せんとしたノアが吹き飛ばされるかのように一度後ろに飛び退いた。

ノアは一跳びのあとに着地し、けん制するように剣を向ける。

それはともあれ、エイドウだ。魔力を身体に充溢させ、周囲を強く威圧。彼の力の発露のせいか、周りの影や闇が広がったような錯覚を受ける。

威圧感は、クレイブに匹敵する勢いだ。

この世界の人間は力を持つにつれ、相応の威風を備える傾向にある。

それを踏まえるに、エイドウはかなりの実力者だということが窺えた。

「っ、魔力が多いだけが能じゃないぞ！」

「同意しよう。だが、魔力が多いということは、それだけで戦いで有利となり得る。魔導師である君なら、よく弁(わきま)えていることだと思うが？」

「うるせえ！　こっちはそれで死ぬほど苦労してんだっての！」

こちらがエイドウに叫び返す最中、ノアが動く。

フットワークを駆使して前方に圧力をかけるノアに、エイドウが気を向け始めたそんな中、

《――黒の弾丸。それは死神のまなざしが如く瞬きて、天翔ける蒼ざめた馬を追い落とさん》

呪文を唱え、右手を拳銃の形にして、【黒の銃弾(ブラックバレット)】を放つための構えを取る。

だが、エイドウはその姿から何を読み取ったのか。黒の弾丸を撃ち出す直前、真横に大きく飛び退

いた。

それにわずか遅れて、村を取り囲む防壁に【黒の銃弾（ブラックバレット）】が着弾する。

「っ、かわした⁉」

「目視できない攻性魔法か。その短い構成でよく成り立たせたものだ」

「見えないのによくもまあ……」

「覚えておくといい。経験があれば、それだけで感覚的に死から遠ざかる力となり得る」

ということは、エイドウはいまの攻撃を経験則と勘でかわしたということか。

「いや、それだけでかわせるようなものじゃない」

「そうだろうな。だが、指差しがよくないものというのは、【紀言書】にもよくある話だ」

「見たものを黒鉄に変える一つ目の怪物、ダルネ・ウア・ネウト……」

「そう。聖賢の指差しの寓話だ」

そんなことを口にする余裕を見せたエイドウに、再度ノアが肉薄する。

ノアが繰り出す精密な細剣術の剣技を、エイドウは危なげなく回避する。さながらマシンガンもかくやという連続突きも、閃光にしか見えない素早い突きも、まるで軌道が見えているかのようにかわしている。

「……やりますね」

「王国は細剣術が主流だ。王国の者と戦うならば、使える使えないにかかわらず、対応できる能力は必須だろう」

「――だが、こっちは細剣術だけってわけじゃないぜ？　ノアっ！」

カズィが叫ぶと、示し合わせたようにノアが大きく跳躍する。

直後、エイドウの足を刈るように、カズィの草刈り鎌が地面に水平に薙ぎ払われた。

しかし、鎌の刃はエイドウの足元をすり抜ける。

「あ？　どうなってやがる。魔法か……？」

「不思議なことはなんでも魔法にしてしまうのは良くないな」

「おかしな動きしやがってよ……」

カズィがそんなことを口にする中、ふいにエイドウが手を挙げた。

すると、門の外の闇がうごめき、魔法陣がチカリ、チカリと魔力光を発する。

やがて、先ほどと同じ岩石の魔法が門を飛び越えて落ちてきた。

岩石の大きさは直径一メートルほどで、その重量も相当のもの。

ずどんという衝撃に、村人たちが驚いて尻もちを突いた。

このままこの攻撃が続けば、彼らも被害は免れない。

《――道路通行大変だ。動物飛び出し工事中。落石の恐れ横風注意。路面は凸凹すべりやすい。注意一秒怪我一生。警戒してれば怖くない！》

「む――？」

――【ここは危険だ近寄るな（ワーニングサイン）】

　詠唱後、黄色い【魔法文字（アーツグリフ）】がばらまかれ、渦を巻くようにぐるぐると回転。それらは魔法陣となって右足に張り付いた。

　足裏に黄色の魔法陣が張り付いてすぐ、その足で地面を踏み叩く。

　わずかな地揺れのあと、周囲に見覚えのある道路標識が林立。上から降ってくる岩はすべて、落石の恐れありの標識に吸い込まれるように向かっていった。

「トライブ！　いまのうちに村の人を！」

　トライブに向かって指示を叫ぶと、トライブは応じるように一鳴きして、前に出過ぎていた村の人間たちを一人一人捕まえて安全な場所へと連れて行く。服の襟を咥（くわ）えて一跳ね。袖を咥えて二跳ね。昏倒させる気のない相手にはなんの影響も与えないのか。驚きの悲鳴ごと引き連れて後方へ。

　ノアとカズィが警戒を取って距離を開けた直後、ふいにエイドウが呪文を唱えた。

《――鵲（かささぎ）が鳴く。シャシャと鳴く。その声は天より来りて、立ちはだかる者どもの耳を打つ。途切れぬ輪唱。雨ざらしの軒先。天よりの絶望。降り注ぐ雨は鉄の味なるや――【矢の雨は堪らぬもの（カスケードアロー）】》

「――っ、《矢も鉄砲も雨は雨。ずぶ濡れ嫌だ。にわかはやめろ。明日と言わず今晴れろ。てるてる坊主は祈らない！――【てるてる坊主の加護よあれ（レジスタントドール）】》」

闇の空から、無数の矢じりが降り注ぐ。それにわずか遅れてこちらの魔法が発動。宙に海月(くらげ)にも似た白く大きな人形が浮かぶと、それが矢じりを撥ね退ける。
それの応酬に間髪も容れず、エイドウがさらなる呪文を口にする。
《――帳が包む。こぼれたインク。速足の黒雲(くろくも)。遮る覆いは目蓋の如し。取り囲まれし者は無闇矢鱈に動くのみ――【暗幕天幕(ブラックダウン)】》
《――夜でも昼でも明るく眩しい偽物太陽ここにあり。天に満ちろ地に満ちろ。陽光なんて目じゃないぜ――【目潰しの術(フラッシュクラッシュ)】》
目くらましの魔法に、こちらも目くらましで対応する。周囲を暗くする魔法に対して、眩い光の発散だ。互いの効果が相殺されて、やがてどちらもその効力を失って終わる。
そして今度はこちらが、先に魔法行使に取り掛かる。
《――貪欲なる回収屋は物の卑賤を選ばない。落ちている物こそ彼らの宝。選り好みなく蓄えたるその右腕を受けよ――【がらくた武装(スクラップドアーム)】》

《――屑や塵。そこかしこに捨ててはならぬ。捨て場に置くのが正しき定め。くずかごは大きければ大きいだけ役に立つ――【塵屑集積(コーナーダスト)】》

賊が落とした武器や矢じりが、右腕に寄り集まる。

やがて物騒な右腕が形成されると、突如として身体がその右腕ごと引っ張られた。

「どわっ⁉　まずっ、《ぶっ飛びやがれ！》」

急いで引っ張られる腕を切り離す。せっかく集めた手前もったいないが、この状況では仕方がない。

切り離された廃棄物の腕は、エイドウが生み出した魔法陣が吸着した。

ゴミはゴミ箱へ。ゴミはゴミ捨て場へ。おそらくは防性魔法ではなく、生活を助けるための助性魔法に、相応の出力を加えたものに違いない。

《――手の一扇ぎ、キュルケルトスの大団扇。砂塵も雪もなにもかも。全部まとめてぶっ飛びやがれ》

――【キュルケルトスの大扇ぎ】
緑色の魔法陣が乗った手を、風を起こすように大きく払うと、大風が巻き起こる。

その大風は突風となってエイドウに向かい、彼の動きを制限する。

気を抜けば飛ばされてしまいそうな勢いだ。痛手を負わせることはできないが、呪文を唱えることは難しくなるし、それだけでも邪魔にはなる。

「む……」

目論見通りエイドウは呪文を紡げず。腕を盾にして顔を庇（かば）う。無防備になった彼に向かって、追い風を受けたカズィが狙いすましたかのようにサイスを構えて駆け寄った。

「もらったぜ――！」

《――剣を弾け、色なしの籠手。形のない鉄。虚飾の装飾。誰にも見えない守りよここへ》

――【透明な左籠手（スリーブレスレフト）】

エイドウの防性魔法で、カズィのサイスが柄ごと弾かれる。

「うおっ⁉　しまった⁉　――っ、《アルゴルの天水桶。これ一杯、水汲み一度で七曜回れどなお余裕。さあさ、辺りにぶちまけろ。水汲み運搬らくちんだ》」

――【アルゴルの水撒きの法】

カズィはその場に洪水を思わせるほどの量の水をぶちまけて、背を向けて全力の遁走（とんそう）。エイドウは水に一瞬気を取られるも。

背を向ける行為は隙だが、そんな全力の回避が功を奏して、追撃から逃げ去った。

だが、エイドウがさらなる追い足を敢行する。

丸腰のカズィに対し、取り出した暗器で突きかかった。

《――忙しい忙しい。手が二つじゃあ足りないぞ。猫の手孫の手なんでも借りたいいますぐ寄越せ》

――【お手を拝借（サードアーム）】

空中に生み出された手が、カズィのサイスの柄を取り、ぐにゃぐにゃと曲がって彼のもとまで伸びていく。【念移動（ムーブメント）】の改良版だ。

カズィはサイスの柄を掴むと、なんとかエイドウの追撃に間に合わせた。

「わっりぃ！　助かったわ！」

「ああ！」

「カズィさん、離れてください！」

そんなやり取りをしていると、ノアの詠唱が響く。

《――冷たい刺客が敵へと駆ける。降りる朝靄。落ちる夜露。目を刺す柱に寒気せよ。地面を走れ、

《砕ける氷筍（ひょうじゅん）！》

――【霜柱疾走（フロスティダッシュ）】

青色の【魔法文字（アーツグリフ）】が霜のように地面に降りると、そこから逆向きの氷柱（つらら）が勢い良く形成される。

それは、エイドウに向かうようにして構築され、その形成速度のせいか、まるで氷筍が地面を移動しているかのようにも見える。

カズィが撒いた大水を弾き飛ばして霧に変え、エイドウのもとへと追い縋（すが）る鋭い氷の尖端は、まるで自動追尾機能（ホーミング）が付いているかのよう。

氷筍が先端を弾けさせながら、地面を素早く駆け抜ける。

《――春の風。穏やかなる風の前には雪も氷も消え去るのみぞ》

――【雪解けを知らせる息吹（スプリングブレス）】

そよ風が、氷筍の形成を妨害する。すでに形成されていた氷は溶けはじめ、その効力はいまもって生み出されている氷筍にも及ぶ。

魔法の効力は、ノアの氷筍の魔法を消し去るほどではなかったが、しかし、エイドウが逃げおおせるだけの時間を稼ぐことは容易かった。

すべてを一人で捌き切ったエイドウはと言えば、得意げな顔を見せることもない。ただ、平静としたまま。

門の前は四人の魔法の応酬でめちゃくちゃだ。後ろにいる村人たちが腰を抜かすほど。

「うっそだろ、三人がかりでこれかよ……」

「相当な腕前ですね」

「オリジナルも出来がいいぜ。戦いぶりといい、こりゃ魔法院の講師なんて目じゃねぇわ」

それぞれ、エイドウの腕前に舌を巻いていると、やはりエイドウは平静な様子でうそぶく。

「いいや。私にも仲間がいなければ厳しかっただろう」

「にしては、焦ってもいないだろ」

「戦いで心を顔に出すのはいけないことだ。特に魔導師は常に余裕でなければならない」

「魔法戦に慣れすぎだっての……」

そんな中、後ろの方から甲高い声が響く。

横合いに目を向けると、ギルズが舞台の演者に拍手を送るように手を叩いていた。

「いやー、アークス君たちはめっちゃおもろいなぁ！　見てて全然退屈せんわ！」

「ギルズ！　言ってないで村の人の誘導しやがれ！　それくらいやったっていいだろ！」

「へいへいっと、みんなーこっちやでー」

ギルズは気の抜けた様子で、腰を抜かした村人たちを引っ張ったりして誘導する。

しかし、こちらの戦いからは目を離したくないのか、その細い目は油断なくこちらに向けられていた。

門の外の闇から矢が飛んでくると、ノアがそちらに対象を移す。

「アークスさま。後ろの者は賊ではありません。かなり訓練されています」

「やっぱりか。エイドウもそうだが一体なんだってんだよ……」

このまま膠着していては良くない。いまは少しでも強い魔法を撃つべきか。

《——極微。結合。集束。小さく爆ぜよっ！》

使ったのは、【矮爆（ドゥワーフスター）】の魔法だ。無造作に飛び散った【魔法文字（アーツグリフ）】が、魔法陣となってエイドウに取り付き、次いで手の内を狭めるように握りしめるその直前。

「む？　ちぃ——《騙り身はまどろみの夢。目蓋の幻。浮かぶ泡。薄明の写す影。抜け殻はぽとりと落ちる》」


——【変わり身の術（エスケープシェル）】

目の前で炎が破裂し、爆風が駆け抜ける。

逃げるような動きはなかったにもかかわらず、爆発から少し離れた場所に、エイドウの姿。

「おいおい、あの速さでもかわせるのかよ……」

カズィが唖然とする最中、目の端に何かが映る。

それは、エイドウの上着の切れ端だ。くすぶったものが、宙を舞っていた。

「魔法で対象を上着にすり変えやがったのかよ！　対応手がありすぎんだろ！」

変わり身だ。その技術は、エイドウの動きと相まって、忍者漫画で見た空蝉（うつせみ）の術を思わせる。

ふいに、エイドウが自分から距離を取った。

「少し訂正しよう、アークス君。従者たちとの連携も見事だ」

「そいつはどうも。褒められて涙が出るほどうれしいよ」

軽口を叩き返すと、ふいにエイドウがため息のように言葉をこぼす。

「……君の銀の髪を見ていると、あの男を思い出す」

「あの男……？」

「クレイブ・レイセフト。いまはクレイブ・アーベントと名乗っているのだったか」

「あんた、伯父上を知っているのか？」

「話は何度かしたことがあるが、知っているというほどヤツに詳しいわけではない。私にとっては、とある男の片腕という印象が強いな」

「片腕……？」

すぐには思い浮かばない。クレイブが国定魔導師となって国軍に入ってからは、国王シンルから独立した戦力をもらっている。魔導師では、〈魔導師ギルド〉の長、ゴッドワルド・ジルヴェスターが直属の上司だが、いったい誰のことか。

しかしエイドウはその疑問に取り合わず、ギルズの方に目を向けた。

「……〈不次のギルズ〉」

「ほう？　あんさんに会った覚えはあらへんかったと思うんやけどなぁ。どこぞで会うっとったかな？」

「貴様も戦うか」

「遠慮しとくわ。ワイは見てくれ通り、荒事が苦手なんや」

「よく言う」

そんな話をしていたそのときだった。

笛の音が、夜空に響く。

「そろそろ頃合いだな」

「頃合い？　なんのことだ？」

「退かせてもらう」

「は？　いや、待て！」

エイドウは言うが早いか、踵を返した。

逃げるつもりか。ということは先ほどの笛の音は合図だろう。

これほど腕の立つ賊を逃がすわけにはいかない。

そう考えた、そんなときだ。

村人を守っていたトライブが、自分のもとへ戻ってくる。

「おいトライブ、どうしたんだ？　って、え――」

訊ねるよりも早く、トライブに押し倒された。

「ちょ、な、なにすんだ！」

自分の腕や足を地面に押さえつけるように、四肢を乗せるトライブ。ふん、と鼻を鳴らしたような素振りを見せたと思えば、そんな反応もそこそこにして、ランタンの窓を開けるレバーを器用に咥え、ガチャンと窓を開けた。

そして、青白い焰に戻り、勝手にランタンの中に戻ってしまった。

「おい、出てこい！　おいって！　これから手伝ってもらわなきゃいけないんだぞ⁉」

そう言うが、しかしランタンはウンともスンとも言わない。

エイドウや門の外の者たちも、その騒ぎに乗じて撤収していった。

すでに餓狼が放つような剣呑な気配はどこからも感じない。

門の外、奥の闇を凝視していたノアが、声をかけて来る。

「……アークスさま、どうなさいますか？」

「って言っても……ノアはどうすればいいと思う？　追った方がいいか？」

「それはお勧めできません。それに、襲撃がこれで終わりだとは限りませんし、撤退が罠という可能性もあります。村には守りを残したまま、慎重に村の周囲を見回って警戒するのがよろしいかと」

ノアの言葉に頷いて、ひとまず倒れた賊を捕縛するよう指示を出す。

その間も、頭の中に渦巻くのは、疑問以外の何物でもない。

いくらなんでも、こんな終わり方は不可解に過ぎる——

南門での攻防の被害はほぼゼロ。

賊たちの退却後、【びっくり泡玉（アストニッシュバブル）】やトライブの攻撃で倒れた者を捕縛。再度の攻撃に備え、門の内側に更なる柵や杭を設置し、防備を確立した。

北門の方も門は破られたそうだが、そちらの賊もすぐに退いたらしい。

被害に関しては調査中だが——いまはカズィを一人村に残し、代わりにノアと村の人間数名＋αを伴って、周辺の哨戒に進発。

村の周辺に賊が潜んでいないかどうか。

退いたと見せかけて、再度の襲撃に臨むかどうか。

それらを探しに出たのだが——

「うー……」

「アークスさま、ご気分がよろしくないのなら、村に戻ってはいかがです？」

「いや、そういうわけにもいかないだろ……」

口元を手で押さえつつ、村の周囲を歩く。周りに向けられるべき警戒は、胃からせり上がってきそうになる内容物にも向いているせいで、散漫になった。

背中をさすってくれるノアのおかげでだいぶマシだが、それでも胸の気持ち悪さは払拭できない。

「さすがのアークス君も、死体にはかなわんか」

「当たり前だっての……」

＋αの言葉に、恨めしげにそう返す。

そう、まとわりついて離れない吐き気の原因は、賊の死体だ。

村を攻められていたときは集中していて気にならなかったが。

ふと息をついたとき、真っ二つになった賊の腹の中身から漂ってきたその臭気にあてられて、吐き気を催してしまったのだ。

……以前にガストン侯爵の邸宅で戦ったときは、基本的に綺麗な死体ばかりだった。

ノアの剣で貫かれたり。

氷漬けになったり。

カズィの魔法で首の骨を折られたり。

最後は爆発炎上で黒焦げだ。

臓物がぶちまけられるほどの戦いは、今回が初めて。

温かい血や肉が、臭いの付いた薄い湯気を立ち昇らせる様は、男の世界の地獄絵図も斯くやと言うほど。

賊の襲撃中も退いたあとにも、村人の何人かが吐いていたくらいだ。

そんな惨状を目の当たりにしても、平気の平左なギルズ何某なのだが。

「……で？　ギルズはなんでついてきたんだ」

「いや、村の中におるよりもこっちにおった方が安全そうやなって。ほら、なんかあっても強力な魔導師様方が守ってくれそうやし」

「私はアークスさまを優先しますよ」

「村にもカズィがいるから大丈夫だぞ」

「それはそうやろが、多い方がお得っちゅーことや」

そんな風に言って、けらけらと笑っている。

本気でそんな臆病者であるのなら、危ない場所には来ないはず。

一体どんな意図があるのか。

突然撤退した賊の方もそうだが、この男に関してもまだまだよくわからない。

「にしても、アークス君たちの魔法はすごかったな。音で敵を倒したり、挙句の果てには炎をドカンと吹っ飛ばしたりや。ようもまああんな呪文考え付くもんやわ」

「魔法は言葉と魔力さえ用意できればいろいろなことができるからな」

「アークス君は敵に回さん方がよさそうやな」

「そうしてくれ」

妙なところで感心するギルズに、適当な返事をする。

にしても、だ。

「あの魔法が『えげつない』っての、よくわかったな」

「ん？　なんの話や？」

「とぼけるなよ。俺がシャボン玉を出したときのことだ」

ギルズにジト目を向けて軽く小突くと、彼はおどけたように舌を出した。

「バレたか。いやな、ワイ、こんななりでも魔法の心得は多少なりともあんねん」

「それでか」

そう、彼は確かにあのとき、魔法の効果がわかったような言葉を口にした。

あの泡を見ただけでは、えげつないなんてことがわかるはずもない。

傍から見ればただ単に、大きなシャボン玉を複数、宙に浮かべただけにしか見えないはず。

ということは十中八九、呪文を聞いて判断したということだ。

商人を名乗り、しかし魔法の心得もある男。

諸国を旅するために必要な力だと言われれば、確かにそうかもしれないが。

どうにも底の見えない部分が先に立つ。

「ま、もっと驚いたんはそれやけどな」

ギルズの視線は、スチールランタンに向けられていた。

「それ、あれやろ、見たことあるで。ガウンの持っとるやつや」

「ああ、その通り。これはガウンのランタンだよ」

「最初見たときからなんや似とるなぁって思っとったんやが、いや、まさか本物やとはな」

「ちょっとな、ガウンに手伝わされて、そのときのお礼だって言われて押し付けられたんだ」

「ほほー、妖精様に頼りにされるなんてさすがはワイのしんゆーや。鼻が高いで」

「誰と誰が親友だ」

「そんなんワイとアークス君のことやんか」

「勝手に親友認定するな」

ともあれ、ガウンのランタンだ。

「まさか、反発されるとはな」

思い出されるのは、トライブが言うことを聞いてくれず、勝手にランタンの中に戻って行ってしまったことだ。

「あの様子や、アークス君はまだ認められてへんのやろなぁ」

「そうだな。なんかそんな感じだったな」

そう、最後のあれは、そうとしか思えないような行動だった。

最低限の仕事をしたから、あとはいいだろう。そんな幻聴が聞こえてくる。

「だが、あれはあれで良かったと思うで？　あの男は深追いするには厳しい相手や」

「それっぽかったな」

「ああいった手合いの主戦場は闇の中やでぇ。暗がりに突っ込もうもんなら、頭からぱっくりや」

ふと、前を歩いていたノアが口を開く。

「間者の中には、魔法の力に頼ることなく、闇や音を操る者も多くいます。目が慣れる前に取り囲まれて……ということは十分考えられますね」

「せやせや。もしかしたらトライブは、そういうところも見てたんとちゃうか？」

「…………」

確かに、ギルズの言うことも一理ある。トライブは勢いに任せて追いかけようとする自分を見て呆れてしまった、ということは十分考えられた。

「で、あの男とは知り合いなんか？」

「知り合いってほどでもないよ。村に来る途中で少し言葉を交わしただけで、ちょっと同道したけど村に向かう途中で別れたんだ。まさか山賊の一味だとは思わなかったよ」

「ですね。一見してそんな素振りは一切なかった」

「倒れた人間を助けてたからな。まさかそんな人間が賊だったとは」

そう言って青年の方を向くと、彼は軽く会釈した。

……彼が倒れたとき、エイドウは常に脇についており、よく気を遣っていた。

まさかそんな人間が山賊だったとは、どうしても思えない。

何か理由があるのか、そういう風に考えてしまう。

ギルズはこちらのそんな内意を見透かしたのか、

「ええ奴に限って胡散臭いモンやで」

「別にいいやつじゃなくてもうさん臭さ満載の奴もいるけどな」

「ほー、どこにおるんやろうなぁ。見てみたいわ」

「ああ……ここに鏡がないことが悔やまれますね」

ノアと二人してジト目を向けるも、当の胡散臭い男はどこ吹く風だ。

「伯父上を知っているような口ぶりだったしな。ノア、なにか心当たりはないか？」

「いいえ、まったく。おそらくは私がクレイブさまのもとに行く前の知り合いか、あるいは敵でしょう」

「そうか……」

やはり、エイドウに関しては情報が少なすぎる。

そんな話はともあれと、村から離れすぎないよう注意しつつ、賊が逃げた先を調べるも、音沙汰はなし。

賊がどこかに潜んでいるということはなさそうで、結局区切りをつけて村へと戻ることになった。

……にしても、今回のこの襲撃は一体なんだったのか。

賊が何をしようとしていたのか、それがまったく読めないのだ。

確かに、鮮やかな引き際と言えば聞こえはいい。

だが、何も盗らず、これといった成果もなくでは、ただただ損害を出しただけだ。

陽動が成功し、北門が開いたのなら攻めもさらに苛烈になるはず。

しかし、北門が破られ、合図が届いてから間もなく、彼らはすぐに撤退していった。

単に、村の門を開けたかっただけ。

散発的な攻撃で村の守りを疲弊させるため。

様々な可能性を思いつくが、しかし、あまり意味はないなと、思いついた端から立ち消えていく。

村の真上の闇空が、ほのかに赤みがかっているのが見えた。

おそらくは篝火を増やしたのだろう。村にはそれほど〈輝煌ガラス〉の用意がないため、明かりと言えば火を点けるしかない。

門をくぐると、すぐに村長が出迎えてくれた。

「おお！　お戻りになられましたか……」

「どうやら付近に潜んでいるってことはないみたいだ。そっちは？」

「はい。こちらも確認しましたが、村には大きな被害もなく……この度は本当にありがとうございます」

村長が深々と頭を下げると、彼の後ろに控えていた者たちも続いて同じように頭を下げた。

「いやいや、そこまで改まらなくても」

「そのような！　まさかアークスさまが妖精様のお力を借り受けられるほどの方だったとは思いもよらず……これも精霊様や妖精様のお導き！　本当にありがとうございます！」

「あ、あははは……」

村の者や青年も、口々に「ありがとうございます」と言ってくる。

彼らはみな一様に、目をキラキラと輝かせていた。

まるでとてつもなく神聖なものでも拝んでいるかのようだ。

それだけ彼らには、自身がトライブを使役したということが衝撃的だったのだろう。

トライブは死者の妖精ガウンが人に仇なす魔との戦いに用いたり、墓を荒らす悪党を捕まえるのに用いたりすることが説話では伝わっている。特に村々での精霊や妖精に対する信仰は篤いものであるため、まるで神の使いのようにも見られているのかもしれない。

手の空いた村人が一人一人、お礼の言葉を伝えに来る。

なんというか、新興宗教の教祖になったような気分だった。

「そのうちアークス教でも布教しますか？」

「やめろ。俺をカルト宗教の教祖にしようとするな。それにそんなことしたら精霊や妖精に怒られそうだ」

「むしろ精霊に協力したからいいのでは？」

「んなわけないだろ。冗談言ってないで状況の確認だ」

村の様子だが、見る限り被害らしい被害は門が破られた程度だった。

まあ、魔法でめちゃくちゃになった門の前の地面も、被害と言えば被害だが。

いまは立てた杭や繋げたロープの撤去が進んでおり、もうそろそろそれも終わろうかというところ。

あとは、他に逗留していた者たちについてだが――

「そういえば、ピロコロたちの方は？」

「それが、ピロコロ殿はあのあとすぐに出立してしまいまして」

「え？　出立した？」

「はい。私共も引き留めたのですが……」

村長は無念そうに項垂れる。

ということは、引き留めきれず、出て行ってしまったのか。

しかし、何故このタイミングでの出立なのか。

ピロコロのあまりに奇妙な行動のせいで、困惑が顔に出る。

するとギルズが、その困惑を代弁するように口を開いた。

「いやいや、まだ夜は始まったばかりやで？　いくら急いでるにしてもこないな時間に村から出て行くっちゅーのは無茶苦茶やろ？」

「ええ。いま外に出るのは危険ですと何度も言ったのですが、一刻も早く領都に報告に向かわなければならないと言って、聞く耳を持ってもらえず」

「報告って？　なんのために？」

「それが、北門襲撃の折、荷が盗まれてしまったとかで……」

「盗まれた？」

聞き返すと、村長が頷く。

ということは、彼らの荷――つまり銀を先ほどの賊たちに盗られてしまったというのか。

その話には、ノアも眉をひそめる。

「おかしいですね。彼らには多くの護衛がいたはずですが？」

「それが、門を破られた際に隙を突かれてしまったとかで、荷をまるごと掻っ攫われてしまったようなのです」

「マジかよ……」

半ば放心しつつ、そんな言葉を漏らす。

村の入り口で入村を待っていたとき、ピロコロの一団は列を作るほどの護衛を備えていた。

しっかりと数えたわけではないが、十人から二十人ほどの人数がいたはずだ。

それだけの護衛をすり抜けて盗み出すなど、どれほど手際が良かったのか。

しかも、北門が破られてから賊の撤退までさほど時間も経っていない。

にもかかわらず、こんなにあっさりと盗られるなど、どう考えても——

「長！」

ふいに掛けられた呼び声に振り向くと。

村の者が、村長のもとへと駆けて来る。

「どうした？」

「近くに逗留していた領軍と連絡が取れました。すぐこちらに駆けつけてくれるそうです！」

「おお！　それは良かった！」

村長の声が喜色で弾む。

話を聞くと、どうやら自分たちが歩哨に出たあと、近くの村々へ賊が出没したということを報せに出したらしい。

その一つが、賊討伐のためにこの辺りに来ていた領軍を見つけたとのこと。

警戒などをしつつ、しばらく。

……やがて村に、武装した集団が現れる。

それぞれが剣や槍、弓など、思い思いの武器を持っているが、鎧などのデザインはすべて統一されている。

装備は個人個人にきちんと誂えられ、刻印もしっかりと施されているようだ。

逞しい軍馬に、領軍であることを示す軍旗もある。

後方には輜重隊までくっ付いてきているらしい。

自警団などとは規模が違う。間違いなく、領軍の正式な部隊だろう。

しかしてその部隊を引き連れて現れたのは、巨大な剣を背負った赤茶髪の少年だった。

歳はだいたい自分と同じくらい。

背は、自分より少し高い程度。

にもかかわらず、軍馬に乗って部隊の先頭に立っている。

部隊の年かさの者たちも、彼に対して丁寧な言葉遣いを心掛けているようだ。

ということは、良家の令息なのかもしれない。

このような時間に、部隊を引き連れ山賊討伐の任に出ているのは随分と厳しい家系なのだと思いつつ、その出で立ちを観察する。

鎧ではなく、市井に出回るような動きやすそうな服装と、マント。

防具と言えば、仕立てのいいブーツと腕輪のみ。

鼻にはやんちゃ坊主を思わせる絆創膏が一枚。

表情は、夜間にもかかわらず元気が有り余っているのか、溌剌としたものだ。

良家の令息というよりは、冒険心に富んだ少年と言った方がしっくりくる。

だが驚くべきは、彼の背にある巨大な剣だ。

己の背丈を超えるほどの巨剣を背負えるなど、白昼夢でも見ているような気分になる。

おそらくは剣に施された刻印と、腕輪に施された刻印が作用しているのだと思われるが、それにしたって異常である。

馬上の少年に対し、村長が膝を突いて礼を執った。

やはり高い身分の者なのか。

村長が、すぐに事情を話し始めた。

やがて、兵士たちが銘々動き出す。

門の補修、警備の確認などをしてくれるのだろう。

ふと、その少年がこちらを向いた。

怪訝そうな表情を浮かべていたが、村長がすぐに何やら話しかけると、その顔は満足そうなにこやかなものに。

事情を話してくれたのだろう。

少年と幾人かが馬から降りて、近付いてくる。

そして、良家の子弟らしからぬ砕けた……というよりは若干がさつな様子で声をかけてきた。

「うちの領民を守ってくれたんだって？　礼を言うよ。ありがとうな」

「あ、ああ」

「…………？」

思った以上にフレンドリーな対応に、そんな曖昧な返事をした折、少年が首を傾げた。

「……なにか？」

怪訝な表情で顔を覗き込んでくる少年に、こちらも怪訝そうな視線を返す。

そんな中も、少年はぴょんぴょんと跳ね回るように、さまざまな角度からこちらの顔を観察。

そのうえ、ピントを合わせるように目を細めてうーんと唸る始末。

一体自分に何を見出そうとしているのか。

「……あんた女の子だよな？　……うん、そうだよ。だって可愛いしさ」

彼がそんなことを口にした直後、すぐに後ろを向いて、

「ノア、可愛いだって。言われてるぞ？」

「……アークスさま。現実から目を背けてはいけませんよ。いまのは間違いなくアークスさまに向けてかけられた言葉です」

「うるせーわかってるよ！　ちくしょー！　うがぁああああ！」

雄叫びを上げ、地団駄を踏む。

もはやこういうやり取りが入るのも、定番なのか。

不思議そうな顔をしている少年及び、その背後に控えた者たちに叫んだ。

「俺は男だ！　男！　お　と　こ！」

「え？　そうなの？　ほんとに？」

「ホントだ！　格好見ればわかるだろ！　着てる服も男モノだろ！」

「いやーゴメン、てっきり女の子なんだとばっかり。だっておれより背も低いし」

「うぐぅっ！　ちょっとだろちょっと！　誤差だ誤差！」

そう怒鳴り返すが、少年は朗らかに笑っている。

バツの悪さなど微塵も感じられない。

そんな少年に、背後に控えた者が耳打ち。

彼の補佐かなにかなのだろう。

「坊、坊」

「あ？　ああ、ああ。わかってるって……えーっと、仕事だから、いろいろ訊かなきゃなんなくてさ……」

自分たちが何者なのか、聞き取りを行いたいというのだろう。

「でしたら、私の家で」と、村長が勧めるまま、連れ立って家へと向かった。


「ディート様。残り物で申し訳ありませんが……」

「いいよ全然！　おれこのフィッシュパイ好きなんだ～」

村長からフィッシュパイを一切れ受け取り、にこにこ顔の赤茶髪の少年。

夜食にと口いっぱいに頬張りつつ、補佐の男に呆れられながら窘められているそんな中。

村長宅のリビングを借り受け、それぞれ椅子に着席。

いまアークスの前には、夜食を食べ終わって満足そうな赤茶髪の少年がいる。

事情聴取めいた席にもかかわらず、厳しさはまるで感じられない。

すでに一度村を守っているから、ということもあるのだろうが。

むしろ知らない相手に対する興味心が勝っているようで、どことなく弾んだような、楽しげな視線が向けられている。

彼に対する印象は……朗らかといったところか。

愛嬌のある笑顔を見せ、机に伏せるようにして覗き込む姿は、子犬さながら。

両人とも背後にそれぞれ従者と補佐を従え対面している。

場が整った折、赤茶髪の少年が口を開いた。

「んじゃ、改めて。おれの名前はディートリ――」

「ぼ、坊⁉」

赤茶髪の少年が自己紹介の言葉を言いかけたときだった。

補佐の男が慌てて口を挟む。

驚きつつも、何かを咎めるようなその呼びかけに、赤茶髪の少年はふと気付いたような素振りを見せ――

「え？　あ、そうだったそうだった。おれの名前はディート。ただのディートだ。よろしくな」

「……よろしく」

不自然な挨拶に、挨拶を返す。

言い直しはしたが、「ただの」という言葉を付けている時点で、すでに不自然さからは逃れられていない。意図的に身分を偽るというよりは、どことなく暗黙の了解めいたものが窺える。

一応、身分を明かさずということでこの場にいるのだろう。

置かれている立場。

他の者との関係。

そこから身分を推し量ることはできるが、ここで敢えてそれを言い当てる必要もない。

特に追究はせず、大人しく聞きに徹する。

「それでこっちが補佐兼お目付け役のガランガ。おれがこいつらを預かっているんだ」

赤茶髪の少年、ディートがそう紹介すると、隣で補佐をしていた男が頭を下げる。

毛量が寂しくなりかけた、体格のいい男。

地位はあるようだが、口調からどことなく粗野さが先立つ。

正規の兵士というよりは、叩き上げの軍人のような印象だ。

たとえるならば、新米将校を補佐する経験豊富な軍曹だろうか。

彼もディートを立てているため、やはりディートがこの部隊を率いているのだろう。

若いというよりは若すぎるが、この世界、ある程度身分が高ければこういうことはままあるものだ。

若いうちから部隊を率いて、経験を積ませるというのは、特段珍しくもない。

当然その「若い」の度合いは、お家によって違うだろうが。

すると、いまし方紹介された男が、改めて「ガランガと言いやす」と言って大きく頭を下げる。

そして、

「見たところ身なりもよくて、立ち振る舞いにも気品がある。どこぞの貴族に連なる方とお見受けいたしやすが」

朗らかなディートとは対極的に、ギラリとした眼光を閃かせるガランガ。

相手を検め、その正体を明らかにしようとする、容赦ない視線だ。

これはこちらの身分を疑っているわけではなく、きちんと貴族だとわかってのものだ。

そもそもここは、ラスティネル家の領地。

他の貴族が勝手に入り込むなどということは、いい顔はされないどころか諍いのタネにもなる。

領内に入るにも、きちんとした手続きを踏まなければならないのだ。

それが周知されていないための、この不信感なのだろう。

「……まず、俺の名前はアークス・レイセフト。こっちは従者のノアとカズィだ。それで、後ろにいるのは案内をしてくれているバド」

「レイセフト家って……」

「王国古参の子爵家ですな。アークスという名前は、確かそこの長兄の」

ディートが記憶を掘り返す一方、ガランガの視線が妙な光を帯びる。

おそらくはこの男もギルズと同じで、例の「風の噂」を知っているのだろう。

ともあれ、

「そんな方々が、なぜウチへ？」

「ちょっと理由があってね」

「理由、ですかい？」

「そう。ほら、ここに王家から認可を受けた書状もある」

「王家……ですかい？」

「ああ」

鞄から書状と、領主ルイーズ・ラスティネル宛ての親書の入った封を取り出すと、ガランガが一瞬畏まったように身体を硬直させる。

王家の印章の入った封蝋は、きちんとした身分の人間相手には特に有効だ。

印章を覚える教育をされているため、いちいち説明せずとも見せるだけで理解してくれる。

特に正規の軍人、それも地位が高い者となれば、効果は抜群だろう。

「……拝見してもよろしいですかい？」

「こっちの領主さまへの親書の方は開けられたら困るから」

「ええ。わかっていやす」

国王から領主への書簡を勝手に開けるのは、開けた方も開けられた方も処罰の対象となる。

ガランガが書状の方に目を通す。その表情は神妙さを帯び、やがて眉が険しくなった。

一語一句見逃さないよう集中しているのだろう。

ある程度読み進めた折、ガランガは大きな息を吐いた。

そんな彼に、ディートが訊ねる。

「ガランガ、どう？」

「……間違いありやせんね。こりゃ正式な書類ですわ。しかもかなり優先度が高いヤツですよ。ほらここに、王家の玉璽で捺された印章が」

「お、ほんとだ」

書状最下部に捺された特徴的な印章。

クロセルロード家が発行したという証明を見て、ディートも納得したような顔を見せる。

銀の調達は王家から下された命令という側面も持つため、書状には玉璽で判が捺されている。これを見せれば、国内のみに限るが、わざわざしち面倒臭い手続きを踏まずとも素通りができるのだ。

ふと、ディートが首を傾げる。

「でもどうして連絡を入れてないんだ？　先触れでも出してくれれば、こっちから迎えを出すのに」

「その辺りは……そんな書状を持ってるってことで察してくれ」

銀の調達は、裏で進める話だ。先触れなどを出す規模になると、相応の対応をしてもらうことになるし、そうなると賓客扱いで大事となる。

魔力計の存在もあるため、なるべくなら大っぴらにしたくないのがこちらの希望するところ。

一方ディートはガランガと、ひそひそ話。

ガランガに、どういうことなのか聞いているのだろう。「密命に近い」等の声が聞こえ、やがてディートは得心がいったという表情を見せる。

「事情はわかった。それで、この村に立ち寄ったのはやっぱり？」

「ああ。山道が封鎖されてたから、ここに来たんだ」

「迂回するなら、ここが一番いいですからね。自然とそうなるでしょうな」

「あ、そうだ。一応聞くけど、滞在費の支払いは？　きちんとした？」

「支払いの方は、泊めてもらう代わりに刻印の整備や修繕をしたよ」

「はい、こちらはもう大助かりでして……」

村長がそう言うと、ディートが驚く。

「え？　なに？　アークスって刻印できるのか？」

「あ、ああ……できるけど、それが？」

こちらが意外な部分への食いつきに面食らうのもそのままに、ディートは勢いよくまくし立てる。

「じゃあじゃあおれのも見てくんないかな？　おれの剣。なんかちょっと前から調子が悪くてさ、技師に見せようとは思ってたんだけど……」

ディートはそう言って、立てかけてある巨剣の方を向く。

そして、椅子から飛び跳ねるように降りたところで。

ガランガが頭を抱えて、呆れたようにお小言をぽつり。

「坊、あのですね……」

「え？　いや、だって必要だろ!?　あれはおれの武器なんだぞー！」

「それはそうですが、場ってもんがあるでしょうに……」

「いいや！　最重要だ！　いざって時に敵を斬れなかったらどうすんだよ！」

「別に多少斬れやしなくても、そんなもの叩きつけられたら人間は軽く死にますから」

ガランガが、膨れ出したディートをどうにか宥めようとする。

立場に反して、態度や所作がだいぶ子供っぽい気もするが。

「いや、見るのは別にいいけどさ。魔法を使ったあとだから、できれば少し休んでからにして欲しい」

「ほんとか！　じゃあよろしく！」

了解の言葉を口にすると、ディートは満面の笑みを向けて来る。

無邪気な笑みだ。やはり、どことなく子犬っぽい。

一方で、申し訳なさそうに頭を下げるガランガ。

「それで、ディートたちはやっぱりあの山賊を？」

「そうなんだよ。最近やたらこの辺りに現れてさぁ。こっちも困ってるんだ」

「ですから坊……」

「え？　あ……しまった」

ガランガはディートの迂闊（うかつ）な発言に呆れ。

一方のディートはそれに気付いて、「やってしまった」という顔になる。

領の後ろめたいことを軽々に口にするのは、己の急所を晒すのと同じだ。

ついつい口が過ぎただけだが、貴族間では命取りにもなり兼ねない。

それに気付いたようだが、もうあとの祭り。

ガランガが諦めたように息を吐き。

「どうかこれはご内密に」

「ああ」

アークスとの間で、そんなやり取りが交わされる。

「ウチでも、いえウチの領だけじゃありやせん。賊共は周辺の領にも出没しているようで、あちこちを騒がせているようなんでさぁ」

「んで、いっつもこうして後手後手になるんだよな。網を張ってるのにどうしてこう上手くいかないんだろうなぁ」

最後に、ディートがぼやき出す。

あまりこういう風に、思ったことを言ってはいけないのだが、まだ歳が歳だ。この辺りは仕方ないだろう。

ちなみに、どうやって捕まえようとしているのか聞くと。

「こっちも山賊の格好しておびき出そうとするとか」

「金目の物を運んで囮（おとり）にするとか」

「…………」

「…………」

「いろいろやってるんだけどなぁ……」

妙な作戦ばかり立てていらしいディートに、一応訊ねる。

「……効果は？」

「それがまったく。良い策だと思うんだけど……」

ディートがうーんと懊悩（おうのう）の唸り声を上げる一方、ガランガは大きなため息を吐く。

しかもある程度言うことを聞かないといけないため、苦労しているのだろう。

そんな中、ふいにディートがため息をこぼした。

「いまはセイラン殿下が近くに来てるっていうのにさ。困っちゃうよ」

「ん？　殿下が？　この辺りに来てるのか？」

「あ、そうそう。なんかよくわかんないけど、ナダール領を視察するって話なんだ。それで、この辺りに来て……いまはナダール領近くにでもいるのかな？　こんなときに山賊被害が出たって知られでもしたら、面倒になりかねないよ。せめて捕まえてから来てくれればよかったのに」

「それもそうでしょうが、まず怒る方がいまさぁね」

「……うぅ、成果を上げないとカーチャンにどやされるよぅ」

ディートは涙目になって頭を抱えだす。

どうやら彼は、カーチャン何某の雷に怯えている様子。

当然、彼の母親のことだろう。

ディートがテーブルに伏せって頭を抱えていると、ガランガが、

「なんにしても、アークス殿たちのおかげで助かりましたよ。なんせ口が利ける状態で捕まえていただけたんですからね」

「あ、そっか！　そうだよな！」

「……もしかして坊、いま気付いたんですかい？」

「い、いや。そんなことないぞ！」

そう言って、全力で誤魔化しにかかるディート。

それが誤魔化しだと傍目からわかる時点で、どうしようもないのだが。

「でも、重要そうな連中は逃がしちゃったし」

そう言って、道中で出会った男に関しても説明する。かなりの実力者であったこと。撃退はできたが、追いかけきれなかったことなど。

「その魔導師はそれほどの使い手なので？」

「対峙したときに受けた威圧感は、伯父上にも引けをとらないものだった」

「アークス殿の伯父ということは、あの名高い【溶鉄】の魔導師様ですかい」

「ああ、しかもなんか向こうも伯父上を知ってるようだったし」

「口ぶりを聞くに、好意的なものではなかったようです」

「なるほど。わかりやした」

ガランガが眉間にしわを寄せると、カズィとノアが口を開く。

「個人的には魔法はかなりの腕前だったと思うぜ？　ありゃあ魔法院の講師でも太刀打ちできる奴は限られるだろ。あー、でも今は約一名、除かなきゃならねえのが講師の中にいるのか」

「メルクリーアさまも見た目はあれで相当お強いですからね。ともかく、魔力の量も私やカズィさんを超えるものだったのではないかと思います」

「つまり、七千以上あるのか？」

「そうなりますね」

「うっわー……」

ノアの肯定の言葉を聞いて、げんなりする。自分の四倍以上の魔力を持つ相手なのだ。そんなに魔力があるとか、人生は不公平で不条理極まりない。

「でも、捕まえてくれたことは確かだよ。これでヤツらの尻尾を掴める。ありがとう！」

そんな風に、ディートにお礼を言われる。

ともあれその後も、彼らに山賊の襲撃についてのことや、特徴などを事細かに説明。

あとは、ガランガの言葉通り、捕らえた賊から情報を引き出すのを待つばかりだったのだが。

……その賊たちが毒を飲んで死んだという報告が来たのは、アークスたちが床に就く直前のことだった。

第二章
「領都での戦い」

Chapter2 ∽ Battle of the Capital

――やはり気になるのは、捕らえた賊たちが自害してしまったことだろう。

聞いたところによると、どうやらあらかじめ口の中に毒を隠していたらしく、ディートたちが取り調べをしようとしたときにはすでにこと切れていたらしい。

納屋に集めていた賊たちは苦しみからか、身体は一様に弓なりに反っており、激しい苦悶のあとなのか表情は笑っているかのような状態にまでなっていたという。

なんとも苛烈な死にざまだ。

だがここで気になるのは、彼らがなぜそんなことをしたのか、だ。

この世界の司法は男の世界のように整備されてはいないにしろ、ある程度だが罪に対する量刑も設定されている。

そのため、よほどの罪を犯した場合でなければ、即死刑にはなることはまずない。

そもそも、だ。

捕まればその場で刑に処されることはなく。

まず、相応しい場所に連行されるだろうし。

その間に、逃亡を企てることもできる。

罪を償えば解放される可能性だってあるのだ。

下手を打って捕まった。だから未来に悲嘆して、毒を飲み自害した……というのは、どうにも考えにくい。

当然、ディートたちも訳がわからないといったように困惑していた。賊を捕まえる手がかりを失い、であれば調査が振り出しに戻ったと、苦々しい口ぶりだったのが印象的だったが。

ともあれそのせいで、ディートたちから再度、聴取を受けることとなった。

もちろんそれはこちらを疑ってのものではなく、状況を調査するためのものだ。

ディートたちの調査はギルズにも及んでおり、個別で取り調べを受けたようなのだが、こちらはすぐに解放されたらしい。

あれだけ妙な男だ。身元不明者として一定期間、少なくとも領都に着くまでは拘束されるのが筋のようにも思えるが、思いのほかあっさりと解放されていた。

どうも聞くところによると、ギルズの解放には村長の口添えがあったからだそうだ。

起き抜けに、村長になぜかと訊ねたところ。

「……村に、この辺りでは手に入らない薬が必要な病を抱えた者がおりまして。それで折よくギルズ殿からその病に効く薬を融通していただいたのです」

とのこと。

前日の夕食に招待されたとき、確かにそんな話を聞いた覚えがある。

「それで、口添えをしたと？」

「はい。ずいぶんと安値で……おそらく個人で動いていることを差し引いても、赤字だったとは思います。ですので、少しでもお力になれればと」

なるほど。そういった事情があったか。

「でもギルズもなんでそこまで？　あの男、この村になにか縁があるわけでもないんだよな？」

「ええ。ギルズ殿がここを訪れたのは、昨日が初めてです」

だろう。

あの強い北方（イメリア）訛（なま）りだ。この辺りの出身でないことはまず間違いない。

「私も不思議に思い、どうしてそこまでしてくれるのかと訊いたのですが、どうやらギルズ殿は私どもの村ような、地方にある村や集落を回っているらしいのです」

「なぜ？」

このような物流に乏しい村を回る活動を行うのは……それこそ、特産品や珍品を見つけるにしても、コストのかかり方が甚大だ。利益にはつながらないし、すぐに破産してしまうだろう。

どういう理由で動いているのか。不思議でならない。

村長はこちらの疑問の真意を察したのか。

ふと穏やかな笑みを見せる。

「アークス様。物事の動きは、なにも利害だけでのみ動くものではないのでございます」

「それは？」

「世の中には、情で動く方もいる、ということです」

「人の心や行動は、ものさしや天秤じゃ測れないってことだな」

「おかしいと思いますか？」

「いいや。ただ、身内の情に絆されたり、ふとした情に感化されたりじゃなくて、人生かけて無私の行動をするっていう話は、常々不思議に思うところではあるよ」

「そうですね。多くの人は利で動くものです」

人から感謝されたい。

人の喜ぶ顔が見たい。

生活に余裕があって、心が豊かになれば、人はそういったものを求める傾向にある。

「ですが私どものような者にとっては、ああいう方の存在は、とてもありがたいのです」

男の人生を追体験したときにも、覚えがある。夕方の情報番組の特集で、移動販売車で地方の集落を回り、移動手段を欠いた老人たちなど買い物難民を助けるという内容だ。

要するに、ギルズはそれと似たようなものなのだろう。

行っていることに差異はあるが、地域にいる人たちを思って動いているという点では同じだ。

誰かを助けたい。

自分が受けた恩を返したい。

照らし合わせれば理由は様々挙がるが。

危機が降りかかりそうなこの村に敢えて訪れたことにも、これで納得がいく。

そういったことを考えながら、頭を掻く。

「ダメだな。なんでも、人の背景を見ようとしちゃうのはさ」

「仕方ないでしょう。アークス様はそれをしなければいけないお生まれでしょうから」

「貴族ってほんとめんどい」

そう冗談めかして言うと、村長も相好を崩した。

にしても、だ。

「なんか、きげ……昔話に出て来る【ダンウィード】みたいだな」

その名前は、【紀言書】に登場するとある男のものだ。

村々を回り、その村に必要なものを安値で提供する旅人【ダンウィード】。

常に滅私の精神で動き、多くの者を助け、多くの者に感謝されたという。

この世界では、平民が子供に道徳を学ばせるときに、よく引き合いに出されるお話だ。

「昨日薬を融通していただいた折、ギルズ殿にもそのお話をしていただいたので、もしかすれば、意識されているのかもしれません」

すると、村長はどこか思い悩んだ様子で、ぽつりとこぼす。

「……ああして口添えをするのは、出過ぎたことだとは重々理解しております」

「それは…………確かにそうだろうな」

「ですが、私には【ダンウィード】のことをあれだけ熱く語られる方が悪い方だとは思えなかったのです。私は薬のお代がいくらになるか訊ねたときに、かなりの額を覚悟していたのですが——」

——気にせんでええ、ええ。代わりに美味いメシ食わしてくれたらそれでええから。

「そんなことを言って村の者を助けてくれた方を、悪い方だと疑うのはどうしても……」

「確かに、できないか」

「はい。私どもにとっては、あの方は【ダンウィード】です」

「じゃ、俺は気を付けなきゃいけないな。そうなると、俺は金をむしり取られる側に見られるかもしれないし」

「まさか！　ガウン様にお力を預けられた方にそのようなことはしないと思いますが……」

「どうだろうな？　俺に対してはずっと妙な態度だったしさ」

村の人間には丁寧だったのかもしれないが、自分に対してはどうも含みのある素振りが多かった。

その【ダンウィード】には、義賊的な一面がある。

権力者に屈せず、常に民の味方であり。

しかもそういった者たちが不当に得た利益を掠め取って、貧しい民に分配していたというのだ。

こちらが悪いことをしているわけではないため、そういったことはないだろうとは思われるが――

冗談めかしたオチを付けつつも、ギルズのことについては答えが出せない。

まだ村長の話を額面通りに受け取ることはできないが、自分の利益優先で動く商人とはまた違うということは、頭に入れておくべきなのかもしれない。

朝から村長と話をしたあとは、ディートの刻印武器の修繕に取り掛かった。

これは、昨夜に彼から頼まれたもの。

当然、お代はすでに支払ってもらっており、村出立の前にやっつけてしまおうということで、朝早く起きて作業を始めていた。

修繕の対象は、彼が持っていた巨大な剣と、嵌めていた腕輪だ。

剣は段平を鉈のような形状にしたもので、アークスやディートの背丈よりも一回りは大きいもの。

刻印がびっしりと刻まれた、ほぼ兵器と言って差し支えない武器だ。

その形状の無骨さとは裏腹に、刻印は見事なもの。刻まれている【魔法文字】は男の世界で言う草書体のように文字の省略が駆使されているうえ、すべてが繋がっているため美しい模様にも見える。

そのことから、相当な技師が作った逸品だろうということが窺えた。

アークスも、刻印についてはこれまでいろいろなものを見てきている。

贔屓にしている大店が仕入れた刻印具を見せて貰ったり、ときには書店で購入した商品目録を眺めたりと様々。

だが、ディートの剣は、これまで見た型のどれにも属さないものだ。

それゆえ、おそらくは古代の品だろうということが窺える。

頑強さと切れ味を維持する刻印。

取り回し、滑りの良さに関連する刻印。

そのうえ血と油を取り除くものなのか、撥水性のある刻印まで。

それらが互いに影響しないよう、絶妙な構成で刻まれている。

いまこれを作れる人間は、どこを探してもいないだろう。

【紀言書】を読み込んだアークスでさえも、判別、解読できないだろう部分が数多くあるのだ。

修復作業の終わり頃、ディートが起きてくる。

この世界基準ではずいぶんと遅い朝だが、それは夜番から調査などに、遅くまで立ち会っていたからだろう。まだ幼く、態度からもやんちゃな印象を受けたが、仕事に対してはとても真面目なようだ。

ディートは大きなあくびをしたあと目を擦って、うつらうつら。

まだ眠気を取り切れていない様子。

補佐であるガランガに付き添われながら、水を一杯。

やがて、目が覚めたようで。

「いやー助かるよー。こいつ急に調子悪くなっちまうんだもんよー。参った参った」

「そうなんだ」

「なんか切れ味が悪くなるし、前よりも重くなってさ。おれがこれを貰ってすぐのことだぜ？　カーチャンが乱暴に扱いすぎなんだよ」

「それは坊にも言えることじゃないですかね？」

「そ、そんなことないって！」

「この前だって無理やり地面に叩きつけて……」

「あれは必要だからしただけだ！　無意味に乱暴に扱ったわけじゃない！」

二人はそんな話をひとしきりしたあと。

「でも、刻印を見れる人がいてくれてほんと助かったよ」

「ええ。良かったでさぁ」

「これで賊が現れてもきっちり斬れる」

ディートくん。可愛げのあるにこにこ顔とは裏腹に、口から飛び出て来る言葉はなんとも物騒このうえない。武門の子息でももう少し大人しいはずなのだが……家風によるものなのだろうか。

随分とまあ過激だなぁと思っていると、ディートが覗き込んでくる。

「それで、どんな感じなんだ？　すごく綺麗になってるけど」

「作業はもう終わってるよ。いまは見落としがないか調べてるだけだ」

「ほんとか!?　仕事が早いなぁ」

そう喜びの声を上げるディートに「もう持ってみても構わない」と言うと――

「お？　お？」

ディートは腕輪を嵌めた手で巨剣を軽々と持ち上げ、そんな声を出す。

白昼夢のような光景に目眩を覚えるが……驚きの混じったその声で、作業が上手くいったことを実感する。

一応だが、

「どうだ？」

と、声をかけると。

「あはは！　すごいすごい！　すごいよこれ！」

「ちょ――」

ディートが巨剣を部屋の中でぶんぶん振り回す。

危ないどころの話ではない。

切っ先が家具や調度品に触れるか触れないかの紙一重。少しでも間違えば、全損は免れない。

にもかかわらず、ガランガはそれを止める素振りも見せない。

むしろ豪快な笑顔を見せながら、ディートに訊ねる。

「坊、どうですかい？」

「うん！　断然具合が良いよ！　むしろ悪くなる前よりもいいぞ！　すげー！　アークス、これどうやったんだ？」

持ち上げただけでもわかるのか。そういえば先ほど重くなったとか言っていたため、それですぐにわかったのだろう。

腕を伸ばして巨剣を振り上げる姿は、振り下ろしのタイミングを待つ処刑人。

しかして対面にいる自分は、刑の執行を待つ罪人の気分だ。

ディートの動きを制するように両手を前に出して、言う。

「その前に、それ」

「ん？　あ、ああ、悪い悪い」

ディートは「てへっ」と言うようにぺろりと舌を出して、剣を壁に立てかける。悪びれた様子というよりは、悪戯を咎められた程度のことのよう。この少年にとっては、この物騒な行為も、そんなレベルのことなのか。

その姿に、ふいに戦慄を覚え、背筋に冷たいものが走る。

「どうやってもなにも、普通に補修しただけだよ」

ガランガが、顔を剣に近付けて、目を細める。

「……模様が綺麗に浮き出ていますね。自分が姐さんに付き始めた時分にも、こんな感じじゃなかった気がしますが」

「たぶんこれ、もとはずっと綺麗なものだったんだと思う。使いまくって刻印を摩耗させて、見えなくなった部分を誰もうまく補修できずそのままだったんだろうな」

「つまり、復活させた……と？」

「俺にもわからないところはいっぱいあるから完全じゃないけど」

「そいつは……」

ガランガが唸っている一方で、その剣の持ち主の方はと言えば。

「なんかよくわかんないけど、それなら今度からアークスに見せようかな」

「他にここまでできる奴がいないなら、そうした方がいいかもな。もっと知識が増えれば、もとの状態に戻せると思うし」

「もとってことは、こいつが作られたときのってことですかい？」

「ああ。それなりに時間はかかるかもしれないけどさ」

「ほんとか⁉　じゃあ今度調子悪くなったらアークスに整備を頼むよ！　よろしく！」

ディートから専属技師に決定されたあと、彼はいてもたってもいられないというように。

「おれ、いまからちょっと外で切れ味試してくるから」

「坊、あんまり無茶はしねえでくだせえよ？」

「わかってるってー！」

ディートはそう言いながら、巨剣を肩に担いで飛び出していった。

いくら腕輪の刻印があるとはいえ、よくもまああの重さのものを一人で運べるものだと、半ば呆れの吐息が出てしまう。

「すげー腕力」

「ありゃあ血ですよ」

「あ……あの天稟（てんぴん）っとかいうやつね」

そう言うと、ガランガは肯定するように頷く。

そんな感じで慌ただしい中、ふとガランガから視線を向けられていることに気付く。

「なにか？」

「……いえ、噂ってモンはあまり当てにならないようで」

「あー」

「俺からもお礼を言わせてくだせえ。ありがとうございやす」

武器を修復したことのお礼を口にするガランガ。

前日は彼の視線に胡乱なものが混じっていたが、いまの彼の瞳には、そんな光は欠片もない。

「俺もお代は貰ってるから」

「いえ。これは気持ちってヤツでさぁ」

そんなやり取りのあと、ガランガが心配そうに窓から顔を出す。

「というか坊、ほんとに大丈夫なんでしょうか。剣の具合がよくなったからって張り切り過ぎてるんじゃ……」

一方ディートには、ガランガの顔色が見えたのか。

「おーい、心配ならガランガも来いよ！」

「はぁ………へいへい。お供いたしまさぁ」

ディートに続き、ガランガもまた家の外へと出て行った。

窓から様子を窺うと、やはりディートは巨大な剣をぶんぶんと振り回している。

修復が終わったおかげか、元気たっぷり。その様はまるで暴風のようで、村の木造家屋など刃風でひとたまりもなく吹き飛ばされそうなほど。子豚の家を吹き飛ばす、狼の鼻息さながらだ。

先ほどまで眠たそうにしていたのがまったくの嘘のよう。

「元気だなぁ」

そんな感想を呟くと、従者の一人がどこからともなく現れ。

「まさに子供といった感じですね。どこかの誰かとは大違いです」

「それは俺に対する当てこすりか何かか？」

「いえいえ、誉め言葉ですよ。おかげさまで苦労せずに済んでいますので」

「よく言うぜ。いつも厄介ごとを持ち込むとか、おかしな騒ぎを起こすとかブー垂れるくせに」

「自覚があるのでしたらもう少しご自重なさっていただきたいものです」

「無理だな。坂道を下り始めた荷車は止まらないんだぜ？」

「とてつもない荷が満載なのが、本当に始末に悪いことです」

しれっとした態度で軽口を叩くノアに、肩をすくめてみせる。

「にしても、あいつら変わった感じの集団だな」

「ええ。確かに」

……ディートたちは、自分たちのことを山賊の調査、討伐を目的とした部隊と言っていた。

出自を明かさないところに不審な面はあるものの、しかし彼らがこのラスティネル領に関わっている人間だということは疑うべくもないだろう。

領軍所属を示す印章を下げているのもそうだが、村長と顔見知りという時点で、すでにそれは知れたことだ。

ただ、気になる点を挙げれば、
いち部隊にあり得べかざる装備の良さ。

過剰なまでに整った部隊編成。

村人たちの、行き過ぎなほど畏まった態度。

彼ら以外の何人かとも話をしたのだが、誰もがディートやガランガ並みに我が強く、肝が据わっていた。

ただの部隊にしては、どうもアクが強すぎるように思える。

そんなことを考えていると、もう一人の従者が顔を出した。

「よ」

「お疲れ様です」

「カズィ、準備の方は？」

「こっちのはほぼ終わったぜ。あとは出立するだけだ」

と言って、あごをしゃくって外を示すカズィ。彼には、案内人の男と一緒に出立の準備を進めてもらっていたのだ。

「……あと、連中のことも一通り見てきたが、やっぱりかなり念を入れた構成だったぜ？　装備がいいだけじゃなくて、魔導師も揃えていたぞ？」

「三人くらいですか？」

「いや、五人だな。二人ほど魔導師ってことを隠してるのか、前衛の格好させてやがった。ずいぶん周到なこった」

「それはそれは」

「魔法院で習うような構成や陣形の取り方とは違うみたいだが、まあ前衛がどいつもこいつも強いからだろうな」

カズィの言葉を聞いて、意味有りげに目を細めるノア。

ディートが引き連れて来た者たちについて話し合っている二人に、ふと訊ねた。

「やっぱり精鋭なのか？」

「いいや、あれはたぶん違うな」

「違う？」

「いやまあ、精鋭は精鋭なんだがな、なんというかなんだが……」

カズィは言語化しにくいのか。

なんとも要領を得ない物言い。

彼がぶつくさしつつ唸っていると、ノアが口を開く。

「私見ですが、彼らは単なる兵の集まりではなく、将の集まりといった印象です。ディート……いえ、ディートさまが引き連れていた全員が、地位と実力を持った者なのではないかと愚考いたします」

「は？」

「……ああ。たぶん山賊なんぞ寄せ集めの集団、正面からぶち当たっても鼻で笑って蹴散らせる戦力だろうな。あれは」

二人揃って、ディートたちに対して高い評価。

将の集まりという言葉から、部隊を管理し取り締まる〈長〉を思い浮かべるが……しかしここで改めて口にしている辺り、そういった規模のものではないのだろう。

もっと名の知れた、いや、相応の地位を持つ者という気がする。

「ノアには心当たりが？」

「補佐の方がガランガと名乗った時点で、もうすでに」

「あの人、有名なのか？」

「あの方はおそらく、ラスティネル家傘下の領主の一人です。ラスティネル領アジル領主ガランガ・ウイハ。帝国との戦でいくつも武功を挙げた名のある猛者ですね。他にも、私がわかる範囲ですが、ガルダリア領主クレイトン・バラン。ローベル領主スカール・ロスタ……」

ノアの口から淀みなく飛び出して来るのは、ラスティネル家から所領を預かる領主たちの名前ばかり。

「は？　え？　ちょっと待て！　ディートってこの辺りの領主を何人も取り巻きにして動いてるのか⁉」

「ええ、そのようですね」

「いやいやいやいや！　だっておかしくないかそれ⁉　指揮系統とかどうなってんだよ⁉」

要するに、この地方を治める有力者がまとまって、しかも山賊狩りなどという本来ならば下の者が行うべきことをやっているのだ。

絶対にあり得ない。いや、あってはいけないはずの行動である。

「地方君主の統治や指揮、構成の形態は、その地方によって様々ですからね。ないことではありません」

「ないことではないって……」

「つまりそれだけ、地域との密接な関わり合いってのが根付いてるってことじゃねえのか？　逆を言うと、王国貴族みたいに高貴な在り方ってのが醸成しきってないとも言えるがよ……」

二人の意見を聞いて、ふと思い当たる。

……ラスティネル家はライノール王国傘下の地方君主。

つまり小規模ながらも王家として認められているということだ。

当然、家臣に領地を分配し、個々に領主を任命して統治させている。

ノアやカズィの説明通りなら、おそらくここの領主たちは、男の世界で言う武将のような扱いをされているのだろう。

とある戦国大名のように、家臣、領主を城下に住まわせることを徹底させて、領地には代官を置くといった形態に近いやり方を取っているのかもしれない。

そういったやり方をしているのであれば、確かに彼のように権力者で周りを固めた豪華メンバーを供回りにして引き連れることも不可能ではないはずだ。

だが、そうなると、だ。

「じゃあやっぱりディートって……」

「おそらくそうでしょうね。ラスティネル家には十代の子供がいるという話ですので、間違いないかと」

「これからラスティネル領全域を治めることになるから、いまのうちに領主たちとの上下関係を植え付けておこうってそんな目論見か？」

「そうなのでしょうね」

薄々感付いていたが、やはりここの領主の子息だったたか。

地位の高い者の子供でなければ、部隊の長に据えられることはないし、さらに小領主まで従えているのだ。これは間違いないだろう。

ふと、カズィが外の方を向く。

「なら、さっきのあれが〈ラスティネルの断頭剣(ギロチン)〉ってやつか？」

「おそらくは。話に聞いた通りの外見ですし、まず間違いないでしょうね」

ノアとカズィに、いま飛び出してきた物騒な単語のことを訊ねる。

「……なんだそれ？　ギロチンって処刑道具だぞ？」

「いえ、ラスティネル家で代々受け継がれているという有名な武器のことです。先ほどアークスさまが補修した剣ですね」

「げっ……」

「戦場で幾多の帝国兵の首を落としたっていう曰く付きの武器だ。農家の子の俺なんかでも知ってるぜ。キヒヒッ」

「もともとは罪人の処刑に使っていた斬首刀を、改修したものとも聞きますね」

「うへぇ怖(こ)っえ……」

自分が修復していたものが、とんでもない武器だったことを知り、背中がぞわぞわと粟立つ。

ともあれ、それでガランガの態度があれだけ変化したのか。

確かにそれだけ由緒あるものを直したのであれば、ああやって改まるのも当然だろう。

「けど、それをディートが持ってたってことは」

「当主から受け継いだものなのでしょう。現当主ルイーズ・ラスティネルは、〈首狩りの魔女〉〈馘首(かくしゅ)

公〉とも呼ばれ、いまも隣国ギリス帝国から大いに怖れられています」

「帝国軍が撤退したあと、取った首を槍に刺して、国境沿いに一列に並べたって話は特に有名だな」

「なにその串刺し公。こわい」

話からも、荒っぽさと無骨さ、冷酷さが窺える。

貴族というよりは武将のように思えるが、この世界、地方君主や武官貴族と言うと案外こちらの方が多かったりする。もともとこの世界の地方君主というのは、土地を武力で治めていた氏族が多いため、性格的に豪族上がりの領主という色合いの方が強いのだ。

特にこの世界、ライノール王国周辺は争いごとが絶えないため、地方君主や武官貴族は「あらあら、お綺麗ですねうふふあはは」など過度に華々しい生活をやっていられないという事情もある。どころか、跡取りだろうとすぐ戦場に出すなんてことも、平気でやるのだ。

というか、普通にバンバン出すらしい。

魔法という技術があり、個々人の力が強大なこの世界だからこそのものだろう。

二人とそんな話をしていた最中、外から声が掛けられる。

「おーいアークスー。こっちはそろそろ準備できたってー」

「ああ、いま行くよ」

窓から顔を出して、呼びかけて来たディートにそう返す。

そして、ノア、カズィと三人、家の外に出たのだった。

ラスティネル領領都へは、ディートたちと共に向かうこととなった。

こちらの面子は当然、自分、ノア、カズィ、案内役の男の四人。

一方でディートたちは村周辺の警戒のために部隊を分け、数はだいたい三分の二ほどに。

それに、うさん臭さマックスの＋αがくっ付いてくるという現状。

出立前には、村人全員が見送りに訪れ、沢山の感謝の言葉を貰うこととなった。

宿泊費の代わりに刻印具の製作、修復を行い。

村の防衛では被害を最小限に抑えた。

それゆえ、お礼を言いたいという人間が詰めかけたのだが。

まさか村人全員が村の広場に集まったのは驚きだった。

ほとんどの人間が「アークスさま、アークスさま」と言ってお祈りにも似た行為をしたのは、トライブのことがあったためか。

近くに来る機会があれば、また立ち寄って欲しい。

そのときはまた、フィッシュパイをごちそうしてくれるとは、村長とおかみさんの言葉。

それに「是非また」と返して、ディートたちと共に領都へ向けて出発。

道中の話し相手は案内役の男から、ディートにバトンタッチ。

王都住みの者が珍しいのか。話疲れを起こしてしまいそうなほどの質問責めを受けることになり、
それが終わると今度はギルズが話し掛けて来る始末。

こちらは諸国漫遊など、聞いているだけの話が多かったため、疲れることはなかったが。

ふいにディートが離れた折に、内緒話をするかのように近づいてきて。

銀を手に入れたらどう使うのか。

刻印だけなのか。

別のものにも使うのか。

などなど。

やたらと使い道について根掘り葉掘り聞いてきた。

それには油断せず、刻印の事業に使うとだけ言って適当にはぐらかしたが。

一体何を考えているのか。

【ダンウィード】の話や、こういった妙な面もそう。

いまだギルズの人物像が掴めない。

ともあれ、道のりは本来のルートから大きく迂回。

小さな山を越え、川沿いに馬を歩かせ、目的地である領都に到着したのは、日が傾きかけた頃だった。

夕日を背にしたラスティネル領領都。

王国ではオーソドックスな円形の城塞都市であり、この辺りでは最も栄えた都市だ。

城壁の外には、バラックが点在。河川は王都と違って城壁の外を流れ、西へ西へと向かって延びている。

領主の住まう領城は都市の敷地内にある小高い台地に建てられているため、一際大きく高く見える。

城門をくぐると、夕刻の賑わいを湛えた街が。

王都ほどではないにしろ〈輝煌ガラス〉が普及しており、目抜き通りは特に明るい。

この辺りは銀の産出が多いからか、街のところどころで、銀を使った装飾や銀をもじった名前の店が数多く見受けられた。

領都に入った折、ギルズは「いっちょひと稼ぎしてくるわ」と言って勝手気ままに離脱。

いまはディートたちとも一旦別れ、宿の手配を終えたあと、食事処（レストラン）で休憩中。

領主ルイーズ・ラスティネルへの挨拶と謁見は、翌日の謁見時間に行うことになった。

本来ならばすぐに連絡を入れるのが筋なのだろうが――こちらが急いで入れずとも、このあとディートたちが報告、事情説明などをしてくれるのは目に見えている。別れ際に「よろしく」と言った際、ガランガが「頼まれました」と返したゆえ、間違いない。

食事を摂り終え、おなかもいっぱい。

椅子の背もたれに寄りかかって一息ついた折。

――なんか、麦の値段が上がってるよな。

――今年は不作って話聞いてないけどな。そういや塩の値段も最近高くねえか？

――そういやそうだな。一体どうなってんだろうな？

――さてなぁ。ま、そのうちルイーズ様がなんとかしてくださるだろ。

――だな。

ふと、そんな話が聞こえてくる。

どうやら物価が上昇しているという話のようだが。

しかし、話している者たちはさほど気にした様子もなく、「ルイーズ様万歳！」と領主を称えながら乾杯に興じている。

領主に対する信頼が篤いのか。至って平和な様子だった。

しかし、気になるのは麦や塩の値上がりだ。

村でも、村長の口からそんな話を聞いたが。

「麦とか塩の値段ねぇ……ノアは、その辺どう思う？」

「いまの話ですか？　単に周辺の物価上昇に合わせて値段が上がっただけなのでは？」

「こう、なんていうか極端な話、戦争の前触れとかじゃなくて？」

そんな適当な思い付きを口にすると、カズィが呆れ混じりの半眼を向けてくる。

「なんでお前はそうやっていちいち物事を物騒につなげて考えるんだよ……」

「いやぁ、だってさ。麦や塩の値段なんてそうそう上がらないだろ？　普通上がり始めの傾向が見えて来た時点で、領主が介入して調整するぞ？」

麦や塩は、人々の生活に直結するものだ。

これらが値上がりすれば、皆もとに戻そうと手を尽くすし。

当然これが市場操作による急激な物価の上昇ならば、領主が許さないはずだ。

こういったものは領全体の収益にも影響が出るため、食事客が話していたように、改善に乗り出すのが当然のこと。

それに、商人たちがそんな勝手なことをしないよう、この辺りは法もきちんと整備されている。

不作や他領の介入がない限りは、こういったことはそうそう起こりにくいはずなのだが。

「確かにそうかもしれねえがな……俺のご主人様の頭の中には、平和って言葉はないんですかー？ んー？」

「つむじをぐりぐりするな。つむじを」

カズィとじゃれ合っていると、ノアが改めて先ほどの話に言及する。

「それは考えにくいでしょう。王国が帝国との戦争の準備をしているのなら西部だけでなく王国全体で高騰しているでしょうし、この辺りでは戦を起こすほど対立している領主もいません」

「だよなぁ。一体どこと戦争するんだって話だもんな」

やはり、そういったことは考えられないのか。

戦争するにも、まず戦争をする相手がいないのだ。

それで戦争が起こりそうなどと言うのは、どうしたって無理がある。

だが、それでも生活に欠かせないものの値段上昇というのは、不自然だろう。

今年はどこも豊作だったと聞いているし、にもかかわらず、領周辺の食料の値段だけが上がっているとの話がそばだてた耳に聞こえて来る。

「この辺りを拠点にしているどこぞのバカな商人が買い漁ってるんだろ。よくある話だ」

「なら、すぐに収まるか」

なんでもかんでも事件につなげて考えるのは本の読み過ぎだなと思いながら、カップのお茶を啜っていると。

「──これは、アークス様」

ふいに後ろの方から、声をかけられた。

振り向くとそこには、商売人らしい風体をした小太りな男が。

村からいなくなった商人、ピロコロの姿があった。

「あんたは……」

「ちょうどお見かけいたしまして、失礼ながらお声をかけさせていただきました。出立の折はご挨拶もできず申し訳ありません」

ピロコロは畏まった態度で謝罪の言葉を口にし、大きく頭を下げる。

昨夜に村を出立し、すでに領都に到着していたのか。

村でも感じた通り、やたらと恐縮しきりなピロコロ。

そんな彼に、

「いや、無事で何よりだよ。でも、村で荷が盗られたって聞いたけど？」

「はい。襲撃の折、門を破られたときに隙を突かれて、丸ごと奪われてしまいまして……」

「やっぱり、銀も？」

そう訊ねると、ピロコロは力を落とした様子で「はい……」と口にする。

「最近、この辺りで賊の活動が活発になっていると聞いていたので、気を付けてはいたのですが、村の人間を誘導していた隙を突かれて……」

村人の避難の方を優先したので、盗られてしまった、と。

「そのため、急いでここまで馬を走らせ、領主さまにご報告したのです」

「その件は大丈夫だったのか？」

領主の命令で運んでいた荷をみすみす盗られたのだ。

それは処罰の対象になり得るはずだが。

「え、ええ。ある程度お咎めと罰金を払うことになりましたが、山賊被害を抑えられないのは領主にも責任があるということで、思いのほか軽めに済みました」

「そうか……」

理解のある領主なのだろう。罰金は仕方ないにしろ、捕らえられたり、重い罪にされたりしないだけ、恩情があるというものだ。

「それで、ピロコロはこれからどうするんだ？」

「私ですか？　私は……」

「なにか他に仕事でもあるのか？」

「ええと……」

何気なく話を振っただけなのだが、ピロコロはなぜかしどろもどろになる。

返答に困っているということが如実にわかる挙動の不審さ。

そんな態度に小首を傾げていると、やがてピロコロが口を開く。

「それが……私はこれからナダール領に向かうことになっておりまして、他の仕事は受けられないのです」

「ナダール領に？　これから？」

「は、はい……」

ナダール領。ここはラスティネル領と隣接しているため、移動するには楽だろう。

領都に沿って流れる川を下って行けば、やがてナダール領に到着する。

商品の運搬も、船を使えば楽に進むだろう。

だが、まさかここでもナダールの名前が出て来るとは思わなかった。

最近よくその名前を聞くなと思いつつ、また訊ねる。

「それも、ここの領主さまからの指示なのか？」

「いえ、これはそれとはまた別の仕事でして」

「また運搬の？」

「え、ええ、ええ。そうなのです」

ということは、ナダール領での別件なのか。

しかし、この話になってからどうにも、ピロコロの挙動が変だ。

どこか狼狽えているというか、会話もたどたどしく、要領を得ない。

先ほど挨拶をしたときには普通だったはずなのに。

まるで話の途中で言い訳を探している子供のような印象さえ受ける。

一体どうしたのかと、訊こうとしたのだが。

「で、では、私はこれで……」

「あ、ちょっと……」

制止の声をかけるが、しかしピロコロはこちらの引き留めの声も聞かず、そそくさと店から去ってしまった。

逃げるように去っていったピロコロの背を見送りつつ、ふと言葉をこぼす。

「……なんか、変なヤツらばっかりだな」

「さすがアークスさまがそれ言うと説得力がありますね」

「キヒヒッ！　まったくだ！」

「その中にはお前らも含まれてるんだからな！　な！」

不用意な発言を、ここぞとばかりに茶化してくる従者たちにそう言って、しばらく。

「しかしあのおっさん、随分と仕事を抱えてるんだな」

「おかしいのか？」

カズィの疑問めいた言葉にそう返すと、彼は眉間にしわを寄せながら言う。

「いやおかしくはないがよ、仕事に失敗したのにすぐ他領で仕事だろ？　こういうの、次に仕事を頼むヤツは控えるモンじゃねえのかってな」

「ピロコロ氏は基本的にラスティネル領とナダール領を行き来している商人なのでしょう。それなら、運搬業務が立て込んでいてもおかしくはないかと」

「で、今回のは……行きか帰りかわからないが、ナダールであらかじめ受けていた仕事ってわけか」

カズィの言葉に、ノアが頷く。

確かに、ここラスティネル領とナダール領は、川で繋がっている。

河川舟運も手掛けていれば、上流から荷を運んだあと、帰りに仕事を引き受けることもあるし、またその逆もあるだろう。

ここは電話のようなお手軽な通信手段がない世界だ。

あらかじめ仕事を引き受けておくことも、不自然ではない。

あらかじめ。

「…………あらかじめ？」

何気ない会話の中にあった言葉が何故か引っ掛かる。

あらかじめ。それはつまり、「前もって」ということだ。

――盗まれた荷。

――突然いなくなったピロコロ。

――エイドウの賊らしくない妙な態度。

――撤退、自害など、不可解な行動ばかりした賊たち。

――頻発するナダールという言葉。

ふいにそれらが、一本の線で繋がったような気がした。

「そうか、あいつらグルなんだ……」

領都にある、広めの食事処（レストラン）にて。

木製の椅子の背もたれから弾かれたように身を起こして、誰に言うでもなくそう呟く。

ふとした瞬間、頭の中に舞い降りたのは、そんなひらめきだった。

その思い付きが本当に正しいのか、頭の中で一つ一つ整理していると。

唐突に話のかみ合わない発言をしたせいか、カズィが胡乱そうな顔を向けてくる。

「一体なんだ突然？」

「なんだもなにも、ピロコロと山賊がグルだったってことだよ」

「は……はぁっ？」

「それは……」

突拍子もないこととでも思ったのか。

カズィとノアは驚いた顔を見せる。

しかし、だ。

「たぶん間違いない。エイドウもピロコロも、仲間同士だったんだよ」

エイドウやピロコロにも、そういった素振りはなかった。

だが、よくよく考えれば、おかしなことは多かったのだ。

それが、エイドウたちの一連の行動に現れている。

夜に村に襲撃を仕掛け。

陽動を行い。

北門、南門の両方の門を破る。

ここまではいい。作戦としてはむしろ上等とさえ言えるだろう。

だが問題はそのあとだ。

門を破ったあとは、時間稼ぎのようなことを行うだけで、即座に撤退。

確かにその時点でピロコロの荷は確保したのだろうが。

村の財産、抱え込んだ金品に、女子供、他にも盗れるものはあっただろうに、それにはまるで見向きもしなかった。

彼らだって被害を度外視すれば、そのまま雪崩れ込んで、村の守りを混乱させることも不可能ではなかっただろう。

守りを突破したあとは、火でも放てばいい。

村人は防衛と消火に気を分散され、混乱は免れない。

その混乱に乗じれば、火事場泥棒的に山賊行為を働くこともできる。

まだ、撤退しなければならないタイミングではなかったはずだ。

しかし、何故か銀を盗っただけで諦めた。

賊徒にしては、どうにも欲がなさすぎる。

略奪を行うような他人を顧みない連中は、そういった自制は利かないはずだ。

仲間の命などお構いなし、自分の欲求を満たすだけの刹那的な行動に移るはず。

しかし、だ。

むしろ賊の目的が銀だけだったと考えればこの件、説明がつくのではないか――

「……ピロコロとエイドウはグルだった。それなら、このおかしな事件にも説明がつくはずだ」

「おい待て。急に話がぶっ飛んだぞ？　イチからきちんと説明してくれ」

「そうですね。わかりやすくとまでは申しませんが、初期地点をはっきりさせていただかないと」

「あ、ああ、悪い。そうだな。えぇっと……」

「何が、アークスさまのおっしゃる『事件』なのですか？　まず、そこからお願いします」

臆測を挟まず、真っ先に整理を促してくる、できる従者。

こちらのひらめきに対し、子供の発言とも冗談とも思わず受け取ってくれるのは、これまでの付き合いがあるためか。

そんな彼の言葉に応じ、まず口にするのは、

「事件はあの村の襲撃だ。今回あったエイドウが率いた山賊の襲撃は、ピロコロとエイドウたちが示し合わせて仕組んだもので間違いない」

そう言ってから、二人にそう思った理由を説明する。

賊が門を破ったあと、時間稼ぎを行ったこと。そのうえで、銀以外のなにも盗らなかったこと。他に盗れるものがあったのにもかかわらず、狙いすましたようにピロコロの荷だけを盗っていったことだ。

「だがそれだけじゃグルだってことの理由にはならないんじゃねえのか？　全部偶然ってことで済ませられる話だぜ？」

「確かにな。だけど、賊たちが銀を運べたことは、偶然では片づけられない。荷車数台あったあの量だ。あれをただの賊が一体どうやって運ぶ？」

「ピロコロ氏は荷車やそれを動かすための輓獣(ばんじゅう)も抱えていました。それらを丸ごと盗んでいれば……いえ難しいですか」

「確かに、賊どもが自前で多少の運搬能力を持ってたとしても、全部を運ぶには適さねぇよな」

精錬後の銀も、重量は相当なものとなる。

いくら荷車や輓獣はピロコロのものがあったにしろ、運ぶには当然それなりの人手が必要だ。

「そんなやたら嵩(かさ)張って重いもの、あらかじめそこにあるって知ってなければ運べるわけがない。むしろ逃亡の邪魔になるから盗む物の選択肢から外すって方が自然だ。それに銀なんて代物、売り払うにも足がつくしな」

山野を拠点にして、違法行為を働く者たちだ。

当然、動きが鈍くなるのを嫌って、重いものは避けるはず。

にもかかわらず、狙いすましたように銀だけを持ち去って行った。

あらかじめそこにあることを知っている、もしくは銀の取得を目的にしていなければ、できることではない。

……だが、それだけで彼らがグルだと断定するには、まだ理由に乏しいだろう。

だからこそ。

「ピロコロの行動が鍵なんだ。あいつらは荷を追っかけるわけでもなく、すぐに諦めて領主に報告に向かった」

「確かに、不自然な行動でしたね」

「護衛の戦士を何人も引き連れて、戦力がきちんと揃ってるんだ。銀を盗って逃げた部隊にはエイドウたちもいないし、取り返せる余地は十分ある。むしろ逃げてる連中の後ろに襲い掛かることだってできるんだ。なのに、追いかけもせずにすぐに見切りをつけた」

「そうだな。運んでいるのが領主の荷だ。奪われたら死に物狂いで取り返そうとするのが普通だろうな」

「だろ？　ピロコロはもともと銀を取り返すつもりがなかったから、真っ先に言い訳しに向かった。そう考えるのが自然じゃないか？」

荷を奪われたことで動転し、正常な判断ができなくなったとは考えにくい。

奪われれば奪い返そうと思うのが普通だし、他の人間だって奪い返そうと行動するはずだ。

しかし、賊を追おうともせず、真っ先に領都へ移動ときた。

これはいくらなんでも不可解すぎる。

「……賊たちが村に入ったあとは、村の人間を避難させつつ、銀を積んだ荷車のもとへ賊を誘導する。だから、門の破壊、荷の盗難、撤退という一連の流れがやたらと早かった」

「それで彼らは仲間同士だった、ということなのですね？」

「ピロコロは銀を合法的に取得する調達役で、エイドウたちはそれを運ぶ運搬役だ。そう考えれば、不可解な行動の辻褄が合うはずだ」

運搬している荷を紛失すれば、ピロコロに疑いの目が向けられるが。

それを賊に盗ませるという工程を挟めば、ピロコロに疑いはかからない。

荷を失い、お叱りを受け、罰金を取られる。

嫌疑はかけられず、軽度の罰則を受けてそれでおしまいだ。

その程度の処罰で高騰した品が手に入るのなら、安いものなのではないか。

運がよければまた銀を運搬する仕事に従事することだってできるのだ。

「じゃあギルズもそれか？」

「いや、あいつは違うと思う。賊が村を襲ってからずっと一緒にいたし、ディートたちが来たあとはあいつらに監視されてた。そもそも俺たちにくっ付いていたってどうしようもないだろ？　捜査のかく乱だってできてない」

「意味のあることをしていないから、シロだというわけですね？」

「完全に別口ってわけか」

すると、カズィが眉をひそめ、疑問を口にする。

「だがよ、銀を手に入れるだけなのになんでそこまでするんだ？　ただ銀が欲しいにしては、やたらと回りくどすぎるぜ？　銀が欲しいんなら、別で自分で買えばいい」

「それは……」

回りくどい。

確かにそうだ。

商人ならば、たとえ商品を高値で仕入れたとしても、利益が出る値段で販売すればいいだけだ。いまは需要があるため、高い金を払ってでも買いたいという人間はどこにでもいる。

ということは、銀を手に入れたのは、売買するのが目的ではないということだ。

そして、そこまで隠ぺいに徹しなければならない理由があったと見るべきだろう。

銀を必要としており。

銀を必要としていることを他人に知られたくない。

それがピロコロだというのは……どうにも考えにくい。

いち商人が、そこまでして銀を欲しがるはずがないのだ。

では、他にそれらの事柄が当てはまる人間がいるか。

いる。

それは、これまで不自然なほどにその名前が挙がった者だ。

「……ここからは状況証拠じゃなくて俺の推測がかなり混じるんだけど、いいか？」

そう言うと、従者二人は頷く。

「俺はこの一件、ナダール伯が関わってるんじゃないかと思う」

「ナダール……ポルク・ナダール伯爵ですね？」

「なんでだ？」

「これまでも、ナダール伯の名前が何度もチラついてただろ。俺たちがここに来た理由に、銀の買い占め話のことから、ディートの口から挙がった王太子殿下の視察。そしてさっきのピロコロの話だ。

全部ナダールの名前が出て来た。それに、ナダール領はラスティネル領とも隣接している」

ポルク・ナダール。

あまりにその名前が出過ぎているのだ。

ここまで名前が挙がって、疑う余地がまったくないとは言い切れない。

「まず、ナダール伯が銀の買い占めを行っていたのが事実だってことは、ギルドの調べで裏が取れてる。どうしてかはわからないが、ナダール伯は銀を欲しがった。いまもまだ欲しがっているかどうかはわからないけど」

「まだ必要としている可能性は、なくはないと」

「ああ。だけど、これまであまりに大っぴらに買い占めを行ったせいで、噂になり過ぎた。しかも役人が入って取り調べまでかかったせいで、これまでのように表立って買い付けができなくなった。だからここで一計を案じたわけだ。商人と賊を用意して、そいつらに銀の取得と運搬を任せるようにする。合法的に銀を入手ないし確保させて……紛失したというのは不自然だから、あくまで賊に盗まれたってことにすれば、銀の行方をくらませられるだろ？」

「確かにな。買い付けできないなら、盗み出すしかないだろうな」

そして、

「捕えた賊が死んだのもそれが理由だ。背後に地位の高い人間がついていたから、それを取り調べられないように自害する。間諜とかってそうだろ？　情報を喋るくらいなら死を選ぶ……って感じで。もしくは――」

「エイドウたちがやったか、だな？」

「ああ。すでに仲間が村の中にまぎれていたってのは十分考えられる」

「つまり、あれは山賊ではなく、ナダール伯の手の者だったと？」

そうだ。毒を飲む理由は、拷問で背後関係を調べられないようにする……というのが、理由として最もしっくりくる。

本当にナダール伯の手の者なのかはまだ不明だが。

少なくとも、背後に大きな何かがなければ、取り調べ前に自害などはしないはずだ。

「銀の産出が普通なのに、不足しがちなのはそれが理由だ」

「ラスティネル領だけでなく、周辺の銀山でも盗難の被害に遭い続けている。だから、王都の役人は途中で銀がどこに流れているのか追い切れなくなった……」

「なるほどな。領主たちも山賊に盗られましたなんて話、正直に報告したくないしな」

「そうだ。なるべく情報を遅らせたり、本当の数字を濁したりして、その間にどうにか解決しようと考えた。で、ディートたちがその捜査をしていた。ナダールが関わっているのかをディートたちが知ってるかどうかはまだわからないけど」

「あの様子じゃ、捜査にかなり本腰入れてたからな」

この世界、ある程度地位を持っている人間はたいがい有能だ。

有能な人間を固めて編成した部隊に一定の権限を持たせれば、自ら動くなり、人を使うなりして、解決してくれる。

あとは銀を取り返しさえすれば、供給も安定し、値段ももとに戻る。

そうすれば、無理に自分たちの失態を報告しなくとも、問題は解決だ。

だがそうなると当然、背後関係にたどり着くのが遅くなってしまう。

役人は、銀の行方を掴み切れず。

領主たちは、山賊を捕まえればそれで終わり。

盗まれた銀の行きつく先がどこなのか、推測しようとする立場の人間はどこにもいない。

だからこそ、何が起こっているのか気付きにくい。

……お役所仕事の穴と、地方領主と王家の関係を利用した、いやらしい手だ。

ナダール側には、ずいぶんと奸智に長けた者がいることになる。

本当にこれが事実だとするならば、だが。

しかしもしそうなら、ナダール伯はこちらが考えている以上に銀の量をため込んでいる可能性がある。

問題は、ナダール伯が一体それをどうしているのかだ。

軍備拡充のために使用する。

当然それが、いの一番に挙がる理由だろうが。

――なにも、自国の物資を求めるのは、自国だけではないはずだ。

「…………！」


ふと、いつか自分が口にした言葉が、頭の中に蘇る。

それはここに来る前、スウと話をしたときに自分が口にしたものだ。

相手の情報を得るため、友好関係を構築する。

そうなれば当然、商品の売買などを行うこともあるだろう。

だがもしそれが行き過ぎてしまったとき、果たしてどうなるだろう。

「やっぱりナダール伯は、他国に……帝国に銀を横流ししてるんじゃないか？」

ナダール伯は、帝国への横流しを行っている。

そう考えれば、しっくりくるのだ。

ナダール伯は帝国と、銀を含めた禁制品の取引を行っていた。

もしそのことをネタに帝国から強請(ゆす)られれば、ナダール伯はどうにかして銀を手に入れ続けなければならない。

この世界で、銀は戦略物資だ。

男の世界の石油のようなもので、どこも欲しがり、常にこれに困っている。

現在二つの国との戦争を抱えている帝国がこれを欲しがるのは、ごく自然なことだろう。

「それも、考えられなくはないですね」

「だな」

ともあれ、ノアとカズィにそんな推理を披露したところで。

「……ま、さすがにそれは考えすぎかぁ」

一度、頭を休めるように、椅子の背もたれにもたれかかる。

いろいろと理由を詰めたが、改めて考えると、確証に乏しく、推測が多すぎた。

これで、『ピロコロが山賊とグルだ』『裏で糸を引いているのはナダール伯だ』などと断定するには、性急にすぎるというもの。男が、読み物が好きだったということもあるが、あまりに深読みし過ぎな方向に偏り過ぎている。

結局そんな風に、冗談めかすような結論に入った折。

ふと、ノアが口もとに笑みを浮かべる。

「いえ、なかなか面白い話だった思いますよ？」

「そうか？」

「そう説明されると、そういった可能性はあると思いますし、むしろ高いのではとも思えます」

「お前って顔に似合わず悪いこと考えるのが上手いよな。小火騒ぎ起こして脱出とかよ。お貴族さまらしくねぇぜ？　キヒヒッ」

「悪かったな……ったく」

三人でそんなことを話していた、そのときだった。

「――いやーほんま執事のにぃちゃんの言う通りや、なかなかおもろかったわ」

突然、どこからか聞き覚えのある声がかかる。

それは、特徴的なイメリア訛りの入った若い男のもの。

気付けば、横合いから気配。

背もたれに体重を預けて椅子を揺らし、テーブルに行儀悪く足を乗せていたのは――

「ギルズっ……」

そう、領都までの道のりを同道し、領都に入った直後に別れた、チューリップハットの男だった。

手の中で銅貨を弄びつつ、揺り椅子のようにゆらゆらさせる姿は、長らくそうしていたような落ち着きぶり。

「……っ、いつの間に」

「おいおい……いまのいままでいなかったじゃねぇか」

ノアが弾かれたように立ち上がり、こちらを庇(かば)うように前に出る。

カズィも警戒のため、携行品に手をかけた。

「いやこれな、ワイの数ある特技の一つでな……いやいやお二人さん、飯屋で荒事は勘弁やって。ワイは何もせんから。ただアークス君とお話がしたいだけやから」

二人が臨戦態勢を取っても、飄々(ひょうひょう)とした態度を改めないギルズ。

そのまま携行していた剣を床に置いて両手を挙げて、反抗の意思はないとのポーズ。

そんな彼は、ノアとカズィが躍りかかってこないのを確認した折、また話し始める。

「にしても、銀の行方はナダール伯爵から帝国へ、か。せやけど、ここで銀の行方を伯爵に結び付けるんは、ちょーっと無理あるんちゃうか？　伯爵が悪いの前提で考えとる節があるで」

「かもしれない。お前の言う通り、他の貴族や領主、大きな力を持った商人が関わっているってこともあり得る。だけど、そもそもそんな物売りに出したら必ずどこかで足が付く。ただの盗賊じゃ絶対に盗るべきものじゃないし、それでも盗るってことは……盗ったあとにそれを始末してくれるくらい有力な誰かが付いてるはずだ。それに」

「それに？」

「王太子殿下が視察に向かうって時点で、ナダールには疑惑があるだろ？」

「確かにそうかもしれへんな。疑う理由にはなるか……そんで、ナダール伯爵は銀を手に入れたあと、帝国に売っぱらう、もしくは横流しすると？」

「そうだ。そうすれば王国内では行方をたどれないはずだ。相手が帝国なら、足が付くこともない」

「なるほどなぁ……よう考えとるわ」

ギルズはそう言って納得したような声を出すと、なにを思ったのか。

「そんでなんやけどな、アークス君はこれからどうするんや？」

「どうするって……」

「ピロコロはんと山賊がグルやった。なら、世にのさばるそんな悪党どもを成敗するんかなと思って？」

「そんなこと、できるわけないだろ……」

ギルズの過激な想像に、ため息を返す。

そう、たとえそれが事実だったとしても、自分にはどうしようもないのだ。

いまのところすべて憶測だし、当たり前だが自分たちが動くようなことではない。

動くべき者たちがいる手前、自分たちが調査するなどお門違い。

勝手なことはできないのだから。

「じゃーここでアークス君に質問や。ナダール伯爵は銀を横流ししとるのがバレたら、一体どうするやろな？」

「バレたら……まず保身に動くだろ？　横流しなんかする奴だ。罪を軽くするために動いたり、弁明したりする」

「せやろな。しかも取り調べには王太子殿下が直々に来るって話や。せやけどもし、ナダール伯爵がその選択をせなかったら、どないすると思う？」

「ナダール伯は……」

なにをするだろうか。

戦略物資の横流しは、王家に対する明確な裏切り行為だ。

処罰はどうしたって免れないし。

まず減刑がなされることはなく、死罪を言い渡されるだろう。

現状、ナダール伯は追い詰められている状態にあるはずだ。

そんな状況で、果たして大人しく捕まるだろうか。

考えながらに、口を動かす。

「逆に、殿下を討つ……？」

「ほうほう。そんで、討った後はどうするんや？」

「王太子殿下の首を手土産にして、帝国に寝返る……」

「おお怖っ！　怖いこと考えるなぁーアークス君は」

可能性を導き出すことだけを一番に、上の空で喋る中。

ふと、ギルズに乗せられていることに気が付いた。

ハッとして顔を上げると、そこにはにやにやとした笑みを殊更に深める男が。

まだ戸惑いの抜けきらない自分に対し、さらなる訊ねを重ねてくる。

「――で、そうなったら、何が起こるんや？　はよ答えて欲しいな」

それは、早く核心に迫れとでも言うような物言い。

なんなのだ。この男は。

「……殿下を討つのか捕まえて交渉するのかはわからないけど、そうなれば王国は全力を挙げてナダールを潰しにかかる。だから、ナダール伯は戦争を見越して、あらかじめ、麦や塩を買い込んで、それに備えている……っ!!」

「これは……」

「おいおい……」

「アークス君が言った通り、やっぱり『あらかじめ』なんやろなぁ……」

ギルズはそう言って、くつくつと笑い出す。

そして、

「それで、話は戻るんやけど、アークス君はこれからどないするんや？」

「ッ、これだけ符合して無関係だって放っておくのは、危機感が足りなすぎる」

「せやろなぁ」

「お前っ……」

「そう睨まんといてや。ワイはアークス君の頭の中整理すんの手伝っただけやん」

確かにそうだ。

ギルズとのこの会話がなければ、ここまで早く核心にたどり着くことはなかっただろう。

だが、この男は本当になんなのか。

あまりの不審な行動に、警戒心がやたらと高まる。

すると、ギルズはおもむろに立ち上がり。

「そんじゃ、おもろい話聞かせてもろうたお礼に、アークス君にはいいこと教えたるわ」

「いいこと？」

「ピロコロはんな、いまは、領都北の倉庫におるで。なんや見たことあるおもろそうな連中と一緒にな」

「――――!?」

驚きを顔に出すと、ギルズは怪しげな笑みを向けてきて。

「どや？　なんやおもろそうやろ？」

「ギルズ。お前、いつピロコロが怪しいと？」

「そんなモン最初っからや。そんで、確信したんは運搬の許可証を見せてもらったときやな。よくできた偽モンやったで。ま、賊と繋がってるっちゅーことまでは見抜けんかったけどな」

それが、どこまで本当なのか。

ピロコロの行き先を掴んでいる時点で、可能性の一つとして考慮していたのではないか。

警戒を緩めずにいると、ギルズは悪だくみを囁くように。

「なあ、証拠を押さえるには、いましかないんやないか？」

「なんでそうなる？」

「だってそうやろ？　問題はピロコロはんが手に入れた銀を一体どうやってナダール領まで運ぶか、や」

銀は重く、嵩張る。

運ぶには相応の労力が必要だが。

ここには、荷車で運ぶよりも楽な方法がある。

「川を使ってここまで持ってきて、次の仕事の荷物だって言ってナダールに運ぶのか……」

「せやろなぁ。それが一番自然やし、一番簡単かつ安全に運ぶことができるっちゅー寸法やな」

領都の北には物資運搬、流通のため、倉庫街が設けられている。

それは河川を利用した運搬を行うためのものだが。

ピロコロがここにいるということは、銀もまたここにある可能性がある。

それを考えるならば、確かに、罪を暴くには、いましかないのかもしれない。

……どうすればいいのか。

「あとな、これはワイの勘なんやけどな、あのエイドウとか言うおっさん、なんてゆーか、山賊とは違うと思うで？」

「だろうな。賊にしては随分と雰囲気が違ってた」

「いやそうやなくてやな、最初に門を破ってきた連中と、あのおっさんは別々のもんやってことや。たぶんやが、あのおっさんが賊を手駒にしてたというか、そんな感じなんやないかなって」

「ピロコロと一緒に賊を唆したのがエイドウってことか」

「いや、そうとも言い切れん。なんていうか独立してたゆーかな、ピロコロはんとも匂いが違う」

「どういうことだ？」

「ピロコロはんは飼い犬やが、エイドウっておっさんは飼い犬にはなれなそうな雰囲気やった。アークス君もそうは思わんか？　あのおっさんが醸し出す気ぃは、そうそう手に入れられるようなモンやない。そして、そういった奴は往々にして、誰の下にも付かないもんや。利害関係が一致したから手を貸してるとか、そんな感じなんやないかなって」

「そうなのか？」

「せやなかったら、あの場で危害は加えんなんて堂々と言うか？　あのおっさんには自分の規律が確かにあって、どんなときでもそれに忠実やからこそ、あのときああしてあんな言葉が出てきたんや。だからこそ、誰の下にも付いていないんやないかって思ってな」

「…………」

確かに、ギルズの言う通りなのかもしれない。

「全部ワイの想像やが、当たらずとも遠からずってところやと思うで」

「エイドウ……か」

「なんや人助けしてたって話やん。ま、アークス君にとっては敵やから情を持たせる気ぃはないけど、納得しないまま相手を倒すと後味悪ぅなるで？　知りたいこと、知らなきゃならんことは確かめられるときに確かめんとかんと、あとで後悔しても遅すぎやからな」

「そう、かもな」

ギルズはそんなことを言ったあと、入り口の方を向いた。

「ま、死なんよう頑張りや。ワイも陰ながら応援しとるで」

そして、背中越しに手をひらひらさせて、去って行く。

まるで、これから自分たちがどうするのか、わかっているとでも言うように。

そんな男の背を眺めていると、何かを思い出したようにポンっと手を叩く。

「あ！　せやせや！　重要なこと忘れとったわ！」

「一体どうした？」

「刻印具の取引の件な、よろしゅう考えたって欲しいんや。今度はアークス君が欲しがりそうなモンたーんと持ってくるさかい」

またそれか。

「……わかった。都合のいいときに俺のとこに来てくれ」

「さっすが！　話がわかるわー。アークス君大好きやでー」

「気持ち悪いからくっつこうとするな」

さっきの得体の知れなさは一体どこへ行ったのか。

ギルズは踵を返して、抱き着こうとしてくる。

唇をすぼめて迫って来るおちゃらけた男に、しっしと追い払う素振りをすると、彼は逃げるように去って行った。

……妙な商人、ギルズ。

不審さが際立ち、警戒しておくに越したことはないが。

この男と繋がりを持っておくのは、良きにつけ悪しきにつけ、必要なことなのかもしれない。

そんな風に考えていると、ノアが、

「それで、アークスさま。これからどうなさいますか？」

「貴族として禄を食んでいる身としては、動くしかないだろうな」

「さっきの野郎が吹いてるってことは考えねぇのか？」

「ギルズが俺たちをハメる理由がみつからない。そもそも踊らせるだけなら、あんな話にする必要はないしな。単に銀の話をすればいい」

そして、

「……ノアとカズィは先に北の倉庫に行ってくれ。俺は援軍連れて来る」

「援軍？　誰だ？」

「ディートたちだよ」

「ああ、なるほど」

「そうですね。ことを起こすには、必要でしょう」

ここはラスティネル領内だ。いくら有事とはいえ、了解も得ずに勝手な真似をするわけにはいかない。

ならば、ディートに声をかけるのが肝要だ。

それに、エイドウがいるとなれば、簡単に制圧はできないはず。

三人は頷き合い、動き出したのだった。


食事処でノアやカズィと別れたあと。

アークスは領都の街を急ぎ、ディートたちのいるという場所へ向かった。

さほど人に道を訊ねず、最短で目的の場所に到着できたのは、彼らとの別れ際にどこにいるか教えてもらっていたためだ。

「――おれたち今日はずっと軍の詰め所にいるから、なんかあったら来てくれ。歓迎するよ」

「坊にはこれから今後の方策を立てるのと、書類仕事がありますからね」

「うう……誰か代わってくんないかなぁ」

「ダメです。全部坊のお仕事でさぁ」

「いや！　おれカーチャンに報告とかしないといけないし！」

「それは俺がやっておきまさぁ。坊は安心して業務に励んでくだせぇ」

「くそ、このガランガの薄情者ぉ！」

……とまあ、そんなやり取りがあったわけだが。

苦し紛れの逃げ道も、ガランガに潰されて撃沈していたディート。

この年頃の子供に、文字びっしりの文章を読ませるのは酷なことだ。

たとえ文面を読んで判を捺すだけの作業なのだとしても、頭が痛くなって仕方がないだろう。簡単な語句ばかりならともかくとして、そういった書類となると難しい語句や専門的な言葉も交ざるはずだ。

気の毒というほかない。

ともあれ、憐憫（れんびん）の情を抱かずにはいられない沈鬱な表情を浮かべるディートが、名のある小領主たちに抱えられて連行されたのが今日の夕刻。

現在は日が沈む少し前といったところで、そろそろ仕事終わりの目安である、日暮れの鐘が鳴る頃だ。

報告書の作成や書類の整理などを考慮すると、まだまだ仕事をしているだろうとは思われるが――

領都軍の詰め所前にて。

門衛にはすでに話が通っていたらしく、名前を口にするだけで心当たりがある表情を浮かべた。

念のため、王家の印章が入った許可証を持ってきたのだが、見せる必要はなかったらしい。

彼らにディートと話がしたいという旨を伝えに行ってもらうと、やがてディートと一緒にいたこの辺りの小領主の一人が現れた。

たかが小僧一人に、規模は小さくとも領主が迎えに出て来るというのはなんとも畏れ多いことだが、それもこのラスティネル領のやり方なのか。

使いに領主を使わなければならないほど人材不足……というよりは、ここは立場ある人間を小間使いとして動かせられるということを示すことで、権威を見せつけようとしているのかもしれない。

あまり効率のいいやり方をしていないとは思うが、それは男の人生を追体験した自分の意識と、この世界の面子を重視するやり方に隔たりや乖離があるためだろう。

小領主は門衛と二、三言葉を交わす。

門衛は緊張しているが、しかし度を越して畏まっている風でもない。絶対的な権力のある相手に対するというよりは、どことなく会社の上司と話をしているような印象を受ける。

そのまま引き継ぎが終わり、簡単な挨拶を交わし。

小領主に案内されて執務室らしき部屋に入ると。

目に飛び込んできたのは机に突っ伏しているディートの姿だった。

書類仕事に埋もれて窒息しかけ。

顔は青というか紫に。

どことなくだがチアノーゼを思わせる。

その様子から、どうにも口からエクトプラズムを吐き出している幻影がちらついて仕方がない。

見たところさほどの量ではないのだが、やはり書類仕事などこの年頃の子供にやらせるような仕事ではないなとつくづく思う。

いくら能力重視とは言えど、この世界はブラックだ。

まず労働組合以前に児童相談所が必要だろう。

そんなディートはこちらに気付くと、死にかけから一転。机をひと飛びで飛び越して、縋（すが）りついてくる。

「あ、アークス！　いいところに来てくれた！　ありがとう！　ありがとう！　ほんとありがとう！」

「は……」

飛んできた勢いで書類が舞う中、突然のお礼連呼に戸惑いが隠せない。

来てくれて嬉しいという意思表示というよりは、天の助けにでも見（まみ）えたかのよう。

さながらこちらは災害救助に現れた救助隊かボランティアか。

一方、脇でディートの仕事ぶりを監督していたガランガが呆れた様子で言う。

「坊、さっきまで死んでたのはあれですかね？　フリですかい？」

「ち、ちげーし！　こっちは本気で死にそうだったんだぞ!?　頭の中がぐちゃぐちゃになって気が遠くなって……」

「眠りそうになったと」

「だからちげーんだっての！」

「……もうそろそろこの仕事にも慣れてくださらねえと困るんですけどね」

ガランガのそんな言葉に「おれは身体を動かしている方がいいんだよ～！」と言うディート。確かに活発そうな彼には、書類仕事よりも現場の仕事の方が、気が楽なのだろう。

自分の身体を盾にしながら、ディートはガランガとの言い合い中。

「あ、アークスだってこういうのはできないよな⁉　な⁉」

勢い強めに同意を求めて来るのは、書類仕事に関してのことか。

しかし、巻き込もうとしてくる彼には、大変残念なお知らせをしなければならない。

「いや、俺最近はこの三倍くらいやるから」

「そうだよな！　普通やらないよな、やらな……へ⁉」

「やるやる。俺も書類仕事するし」

「やるって、え？　しかも三倍？　あれの？　え？　え？」

「ああ」

もちろんそれは、魔力計製作の関係だ。

魔力計の増産体制を整えてから、まもなく。

抱え込んだ魔導師たちに〈錬魔銀〉の生産工程を任せるようになってから、負担も減り、時間がかなり浮いたのだが。

それで自由な時間が取れるようになると思ったのは甘い見積もりで、その分書類仕事が回ってくるようになったのだ。

魔力計の調整法から検査の数値一覧、使用場所の申請書類などなど。

レイセフト邸ではできないので、クレイブ邸の一室を間借りしての作業。

毎週のように届く魔力計関連の書類と、定期的な報告書作成で、自由な時間はあまり変わらず。

十代の子供のやることにあるまじきお仕事ばかりが増え、ため息を禁じ得ない。

そのうち権限を分散させて、仕事を分配することを目論んでいるのだが――それはともかく。

目の前には、絶句しているディートの姿。

そんな彼に対して、ガランガが諦めろと言うように口にする。

「ほら、坊。他の方はもっとやってるんです。さ、頑張りましょうや」

「いや、おかしい！　絶対おかしいってそれ！　納得い、か、な、い、よー！」

ガランガとぎゃあぎゃあ言い合っているディートに、まず訊ねることがある。

「……さすがに、そろそろ言葉遣いを改めた方がいいかな？」

「え？　ああ、喋り方？　……おれはこっちの方が気兼ねしなくていいんだけどな」

とは言うが、だ。

まだしっかりと正体を明かされているわけではないが、身分や立場は知れているようなものなのだ。

相手は領主の息子と、その領主の下に付く小領主たち。

一方こちらは貴族の子弟といっても、分類は下級貴族の子。

そんなお偉方と、このままお友達感覚で会話しているわけにもいくまい。

なので。

「でもさ」

「じゃあ敬語使わないのはおれの命令だ！　それならいいだろ！　な⁉」

「無茶苦茶やめろや」

あまりの無体に、ついつい半眼でそんなつっこみを入れてしまう。

そもそも上の立場の者から許可が出されたとしても、だ。

周囲に誰かがいて、見ている場合は、こちらが立場を弁えていないと受け取られてしまうのだ。

ラスティネル領主の子息という立場は、王国全体を見てもかなり高い地位にある。

具体的には、伯爵令嬢であるシャーロットを凌ぐ地位だ。

普通こちらは徹頭徹尾、敬語で通さなければならないほどの相手である。

「だめだめ！　改まった場所ならともかく、こういった場くらいはさ、気軽にしたいの！」

「執務室で仕事してるときは気軽にできる場じゃないだろ……」

「いや、ここ実はおれが私的に使ってる部屋で」

「いくらなんでも見え透いた嘘すぎるわ」

そんな風に問答を繰り返すが、聞き入れようとしないわがままっ子のディートくん。

やがてガランガの方が、申し訳なさそうに、「ディートの言う通りにして欲しい」と口にする。

「だけど、ガランガさんや他の方には、きちんとしないといけないから」

ディートにそう言うと、ガランガがわずかながら声質を変え。

「そうだな。俺たちにはそれで頼む」

「わかりました。ガランガ様」

「おう」

これでまあなんとか、この話は決着したか。

と思いきや、空気を読まない少年が口をとがらせてぶーぶー。

「えー、偉ぶっててなんか嫌みっぽいなー」

「坊、俺はこれでも偉いんですよ？　知らなかったんですかい？」

今度はそんなことを言い合う始末。なんとも仲が良い間柄である。

ともあれ、与太をだいぶ挟んだが。

「そろそろ本題に入っても？」

「ん？　明日の謁見のこと？　そっちはガランガがカーチャンに伝えてくれたよ」

「ああ。話は通しておいた。お前のことは漏らさないように周囲に伝えてもいる。心配はない」

それはありがたいが。

「いえ、そちらではなくて、別のことです」

「それって？」

訊ねてくるディートに告げるのは、

「例の賊の居場所がわかったかもしれないんだ」

「――ほんとか⁉　それ、詳しく聞かせて欲しい！」

情報が少ないいま、手掛かりに繋がりそうなものは喉から手が出るほど欲しいだろう。

突然な話であるため、ガランガが「本当か？」と訊いてくる。

そんな彼に、「信憑性は高いです」と返すと。

ガランガが主要な人間を部屋に集め始めた。

……やがて一通り揃った折、食事処(レストラン)での話を披露する。

ピロコロと山賊がグルだったこと。

ナダールが背任行為を行っている可能性があること。

それを踏まえ、王太子殿下が狙われるかもしれないということ。

もちろん、ギルズに関しても包み隠さず伝える。

「……これが、今回の事件の経緯です」

話し終えると、ガランガが口を開いた。

「確かに、筋は通っているな。内応者がいたから、運び出して逃げおおせることもできたってわけか」

「はい。初めからどこにいるかわかっていて、運び出す準備も整えてあったからこそできたんだと思います」

「だが、俺としてはあのイメリア訛りの商人が何者なのか気になるところだ。そっちの身柄はなぜ押さえなかった？」

「あ……」

と、間の抜けた声が口を衝いて出る。

それには、考えが至らなかった。

あのときは、事実にたどり着いたこと。

そして王太子殿下が狙われていることに頭がいっぱいで、まるで気にも留めなかった。

…………いや、そうではないか。

彼から有用な情報を貰ったことで。

こいつは敵でもないが、味方でもない。

そういう風に、自分の中で決着してしまった。

そのため、身柄を押さえておくというのが頭から抜け落ちたのだ。

ディートたちからすれば、再度聴取をしたいところだろう。

「考えが至りませんでした。俺の落ち度です。申し訳ありません」

素直に謝罪すると、ディートが庇い立てるように、

「ガランガ、あいつのことを軽視したのはおれたちも同じだぞ？　それを棚に上げてアークスを責めるのはだめだろ。というかむしろ、アークスがウチの領内で勝手に商人を拘束した方が問題になる可能性だってある」

そう言ってすぐ、こちらに笑顔を見せてくるディート。

よく舌が回るというか、これは言い訳を立てる方の知恵が働いたのだろう。

「……でさぁね。そこを突っつくのはお角違いですか」

「それにいまはそんな話をしている場合じゃない。ピロコロっていう商人を押さえるのが先だ」

ディートがそう言うと、脱線した話がもとに戻る。

「——つまりだ。それで、これからその裏を取りに行こうってわけだな？」

「はい。いまノアとカズィを倉庫の方に向かわせていますので、そちらもご了承いただければ」

「そのくらいならいいよ。むしろ今回はありがたいし」

前提として、彼らのメンツを潰すことになるため、こちらが勝手に動いてはいけない。

だが、相手の動きの変化に対応するためには、ある程度監視は必要だ。

あとはこうして報告したあと、現場を任せればいい。

「それで、坊。どうしやす？」

「そんなの動くに決まってるだろ？　これ以上ウチの領で好き勝手やらせるわけにはいかない」

「例の商人が、山賊や銀とはまったく関係なかった……ってこともありますぜ？」

「おいガランガ、アークスを疑うのか？」

「そうじゃありやせんが、間違いだったたってこともあるでしょう？」

「だけどもし話の通りだったら、殿下が危険な目に遭う可能性もあるんだ。調べるくらいはしないとだめだろ。それにことが起こってるのはウチのお膝元なんだ。どうにだってできる」

「でさぁね。いまはどんな情報でも欲しいわけですし、動くのが肝要でしょうか」

ガランガの言葉に、他の小領主たちも賛同する。

たとえこの情報が間違いだったとしても、彼らにとって痛みは少ない。

そう、ここには権力者ばかりが揃っているのだ。

権力を笠に着て不都合なことを揉み潰すことなど容易いし、そもそも領主側が多少無茶をしたところで、それを商人如きが糾弾していいほど優しい世界ではない。

むしろ今回はそれが真実だった場合の痛手があまりに大きすぎるのだ。

……現状、王太子一行はラスティネル領から出つつある。

ラスティネル領から出たあとに王太子が襲われたという話になれば、ラスティネル側に疑いの目が向かないとも限らない。

彼らからすれば、そうなることは絶対に避けなければならないはずだ。

ただ荷を検めるだけならば、間違いなくやった方がいい。

話の最中、一時的に席を外していた小領主の一人が現れる。

何かの資料なのか、持っていた書類をディートに差し出した。

「——若。今日、領都に入った荷の一覧です」

先ほどの話を伝えたあと、すぐに調達したのか。仕事が早い。

ディートが他の者にも見えるようにそれを広げると、小領主たちが口々に言う。

「例の商人名義の荷があるな」

「中身は？」

「雑貨ということになっている。だが、量がかなり多い」

「やはりこれは調べてみる必要がありそうだな」

彼らがそんな話をし終えると、ディートの号令を皮切りに各々動き始めた。

兵たちはすぐに動けるようになっていたらしく。

複数の隊をその場で即座に編成。

ガランガの指示により部隊はいくつかに分散し、それぞれの持ち場へ。

突入組はディートを筆頭に幾人かの小領主たちと屈強そうな兵士たち。

別の組も、小領主を頭に据えて、城門と河川の封鎖を行うために動いていった。


…………アークスもディートたち突入組に追随して、倉庫街へ。

時刻はすでに宵の口。

倉庫街では搬入作業もすでに終わっており、いまは人気もほぼない。

防犯用なのか、各所に〈輝煌ガラス〉が点灯しており、歩くには不自由しなさそう。

大扉を備えた建築物が、右ならえをしたようにずらりと並び。

その脇には置きっぱなしの台車や荷車がちらほら。

水場が近いためか涼しげな風が吹き、体感でだが他の場所よりも一、二度ほど気温が低いように感じられる。

倉庫街の入り口付近に差し掛かると、塀の陰からノアとカズィの姿が現れた。

どこから来るか当たりをつけ、こうして隠れて待っていたのだろう。

「連れて来た。そっちは?」

「はい」

ノアがいつも通りの調子で頷く。

彼がそんな返事をするということは、だ。

「ピロコロたち、もう見つかったのか？」

「ええ。カズィさんが、『悪党は仕事熱心だからな』と言うので、忙しそうにしている者を探したところ、ことのほかあっさりと」

「うわ、それ説得力あるなぁ」

「まったくです」

「俺もなかなか役に立つだろ？　キヒヒッ！」

そんなことをうそぶいて、悪びれることもないカズィ。

蛇の道は蛇という、あの男の国の言葉がしっくりくる。

「それでですが、あちらの建物からピロコロ氏が出入りしているのを確認いたしました」

「どうやら相当の荷を抱え込んでいるみたいだぜ？　この分だと、夜中に準備を終えて、朝方早くに出発する算段だろうな」

小領主が持って来た一覧を確認すると、やはり今朝方上流から下って運ばれてきた荷の量と合致するらしい。

ディートがノアに訊ねる。

「やっぱり中にいるのは、村を襲ったっていう賊なのか？」

「はい。それに間違いなさそうです。服装は違いますが、見覚えのある顔がいくつか外に出てきていましたから」

「なら、当たりですかね。いやいやまさかこんな近くで悪さをしてるとは……」

その辺り、盲点だったか。

それはそうと、確認しなければならないことがある。

「エイドウはいたか?」

「いえ、いまのところそれらしい姿は見ていません」

「中に引っ込んでる可能性もあるからな。油断はしない方がいいぜ?」

「……いや、もしかしたらここにはいないのかもしれない」

「どういうことです?」

「さっきギルズが教えてくれたとき、ピロコロがいるとは話しても、エイドウがいるとは言わなかったからさ。ピロコロと見覚えのある連中がいる。名前を知ってる奴がいるんなら、そんな言い方はしないだろ? 真っ先にエイドウの名前を出すはずだ」

「それを理由にするにはちっと弱くないか?」

「あとはもう一つ。これが正しかったら、まず間違いない」

二人にそう告げたあと、ガウンから貰ったランタンを掲げる。

そう、ここ二、三日の間に、このランタンが何度か妙な挙動を見せたことがある。エイドウに会う前と、賊が襲ってきたときに、何かを伝えようとするように、震えだしたのだ。

もしかすれば、ランタンの震えは危険なものに対する警告で、その震えが大きくなればなるだけ、大きな危険が迫っているということなのではないか。

「アークス、それは？」

「これはちょっとした貰い物でさ。俺の勘が正しければ……」

掲げたランタンを倉庫に向けると、震え始めた。その強さは、エイドウに会ったとき、そして賊が襲ってきたときよりも弱い。

「勝手に揺れた？」

「ああ。だが、震えは前の二回のときよりも弱い。あそこにはそれほど戦力を残していないみたいだ」

「そういえば山賊が襲ってくる前もランタンを気にしていましたね」

「なるほど。ガウンの贈り物は随分とまた便利なものなんだな。キヒヒッ！」

「よくはわからんが、例の魔導師はいないということでいいのか？」

「はい。間違いないでしょう」

ガランガにそう断言して、次いでディートに訊ねる。

「ディート。俺たちはどうした方がいい？」

こちらはディートたちに居場所を伝えたことで、すでにやるべきことは終えている。

自分たちの本来の目的は銀の取得。

それ以外の関係のないことにあまりしゃしゃり出るのはよろしくない……というのがこういう場合。

ディートたちが場を掌握したなら、自分たちは大人しくしているべきだろう。

むしろ、領主に書状を持って来た人間を危険な目に遭わせるわけにはいかないということで、下がらせるのが普通のはずだ。

そう思って、口にしたのだが。

「ここまで来たんだ。手伝ってくれよ。それに、こいつらを見つけたのはアークスなんだし、ここで引き下がったらそっちの手柄が少なくなるぞ？」

「いやそれは……」

言い分としては、おかしくなかろうか。

ここは自分たちに縁もゆかりもないラスティネル領。

下の者ならばいざ知らず、ディートが外部の者の手柄に気を遣う必要は全くないのだ。

その言葉はいくらなんでも正直を通り越して愚かと言わざるを得ないが。

ガランガの方を見ると、なんとも言えなそうに眉間を揉んでいる。

「……ラスティネルじゃあ手柄を立てたヤツはきちんと評価するってのが『しきたり』みたいなもんでな。他人の上前をはねるのも厳禁だってのも、徹底しているんだ」

「そういうことそういうこと。結果を出した人間は、きちんと評価されるべきってね。アークスだって最後まで見届けないと、すっきりしないだろ？」

「まあ……」

「じゃあ決まりだ――よし、野郎ども！　そろそろ突入するぞ！」

ディートの号令を合図に、武装した一団が倉庫へと足早に駆けていく。

アークスたちもそれを追って、倉庫の中へと突入したのだった。

――帝国軍南部方面軍所属リヴェル・コーストは、与えられた仕事をしながら、疲労の嵩んだため息を吐いていた。

（どうして私がこのようなことを……）

ため息と共に吐き出されるのは、陰鬱な愚痴の数々だ。

リヴェルがこんな非生産的な行為を無意識のうちにしてしまっているのは、現状に堪え難いほどの不満があるからに他ならない。

ここでリヴェルがさせられているのは、荷と目録を照合するというごく単純、単調な作業だ。積み荷の数と、どれだけ運び出すかを確認し、それを記録するという、そんな誰でもできるような、下働きのやるような仕事である。

……本来ならば、リヴェルはこのようなことをする立場の人間ではない。

帝都の兵学校を抜群の成績で卒業し、軍にはエリートコースの常道、尉官待遇で入隊。

将来を嘱望（しょくぼう）され、ゆくゆくは参謀職に就く予定だった。

だが蓋を開けてみれば、どうか。

初勤務より三日目、まさか待っていたのは南地への異動の辞令。

情勢が緩やかなライノール王国方面へと派遣され、さらには王国の人間の中に交ざり、こんな工作員めいた仕事をさせられる羽目になっている。

(私は抜群の成績で卒業したんだぞ！　普通はそのまま中央勤務か、実地の経験を積むために戦地に派遣されるだろうが！)

通常、兵学校卒業後は、後方でさらなる研鑽を積むかもしくは、目下帝国と戦争中である北部方面で、尉官として下士官たちを掌握するのが慣例のはずだ。

にもかかわらず、真っ先に向かわされたのは敵国の一つであるライノール王国その内部。

内応した王国伯爵主導の、銀奪取を目的とする作戦に随行して、その支援および監視をすることが任務とされた。

要するに、戦略物資を掠め取るコソ泥のお手伝いである。

……兵学校では、主に今後の将官となるべく、多数を指揮するための教育を受けていた。

にもかかわらず、与えられたのはこれまで覚えてきたことがまるで役に立たないこんな仕事。

どう考えても、エリートに対する待遇ではない。

(これもみんなあの馬鹿どものせいだ。みんな、みんな……)

思い浮かべるのは、リヴェルと同じく兵学校を卒業した同期たちだ。

リヴェルとはまったくもって折り合いが悪く、それだけならまだしも、ことあるごとに敵視して、嫌がらせまでしてきた無能共。リヴェルがどれだけ結果を出しても決して認めることはなく、身体的特徴をあげつらって馬鹿にしてきた。

当然今回も、その中の誰かが足を引っ張ったに違いないのだ。

優秀な成績を修めた自分のことを妬み、教官や軍のお偉方に讒言したに決まっている。

連中は無能でも、出自だけはいいところのお坊ちゃんどもばかりだ。親に圧力をかけてもらうのはたやすい話。

そうでなければ、どうして自分のような才有る者が、このような場所でこのような作業に従事しなければならないのか。

帝国は実力主義だ。だからこそ、無能、無才な者は冷遇され、有能な者はたとえ身分が低くとも、重用される傾向にある。そんな国で、無能、無才な者が成り上がり、有能な者が不遇を受けるときは、必ず碌でもない企みが裏で動いているのだ。

自分は陥れられた。

絶対そうに違いない。

(絶対そうだ……絶対……)

先ほどと同じように、リヴェルの口から独り言が漏れ出ていく。

ひとしきり恨み言を発散して心が安定した折、ふと、他方に視線を流した。

木箱の上には書類や証書、伯爵からの指示書までもが乱雑に積まれ。

倉庫の奥には奪取した荷である銀が置かれている。

布をかけるだけで、隠すつもりなどこれっぽっちも感じられない。

管理がぞんざいとしか言いようがない有り様でも、こうしてこれが罷り通っているのは、この拠点が見つかることはないと、この場にいるほとんどの人間が高をくくっているからだ。

だが、リヴェルがわからないのは、どうしてこの場所を、一時的な物資貯留の拠点に選んだのかだ。

場所は、音に聞こえた大領主ルイーズ・ラスティネルが治めるラスティネル領領都。

河川があるため運搬には都合がよく、誰しも足元に気が向かないのは世の常であるため、意外と気付かれにくいだろう。

だが、兵学校を出た身としては、こんな場所を拠点にしているのは、まったく危険と言わざるを得ない。

確かに、ここでなければならないのならば、その限りではない。

しかし、拠点の候補は他にもあるし。

決してここでなければならない理由はないのだ。

なのにもかかわらず、目的である銀から、指示書の保管までもここで行っているのはまったく理解に苦しむ。

銀は運搬の利便性を考慮すれば、仕方ないとも言えるが。

指示書は一定期間が立てば焼却されるようになってはいるものの、ここを押さえられればそれこそ一網打尽なのだ。

危険は分散させるのが常道。

なのに、こちらがそれをしろと言っても、ここの連中はまるで聞き入れない。

ただ単に、手間がかかるのを嫌っているだけなのか。

そもそも、ことが露見するということ自体に考えが及んでいないのか。

最悪の事態をまったく考えようとせず、漫然と与えられた任務だけに固執する。

(馬鹿なのかこいつらは……)

ここの連中は、こんな人間ばかりだ。すぐに他人を侮ってかかり、人の意見など聞き入れようともしない。ただ上からの指示を受ければいいとだけ考える、鈍り切った頭の持ち主どもしかいないのだ。

そしてそんな連中を率いているのが、このピロコロという商人である。

「み、みなさんよろしくお願いしますね」

聞こえて来るのは、自信に欠けた声。

周囲に指示を出す態度も、おどおどしているのが丸わかりだ。

ここの人間は表向きは商人の仕事をするので、管理をする人間はその道に明るい者を選んだのだろうが。

ピロコロはこういった荒っぽい仕事をするには、まるで向いていない類の人種だった。

だから――

「なぁにがよろしくお願いしますね、だ！　こっちは昨日の襲撃で被害が出ているんだぞ！　それをわかってんのかテメェは！」

「そ！　それは……まさか私も彼らが魔法を使えるとは意外というほかなく」

「刻印を扱ってたなら魔法も使えるに決まってるじゃねえか！　テメェはバカか！」

「ひぃ！　申し訳ありません！」

ピロコロは賊の男に怒声を浴びせられ、小動物のように縮こまる。

これは、昨夜に銀を奪取するため村を襲撃した際、彼らに大きな被害が出たからだ。

どうやらその村には王国の魔導師たちが逗留していたらしく、村を守るためにその力を遺憾なく発揮したのだとか。

話を聞くに、南門側を攻めた者のほとんどが、その魔導師たちの魔法によって倒され、その場で捕縛されたという。その者たちも、口封じのため、マチンを用いて殺されたという。

いま怒鳴っている男は、ピロコロと同時期に雇われたという賊の頭らしい。

強いものにこびへつらい、弱いものには強く出るという典型的な小悪党だ。

だからこそ山賊行為を生業としているのだろうが。

ピロコロが気弱な性格であるため、こうしてことあるごとに理由をつけて彼を八つ当たりの対象にしている。

ピロコロにそれなりの貫禄があれば、こういったことも抑え込むことはできただろうが、何か失敗があるたびにこうして突き上げを食らう始末。

下の者をしっかりと抑えられていないのだから、雇い主であるナダール伯は人選を間違ったとしか言いようがない。

……こんな環境で仕事をしていれば、いつか破綻するのは目に見えている。

なのに、彼らは、誰一人改善しようと動かない。

愚かだ。

どうして他人とは、これほど愚かなのか。

「――おい。帝国の小間使い」

ふいに横合いから、そんな風に呼び付けられた。

小間使いとは甚だ不本意な呼ばれ方だが、怒りを呑み込んで声のした方を振り向く。

リヴェルを呼びつけたのは、ナダール側から送り込まれた痩躯の男だった。

いまは木箱の上にふんぞり返って我が物顔。

おしゃれと言うには不必要なほどのピアスをあちこちに付け、猛獣を象った入れ墨が顔の半分を占拠している。脇に女でも侍らせていれば、裏社会の顔役とでも言えるのかは……それは定かではないが。

他の人間はみな忙しなく動き回っているというのに、こうしてふんぞり返っていても一切咎められないのは、この男が魔導師だからだ。

「……なんだ？」

警戒混じりに訊ねると、男は嘲笑うような笑みを見せ。

「そろそろ確認作業は終わったか？　ん？　おいおいまだそんな仕事に時間掛けてんのかよ？　ほんと使えねぇなお前は」

魔導師の男は、大きな声で聞こえよがしにそう口にする。

周囲に言い聞かせでもしたいのか。

リヴェルも反論を試みようとするが、口の滑らかさは魔導師の男の方が一枚上手だった。

「無能な奴はほんと可哀そうだよなぁ。どこへ行ってもトロ臭くて、まともに扱われもしねぇ」

「っ、私は！」

「なんだよ？　そんなんだからこんなとこに飛ばされたんだろ？　自称帝国のエリートさんよ？」

「ぐっ……！」

「可哀そうだよなあ、お前みたいな何やっても、なんもできねえ人間はよ？」

嘲笑うような笑みが、殊更憎たらしい。

リヴェルの仕事ぶりは、男の言うようにトロ臭いと言われるほど遅いわけではない。

むしろ、慣れない仕事をやっているにしてはこれが普通だと言えるだろう。

この男は、リヴェルがここに配属された当初から、ことあるごとに突っかかって来る。

おそらくは、リヴェルのような人間を貶めることで、自尊心を高めようとしているのだ。

落ちぶれたエリートをいびるのは、さぞ胸のすくことだろう。

男の笑い声に釣られたのか、周りから嘲笑の声が聞こえてくる。

それに気を取られていると、魔導師の男が重ねておいた書類を蹴りつけた。

「あっ……」

書類が宙を舞い、辺りに散らばる。

折角綺麗にまとめていたのに、これではまた整理のし直しだ。

しかも、男はわざとらしく。

「お？　わりーわりー、見えてなかったわ。ご、め、ん、ね、リヴェルちゃーん」

「………っ」

何が見えていなかったというのか。わかっていて蹴りつけたくせに。

「なんだ？　怒ったのかよ？　ん？　どうだよ？　腹が立ったんならなんか言ってみろよ？　ええ？」

男が挑発してくる。

しかし、これに乗せられてはいけない。男の思惑に乗って反発すれば、これらの挑発的な行為はさらに加速するのだ。この手の低俗な嫌がらせは、兵学校で散々味わわされたこと。相手にしていてはきりがない。

リヴェルが挑発に乗ってこないことが男には不満だったか。「ケッ」と悪態を吐いて、

「あとな、そっちの作業が終わったらこっちもやれよ？」

「私に命令するな。そもそもそれは手の空いているお前がやればいいだろうが」

「あ？　なんだと？」

反論すると、魔導師の男は立ち上がって睨みつけてくる。

魔法を使って脅し掛けようとでも言うのか。

「わ、私は帝国の人間だぞ！　……帝国の人間を無体に扱って、お前たちの雇い主がそれをよく思うか⁉」

「チッ……」

指摘すると、魔導師の男は苦い顔を見せる。

さすがに帝国の人間を傷つけて、ナダール伯爵の心証を悪くすることはしたくないのだろう。

そんな男に、返すのは。

「お前、そんな風にふんぞり返っているのはいいが、わかっているんだろうな？　これからナダール領に戻ったあとは、指示書の通り、ライノールの王太子の背後を脅かすんだぞ？」

「あ？　そんなことてめえなんぞに言われなくてもわあってるよ。俺はてめぇと違って、一番前で戦うんだぜ？」

「……わかっているならいい」

「はっ、言いたいことはそれでおしまいかよ？　それじゃ言い返しにもなってねぇぜ？　話題変えたいんならきちんと頭使えよな」

「…………」

「言い返せなくなって今度はだんまりかよ……まあいいさ、俺はいま気分がいいからな。許してやるよ。なんたって、このあとは待ちに待った王太子一行の襲撃だ」

ふいに、男が口元をゆがめる。

それは、猟欲に満ちた残虐さが見え隠れする笑みだ。

「いまから目に浮かぶぜ。王太子やその取り巻きが俺の魔法でくたばる様（サマ）がな」

どうやらこの男は、次の作戦で活躍する様を思い浮かべて、悦に入っているらしい。

だが、リヴェルには疑問に思うことがある。

「貴様は王国の人間だろう？　なぜ王太子を討つことに賛同する？」

「なぜ？　そんなもん決まってるだろうが。有能な魔導師である俺を評価しなかった王国に、一泡吹かせるためさ」

「一泡吹かせる？」

「そうさ。俺はガキの頃から魔法に触れてきて、周りにも俺に敵う魔導師は一人もいやしなかった。なのに、魔法院を出てないってだけで、役人どもは俺をそこいらのモグリの魔導師と同じように扱ったんだ」

「それで、王太子を討つのか？」

「王太子は王国で一番偉い魔導師（おうさま）の子供だぜ？　そりゃあいい腹いせになるってもんだろ？」

「…………」

そう言って笑う様は、まるでおとぎ話に出て来る悪魔そのものだ。

その不穏当な笑みに根差すのは、深い恨みにも思える。

何が有能なのか。評価しなかったというのか。

そんなのはただの逆恨みではないか。

無才だったからこそ、伯爵の子飼いなどに身を貶めたのだろうに。

「なんか文句あんのかよ？」

「……なにも」

「ケッ……無能は無能らしく隅っこで縮こまってればいいんだよ」

男は背中に罵声を浴びせて来る。

情緒不安定な魔導師だ。

……どうして自分は、こんな連中と一緒にいなければならないのか。

どいつもこいつも保身や目先の欲を満たすだけにこだわり、大局を見ようとしない。

まったくもって愚かしさの極みだろう。

そして最も愚かなのは、こんな連中に銀を盗まれる側の人間だ。

領軍は銀を伯爵に盗られていることも知らず、いまも山賊被害に遭っているだけだと信じ、賊を捜して山野を巡っている。

愚かだ。まったくもって、愚かしさの極みとしか言えない。

「ラスティネルの連中は、このまま銀を盗られたことにも気付かずに、王国王太子も危険に晒すのだろうな……」

ついつい、いつものように愚痴をこぼした折だ。

ふとマズいことを言ってしまったと口を押さえる。

――口に出せば舌禍を招く。

これは、帝国でよく言われる言葉だ。

相手を侮るようなことを口に出すと、その言葉の内容に反した事象が返ってくるというものだ。

世界は事象を操る【古代アーツ語】によって成立し、いま世の中で使用されている言葉はすべて、そこから分化したものとされる。

ゆえに、どんな言葉にも、ある程度の力が備わっており、事象に対して、ごくわずかだが影響を与えるのだという。

そのため、軍ではそういった験（ゲン）を重要視し、相手を軽視することや縁起でもないことは心で思っても口にしないのが慣習とされている。

さすがにそれは迷信だろうとはリヴェルも思うが、相手を侮るときというのは往々にして落とし穴にはまりやすいものだ。

いけない兆候だなと、そう思っていたその折だった。

「そ、外にラスティネルの領軍が集まってるぞ！」

「こんな時間にだと⁉」

「なぜだ⁉」

「しかも武装している！」

「ッ――」

ふと、自分が舌禍を招いてしまったのかと、リヴェルの背筋に寒いものが走る。

賊の男がピロコロに掴み掛かった。

「おいまさかテメェ、下手うったんじゃねえだろうな！」

「い、いえ、そんなはずは……」

ピロコロはそう言うが、昨日から失態続きであるため、やっていないとは言い切れない。

こんな不和を招くのは、不満を抑え込めなかったツケだろう。

「まずはどうにか時間を稼いで、我々以外の者は全員隠し部屋に――」

ピロコロが指示を出し始めた最中だった。

そんな時間稼ぎも許されないというように、倉庫の入り口が乱暴に開かれると共に、ラスティネル領の兵士たちが雪崩を打って入り込んできた。


突如として倉庫内に突入してきた者たちは、武装した領軍の兵士だった。

巨大な剣を持った赤茶髪の子供を筆頭にして、みな屈強そうな男ばかり。

しかもその中には、配属前に見せられた人相書きと一致する人物まで交じっている。

それは、ここラスティネル領で領地を預かる小領主たちだ。

ルイーズ・ラスティネルの腹心であり、音に聞こえた猛者たちである。

……ラスティネル領の統治体系は、他の土地とは少々勝手が違い、領主を現場の指揮官に置いて働かせることがままある。

ラスティネル家勃興以前の、領地が狭く人材が少なかった頃の名残でもあるのだろうが。

能力のある者は、地位のある者や出自の良い者であることが多いため、これはその能力を効率よく運用、発揮できるようにするための方策なのだという。

兵員数の関係上、軍制の改革を余儀なくされ、指揮系統の分化が進んだ帝国とはまったく逆向きの体制。

より効率的、効果的な編成を兵学校で学んできたリヴェルとしては、こういったやり方はどこか化石じみたものに感じられるが――

いまはそれが、とてつもなく恐ろしい。

それもそのはず。

そのせいで、こんなところに百人力に相当する強兵が複数人、突入して来たのだから。

禿げ上がって腹の出た男に、貴族のような高貴な服に身を包んだ剣士の男、川賊のような風貌の日に焼けた男、まるで壁と見まがうような大男と、見た目は独自性に富んだ者たちばかりだが、発している威圧感が段違いだ。現れたのがこの中の誰か一人だけであったとしても、山賊団程度なら一人で壊滅させられるような気さえさせられる。

リヴェルは急いで身近な木箱の裏に身を隠した。

リヴェルが兵学校で学んだのは部隊を指揮するための知識だ。

一応武術の心得はあるものの、荒事は領分ではない。

木箱の裏から入り口の方を覗くと、赤茶髪の子供の脇に控えた男が、その場で叫んだ。

「ラスティネル領軍だ！　これから臨時の取り調べを行う！　動かずそのまま床に手を突いて伏せろ！　指示に従わない者は反抗の意思ありとみなす！」

告げられたのは、まさかの取り調べだ。

他の倉庫が臨検を受けているというような話は聞いていない。

どうして領軍は狙いすましたように、この倉庫を選んだのか。

……小領主から指示に従えと言われたにもかかわらず、味方は呆気に取られているのか黙ったまま。

いずれにせよ、このままではここで行っていたことが暴かれてしまう。

そんな中、ピロコロが前に出た。

「ここを使わせていただいているピロコロと申します。まずは皆さま、お仕事ご苦労様でございます。

我々がこうして日々穏やかに仕事に励めるのも、すべてはラスティネルを守る領軍の皆さまのお働きのおかげと存じております」

ピロコロは労いと称賛の言葉を並べ立て、深々と頭を下げる。

「そんな話はどうでもいい。指示に従え」

「はぁ。荷を検める予定があるとは伺っておりませんが」

「これは臨時のものと言った。いますぐ言われた通りに床に手を突いて伏せろ」

「そ、そんなことを言われましても……いやはやどうしたものか」

ピロコロはのらりくらりしてこの場を切り抜けようとしているのだろう。

領軍も下手に出られれば手荒な手段に移れないと踏んでのことだ。

よくよく見れば、いつの間にか袖の下まで用意しているらしい。

荒くれどもでは思い付かない、商人らしいやり方である。

そんな風に、ピロコロが更なる労いの言葉と称賛とを使い分け、煙に巻こうしていた折だ。

ふいに、兵士たちの人垣が割れる。

やがて現れたのは、兵士とは思えない格好をした、銀髪の子供を筆頭とする三人組。

どこからどう見ても貴族の子弟と、そのお付きの従者のようにしか見えないが――

ピロコロがその姿を見て、ひどく狼狽えたような素振りを見せる。

「あ、あなた方は……」

「さっきぶりだな。まさかあんたが賊共とつるんでるとは思わなかったよ」

銀髪の子供が、そんなことを口にする。

それはまるで、すべてを見通しているかのような口の利き方だ。

「は、はぁ……いったいなんのことやら、私にはとんとわかりませんが」

「おいおい、この期に及んでとぼけるなよ？　あんたと村を襲った賊はグルで、銀を盗むために芝居を打ったんだろ？」

「え、ええと、アークス様。あなたはなにか思い違いをしているのではありませんか？　私と昨夜に村を襲った賊が仲間同士などと……」

「へぇ？　違うって言うのか？　それは不思議だなぁ。昨日の夜、見た顔がいるぞ？　あそこの奴と、そこの柱の陰にいる奴とか……あとはいまそこで顔を伏せた奴もそうだな」

「そ、そそ、それは……」

「それに、さっきあんたが自分から話してくれただろ？　それで確信したんだ」

銀髪の子供は、唐突にそんなことを言い始める。

すると、それに触発されたのは、賊の男。

「テメェ！　クソ商人が！　やっぱりテメェのせいかよ！」

「――っ!?　だ、だめです！　いまはあなたが出てきては！」

「うるせぇ！　こうなっちまったらもう終わりだろうが！」

――バカだ。

呆れのため息が口を衝いて出る。

これでは自ら白状してしまったのと同じではないか。

必死に誤魔化そうとしていたピロコロの努力が水の泡である。

リヴェルがそう思うのもつかの間、銀髪の子供がしてやったりというような表情を見せた。

「よう。昨日ぶり」

「テメェ、小僧がぁ」

「いや、そいつがさっき食事処(レストラン)でうっかり漏らしてくれて助かったよ。これから仕事で、ナダールに行くってな」

「なんだとぉ⁉」

銀髪の子供が聞こえよがしにそう言うと、味方がざわざわと荒れ始め、ピロコロの方へ一斉に視線を向けた。

短気を起こしたせいで、完全にあの銀髪の子供の舌に乗せられてしまった形だ。

銀髪の子供は核心部分など話していない。

ただ、思わせぶりなことと、ピロコロは仕事でナダールに行くとだけしか言っていないのだ。

賊の役を負った男は、唐突な襲撃に焦り、相手が確信を持っていると勘違いしてしまったのだろう。

ピロコロのせいで前日に被害が出たことも、影響してのことだ。

だが、向こうの確信に満ちたあの様子。

ピロコロと賊がグルだったということに、並々ならぬ自信があったはずだ。

そうでなければ、普通は問答無用で突入などしないはず。

一体どうして、ことが露見してしまったのか。

ふと、銀髪の子供が口を開く。

「やっぱりここにエイドウはいないらしいな」

「ふん。あの野郎は今頃ナダール領だ」

「やっぱりお前らは仲間同士じゃないのか」

「誰があんな野郎と仲間なもんかよ。けっ」

そんな中、突如として怒声が破裂する。

「お前らよくもウチの領で好き勝手やりやがったな!!」

子供の甲高い怒りが上がると同時に、空に一閃の銀色の光芒が引かれ。

残像のようにちかちかと目に残るそれが視界から消失したそのとき。

首が床を転がり、断面からは鮮血がさながら、噴水のように倉庫内に噴き上がった。

首は、ピロコロを責めていた男のもの。

見れば、赤茶髪の子供が、持っていた剣を振り抜いていた。

子供が持つには……いや、大人でも持つことが難しい巨大な剣を。

「ら、〈ラスティネルの断頭剣(ギロチン)〉……」

どこからともなく聞こえてくるのは、そんな怖れの交じった震え声だ。

〈ラスティネルの断頭剣(ギロチン)〉は、王国西部では殊(こと)の外(ほか)有名なものだ。

王国を欲する帝国の前に立ちはだかる番人にして処刑人、ラスティネルの領主が代々受け継ぐという古代の武具。幾多の帝国兵の首を刈ったという曰く付きの逸品だ。

つまり、そこにいる赤茶髪の子供こそ、ここラスティネルの跡取りに他ならない。

赤茶髪の子供が動き出したのを皮切りに、兵士たちも動き出す。

一方こちらは、賊やピロコロの護衛についていた戦士役が武器を手に取って応戦の構え。

そんな中だ。

先ほどピロコロと話していた銀髪の子供が、急に何かを呟き始める。

口にしているのは、魔導師が魔法を使うときに唱える【古代アーツ語】だ。

おそらくは、あの歳で魔法を使うことができるのだろう。

——王国の魔導師たちが活躍し、賊の多くが捕まった。

そんな話が、脳裏をよぎる。

ということは、あの銀髪の子供が、昨夜に賊を無力化した魔導師の一派なのか。

歳はあまりに若すぎる。だが、魔法を使おうとしている以上、疑うべくもない。

——【朧霞(ミスティヘイズ)】

詠唱が終わった直後、空に散った【魔法文字(アーツグリフ)】が弾けて霧となり、倉庫内に霞となって立ち込めた。

霞が一気に倉庫内に広がったせいで、ふいに吸い込んでしまうが。

しかし人間に害を与えるようなものでもないらしく、なんともない。

単なる霧を発生させただけの魔法にしか思えないが、どういうことなのか。

発生した魔法の霞を味方が警戒する中、ふと嘲るような声が聞こえて来る。

「――おいおいガキんちょ。それじゃお遊戯にもなってないぜ？」

それは銀髪の子供が使った魔法を、児戯だと切って捨てるもの。

その声の主は、伯爵に雇われた魔導師の男だった。

呪文を聞き取って、銀髪の子供が使った魔法の中身を見透かしたのだろう。

だが看破されたにもかかわらず、銀髪の子供は至って余裕そうな素振り。

「そうかな？」

「そうだろ？　いまの呪文には攻撃的な文言なんてなにもねえ。どう聞いても霧を発生させただけだ」

らしい。どうやら、警戒が必要なものではないようだ。

魔導師の男の言葉を聞いて味方は安堵したのか、体勢を立て直す。

そして、領軍の兵士たちを迎え撃とうと構えを取ると。

それよりも早く、魔導師の男が口を開いた。

《――まどうはつうじ。まとうはつむじ……》

呪文らしき言葉をぶつぶつと呟いた直後、倉庫内に突風が駆け抜ける。

【魔法文字（アーツグリフ）】が風を呼び込んだのか、生み出したかは定かではないが。

周囲の者が服飾品を飛ばされそうになるのを必死に押さえにかかる中、魔導師の男は風の影響を受けないのか、その中心にあっても平然としている。

やがて魔法が成立したのか。魔導師の男はその突風を身にまとったかと思うと、赤茶髪の子供に向かって飛び出した。

風を背に受けているためか、一瞬にして子供の前に到達。

「うおらぁ!!」

掛け声一閃。

風と共に男の拳が襲い掛かる。

「うわっ！」

「坊！」

赤茶髪の子供は間一髪、男の攻撃を飛びのいて避けた。

見るからに重量物である〈断頭剣(ギロチン)〉を持ったまま、軽やかに飛ぶ姿は眩暈(めまい)を起こしそうになるが、それはともあれ。

さっきまで赤茶髪の子供が立っていた石床が、ズタズタになって砕けていた。

「ひゅう！　よくかわしたじゃねぇかちびっこいの！　褒めてやるぜ！」

「くっそ……てめぇっ!!」

「坊、俺の後ろに！」

小領主が赤茶髪の子供を背後に庇い。

間を置かず、他の兵士が魔導師の男に向かって動き出そうと試みる。

魔導師を倒すには、まず魔法を使わせないことが基本とされるため、定石通りに動いたのだろうが。

それに考えが及ばない魔導師の男ではなかった。

《――風。陣。連。衝。砕。空。破。風よ鉄輪を成せ！》

――【太刀風一輪(ハイブレイド)】

魔導師の男が、詠唱と共に指先を天に掲げると、【魔法文字(アーツグリフ)】が寄り集まり、やがてひひゅう、ひひゅうと音を立てて旋風が渦巻く。

兵士たちが距離を詰める間もなく、それは即座に巨大な戦輪を模(かたど)ると、兵士たちに向かって放たれた。

呪文の短さもさることながら、発動までの時間もわずか。しかも風であるがゆえに、魔法自体の動きも速い。

あまりに速すぎる魔法行使に、兵士たちはたたらを踏み、命からがらといった風にその場から飛びのく。しかして通り過ぎた風の戦輪は空を駆け上がると、取って返すように再び風塵を尾に引いて兵士たちに襲い掛かった。

それは戦輪を模すがゆえか。

領軍の兵士たちは、それを必死にかわす。

「はははははははは!!　おらっ、おらぁっ、もっと踊れ踊れ！」

魔導師の男が言うように、風の戦輪を必死になってかわす姿は、さながら踊っているかのよう。傍から見れば滑稽なその様子が気に入ったのか、魔導師の男は調子に乗って笑っている。

彼が有能だというのは、ただの自意識過剰ではなかったらしい。

さらに同じ魔法を使って、兵士たちを脅かしにかかる。

魔導師の男の魔法を前にして、領軍の兵士たちは思うように動けない。

風の戦輪に切り裂かれまいと逃げ惑う。

そんな中――

《――船足を止める魔の手。お前は空を漂う常たる者。世にあまねく船乗りの敵をいまここに》

《――冴えた夜気よ流れ込め。風を冷やせ。風よ凍えよ。吹き付けるものを殺し尽くせ》

瞬間、魔導師の男のものと合わせ、三つの魔法がぶつかり合う。

風の戦輪に進んで巻き込まれに行く【魔法文字（アーツグリフ）】と。

唐突に足元から膨れ上がった凍えるような冷気。

それらが影響し合った瞬間だった。

兵士たちを切り裂こうとしていた複数の戦輪が立ちどころに消え去った。

……魔法を使ったのは、モーニングコートに身を包んだ二人。

一人は、中性的な冷たい美貌の持ち主で、もう一人は魔導師の男並みに人相の悪い男。

そんな二人に対し、小領主が礼を言う。

「悪い、助かった」

「いえ。いまはお下がりを」

「魔導師には魔導師だぜ。キヒヒッ！」

美貌の執事が小領主に後退を促すと、兵士たちは彼らの後ろまで引き下がる。

確かに、魔導師には魔導師を当てなければならないというのは常道だ。

自分の魔法が無効化されたせいか、魔導師の男が目を剥いた。

「テメェらも魔導師か」

「ええ」

「見た通りだ」

「じゃあテメェらが昨日村で暴れたっていう連中だな？」

魔導師の男がそう言うと、

「いえ、私は特に何も」

「俺は……まあ露払い程度だけどな。キヒヒッ！」

彼らが向かい合う中、ふと銀髪の子供が歩み出た。

一体どうしたのか。こちらの味方だけでなく、魔導師の男も困惑する中。

「……ノア、カズィ、二人はディートたちの援護をしてくれ」

「よろしいので？」

「ああ、あいつは俺が倒す」

「構わねぇが、危なくなったら勝手に介入するからな？」

銀髪の子供はその言葉に頷くと、さらに一歩前に出る。

「アークス！」

「ディート。ここは俺に任せてくれ」

「いいのか？」

「希望にお応えして、俺の魔法を見せてやるよ」

そんなことをうそぶく銀髪の子供に、赤茶髪の子供は目を輝かせて期待の視線を向ける。

一方魔導師の男の方はというと、まだ十歳程度の子供が大口を叩いたことで、一瞬呆けていたようだが。

「……あ？　なんだ？　テメェ一人でやるって？　あんなお遊戯しかできねぇガキのテメェが？」

「そうだ。お前なんて俺一人、魔法も一発で十分だろ？　二人の出る幕でもない」

「は、俺の最速最強の魔法を見てよくそんな風に吠えられるもんだな？　その度胸くらいは認めてやるぜ？」

魔導師の男がそんなことを言うと、

「え？　最速最強？　あんなに簡単に止められた魔法がそんなに自慢だったのか？」

銀髪の少年は、さも意外そうにそんなことを口にする。

「な――」

「いや確かに早いけどさ。いくらなんでも最強は吹きすぎだろ……だって魔法の威力も……だし……強度も……だもんなぁ。いやぁ他に見るべきところとかは……うーん」

銀髪の子供は、考え込むようにぶつぶつ。

魔導師の男の言葉を、真面目に考察しているのか。

ともあれ逆撫でするような発言に、魔導師の男の堪忍袋は堪えられない。

「っ、このクソガキが……舐めてくれやがってぇ……」

「いやお前、自分で言うのはいいけど、言われるのは嫌な人間なのかよ。ちっせぇなぁ」

銀髪の子供は舌を滑らかに操り、魔導師の男を挑発する。

しかし、魔導師の男は先ほどとは打って変わり、軽口を返さない。

怒りの感情が高ぶり過ぎて、逆に冷静になったのか。

《――風。陣。連。衝。砕。空。破。風よ鉄輪を成せ！》

――【太刀風一輪(ハイブレイド)】

風が渦を巻き、戦輪となって撃ち出される。

しかしてそれは過(あやま)たず銀髪の子供のもとへ。

身体を縦真っ二つに両断せんと、車輪のように石床の上を駆け抜ける。

粉々になった石床は白い煙の帯となって、戦輪の動きに合わせてのたうち。

銀髪の子供はそれに巻かれそうになりながらも、戦輪の直撃を回避する。

「っ、速ぇな……」

「ははっ！　俺の魔法は最速なんだよ！　俺の前に出たことを真っ二つになって後悔しやがれ！」

やはり魔導師の男は、魔法行使の速度に絶対の自負があるらしい。

「どいつもこいつも俺が殺してやるよ。テメェも、領軍の連中も、王太子もなぁ！」

「っ……お前も王国の人間だろ？」

「は、そんなもん関係ねぇんだよ！　誰だって構わねぇ！　俺をバカにする奴はみんな切り裂かれて死にやがれ！」

「…………そうかよ」

魔導師の男の狂ったような叫びを聞いて、銀髪の子供の声が一段低くなる。

そんな中、魔導師の男は再びの詠唱。

《——吹きすさぶ風！　流れ落ちる土砂！　砕け飛ぶ岩石！　寄り集まっては流れとなりて、逆巻く風に砕けて落ちろ！》

——【風石流（ストムストンウェル）】

空中に生み出される、複数の風の塊。風は普通見えないものだが、大量に集めているためか、輪郭が歪み、いまはその形が確認できる。

それらが雪崩を打って襲い掛かるが、しかし銀髪の子供はこれを危なげなくかわす。

まるで、どんな魔法かあらかじめわかっているかのよう。

おそらくは呪文を聞いて、どんな魔法か推測しているのだろう。

にしても、随分と身軽だ。

あれほど速い風の魔法を、わずかな怯えもなく目視で回避しているのには、敵ながら驚嘆を禁じ得ない。

「チ、ちょこまかと……」

「そんなんじゃ当たらないぜ！　ほら、もっと撃ってこいよ！」

「うるぁあああああああああ！」

……二人が戦っている一方で、領軍の兵士も、こちら側の味方も、どちらも動けずにいた。

魔導師の男の魔法が危険すぎて、下手に動くことができないのだ。

真っ当に動けるのは魔導師である従者二人だが、そちらは主人の命に従って見守りに徹するのみ。

ふと、風の塊が銀髪の子供の真横を通り過ぎた一瞬。

唐突に銀髪の子供がその場で拳を振り抜いた。

魔導師の男とは、随分と距離がある。

なのに、そんな動き。

一体何の真似なのか。呪文詠唱も伴っていないため、魔法を使ったわけでもない。

なのにもかかわらず——

「——がはぁッ！」

突然、魔導師の男が腹を抱えて足元の均衡を崩した。

それはまるで、腹部に打撃でも受けたかのような折れ曲がりよう。

よろめき、隙を見せるが、しかし銀髪の子供からの追撃はない。

「ゲホッ、いったい、なに、が」

魔導師の男が遅れて戸惑いの声を上げる。

彼も、一体何をされたのか理解できていないのだろう。

銀髪の子供はいまだ佇んだまま。

こんな千載一遇の機会を利用しないことは、不可解としか言いようがない。

「が、げほっ……テメェ、なんで何もしてこねぇ……」

「何もしないのは、必要ないからさ。さっきも言っただろ？　お前なんて俺一人、魔法も一発で十分だってな」

「な――」

「ほら、もう一度撃ってこいよ。ご自慢の最速の魔法とやらを」

「こ、こ、こ、このクッソガキがぁあああああ！　そんなに見てぇなら、お望み通りくれてやるぁあああああ！」

再三にわたる挑発に、魔導師の男が天井に向かって咆哮を上げる。

そして、顔を真っ赤にさせながら、呪文の詠唱に取り掛かった。

構えは先ほどとまったく同じ。

天に指さし、風の戦輪を生み出す魔法。

だが、なぜあの銀髪の子供は、先に魔法を撃たせようというのか。

男の魔法はあまりに速い。

呪文詠唱。

行使速度。

どれをとっても、男の魔法は比類ない。

（速い……比類ない……？　いや、そうかこれは⁉）

そこで、気付いた。

銀髪の子供は執拗とさえ言えるほどのあからさまな挑発で、魔導師の男の並々ならぬ自信を傷つけ、焚きつけた。

つまり、これは。

《――風。陣。連。衝。砕。空。破。風よ――》

天井へと向かって突き出された人差し指のその先に、【魔法文字(アーツグリフ)】が渦を巻く。ひひゅう、ひひゅうという太刀風にも似た音を響かせて、輝く色は銀。文字群は風を呼び、風は銀閃となって輪を成し、魔法は徐々に完成へと向かっていく。

途端、魔導師の男が、その顔に笑みを浮かべた。

………魔導師の男は、そこで確信したのだろう。

銀髪の子供が、己が魔法で縦真っ二つに切り分けられるその様を。

呪文の短さもさることながら、男の魔法は速く、そして鋭い。

先に詠唱してしまえば、どんな魔法を使おうと間に合わないだろう。

だからこそ、それを上回る魔法が存在するという例外には、ついぞ気付くことができなかったのだ。

そう、魔導師の男は、挑発すれば必ず乗ってくる。

うまく乗せることができれば、思った通りの魔法も使わせることができる。

あとは、それより行使速度の速い魔法を使えばいいだけなのだ。

そうすれば、確実に魔導師の男を倒せるから。

だから銀髪の子供は、あの魔法を先に使わせたのだ。

しかして、そんなリヴェルの予測は当たっていた。

魔導師の男に、「待て！」と叫ぶ暇もない。

男の呪文詠唱にわずか遅れて、銀髪の子供が口を開いた。

《——極微。結合。集束。小さく爆ぜよ》

銀髪の子供が呪文を唱えると、【魔法文字(アーツグリフ)】が寄り集まり、魔導師の男の身体を中心に魔法陣を形成。

一方男の方はというと、別の【魔法文字(アーツグリフ)】が集まったことで、魔法の構築が乱れたのか。指先に風と共に集った【魔法文字(アーツグリフ)】が銀閃ごと弾かれて、散ってしまう。

「なっ——くそっ、なんだこの魔法はっ！」

「これは、お前を吹っ飛ばす魔法だよ」

「ば、バカな！　俺の魔法より速い行使速度の魔法なんて——」

あるはずがない。

魔導師の男が泣き言のように口にした言葉の先は、続けられることはなかった。

銀髪の子供が、開いた右手を握り込んだその瞬間。

【魔法文字（アーツグリフ）】が成す魔法陣が魔導師の男の身体を引き絞るように集束し。

直後、衝撃と共に烈火が弾け、耳を壊さんばかりの激しい音が鳴り響いた。

「う、くっ……」

何が起こったのかは、にわかに巻き起こった衝撃に邪魔されて見えるはずもなく。

吹き付けて来る風と、それに伴う熱に耐えることしかできなかった。

そんな中、ふいに子供の声が聞こえて来る。

「――呪文に【乱文法】を用いれば、確かに詠唱も速くなるし、行使速度を速めることができる。だけどその分、文脈がおろそかになって、言葉同士の結合が弱くなり――結果相手の魔法の影響を受けやすくなる。こんな風に」

それは、魔導師の男の魔法の欠点をあげつらったものか。

やがて視界から残像が取り払われると、周囲の状況がわかるようになった。

ひしゃげた鉄板。

砕けた木箱。

窓ガラスは砕け散り。

その中心点にいたはずの男の姿は――どこにもない。

ただ身体をなしていた細かな残骸だけが、焼け焦げて辺りの物にこびりついていた。

……先ほどの魔法で、魔導師の男の身体は砕け散ってしまったのだろう。

しかし、今際の際に発するはずの悲鳴すら、あの男には許されなかった。

立ち込める煤けた臭いと、パラパラと落ちて来る塵埃。

他にも巻き込まれた者がいたのか、倒れて動けなくなっている者もいる。

「う、わ……」

やっと絞り出した声は、戦慄のせいで言葉にもならなかった。

たとえ、嫌がらせをしてきていた相手であるにしろ、先ほどまで会話をしていた人間がこんな無残な死にざまを見せたのだ。

衝撃で脳が揺さぶられる。

思考が上手く働かない。

しかしてそれは他の味方も同じだったのか。

「ひっ、ひぃいいいいいっ⁉」

「あ、ああ、あああ……」

「人が、消し飛ん、だ……そんな」

腰を抜かしてその場にへたり込む者、震えた口で言葉にならない音を紡ぐ者、よろめいて後退り、盛大に転ぶ者。

気の弱いピロコロに至っては、その場で失禁までしていた。

半分以上が、戦意を喪失してしまっている。

「す、すっげー！　なんだいまの⁉」

そんな風に味方が狼狽する一方で、赤茶髪の子供が驚きで目を見張る。

驚いてはいるが、味方側の魔法ゆえ恐怖は感じていないのか、素直な感心という様子で。

しかも、銀髪の子供に向かって無邪気に「もう一回見せてよ！」などと恐ろしいことまで口にする始末。

当の銀髪の子供はというと、手と苦笑いでそれを制してから、また味方に向かって油断ない視線を向けた。

…………リヴェルにも、兵学校時代に魔導師の演習を見学する機会はあった。

そこでは、使用される攻性魔法は数種類のみと決まっており、その使用法も魔導師たちが決められた目標に一斉に放つというものだった。

――【火者の暴走（フラムラフター）】

――【大地穿針（ランドピアース）】

――【暴濁流（マッドマッダー）】

それら戦いに使用できるような洗練された魔法は数が限られており、攻性魔法と言えば、魔導師はみな右ならえをしてそれらを使うのが当たり前だった。

魔導師というものは、どこの者であろうともそういうものなのだと思っていたし、同期も教官も同じような認識だったと記憶している。

だがこれは違う。

帝国の魔法のように、ただ限定された状況に対応するべく規定化されたものではなく。

個々人が結果を追求するべく独自に高め上げた技術。

——これが王国の魔導師。

ふいに、背筋がひどく冷たくなる。

それは、氷を当てられたような外的な寒さではなく、さながら冷気が身体の芯から外側に向かって伝わって来たかのような冷え込みよう。

北方の寒空の下に裸のまま送り込まれたとしても、こうはならないだろうそんな寒気だった。

美貌の執事が、銀髪の子供のもとへと歩み寄って称賛を述べる。

「お見事でした。作戦勝ちですね」

「向こうがうまく乗ってくれたからな。頭に血が上りやすい奴で助かった」

「腕は良さそうだったが、【乱文法】の欠点をそのままにしてたってことは……あの野郎モグリだったのかもな」

「そうでしょうね。バラバラの単語を重ね続けていくごとに呪文の強度が弱くなるというのは、魔法院ですぐに教えられることですから」

人相の悪い従者は、美貌の執事とそんな話をしたあと、銀髪の子供に。

「だが、いくらなんでもこんな場所でその魔法は少し肝が冷えるぜ？」

「それを見越しての【朧霞(ミスティヘイズ)】だ。威力も下がってる」

「だから迷いなく使ったってのか？　相変わらず怖ぇご主人様だわ」

「それに、実戦で使いまくって慣れる必要があるからな」

「ま、あのときみたいに見事にかわされるわけにはいかねぇか。にしても乱暴だぜ？」

「ああ……魔法を見て純粋に喜んでいたあの頃のアークスさまは一体どこに行ってしまわれたのでしょう……」

「ここ、ここ」

こんな修羅場で、暢気(のんき)にそんな会話をしている三人。

まるでこんなことは日常的だとでも言わんばかりの何気ないやり取りだ。

こちらの味方だけでなく、領軍の兵士までもが緊張で身を硬くする中、そんな話しぶりとは、まったく異質と言っていい。

やがて、銀髪の子供は険しい顔を見せながら。

そのまま一歩、前に歩み出る。

すでに魔法で場を圧倒しているためか、味方はそれだけで一歩後退。

そんな味方を、銀髪の子供が睥睨(へいげい)する。

平時ならば、誰からも愛でられるような愛らしい顔だ。

他者を圧倒する迫力など、欠片もないだろう。

しかしいまはその瞳が、凍えるような冷徹さを帯びており、ひどい怖れを感じさせる。

ふとした一睨みによって味方が竦み上がる中、銀髪の子供が叫んだ。

「お前ら、これ以上抵抗するならいまの男みたいに[redacted]で吹き飛ばす！」

しかして、その言葉がとどめだった。

戦意を失っていない者たちも恐怖で動きが鈍り。

抵抗しようとしていた心に迷いが生じる。

そしてその隙を見逃す、ラスティネルの領軍ではなかった。

「いまだ！　全員捕縛しろ！」

赤茶髪の子供の号令一下。

兵士たちが動き出し、味方を次々と無力化していく。

しかも、毒を飲まないよう猿轡まで噛ませる徹底ぶりだ。

もう、制圧は免れないだろう。

このうえは、どうにかして証拠になりそうなものを隠滅しなければ――

（くそっ、くそ！　どうして私がこんな目にっ……！）

そんな泣き言を心の中で繰り返しながら、懐から刻印式の着火具を取り出す。

こうなったら最後、火を点けるしか他に手立てはない。

証拠を火で燃やし尽くし、火事場の混乱に紛れて脱出するのだ。

しかし、何故か火が点かない。

着火具の使い方は間違っていないはず。

にもかかわらず、火はおろか火花さえ飛び出さない。

(どうしてだ！　こんなときに限って……！)

ままならぬ状況のせいで焦燥に駆られる中、他にも証拠隠滅を図ろうとした者がいたのか。

「火を放て！」

そんな指示を飛ばすが、部下から返って来た言葉は。

「そ、それが……しけって」

「しけっていても刻印具を使えば火は点くだろうが！　なにをやっている！」

「そんなことを言っても点かないものは点かないんですっ！」

「しけって……刻印具……？　そうか——!?」

泣き言を耳にして、いまふいに脳裏に蘇ったのは、銀髪の少年が最初に使ったあの魔法だ。

魔導師の男にお遊戯と評された、朧げな霞。

あれは自分の魔法の効果を弱めるためだけのものではなく。

あらかじめ霧を発生させて、火を点けられなくするためのものだったのだ。

(では証拠隠滅を見越して使ったというのか？　そんな、あんな子供が、そこまで考えて動いていただって……？)

魔導師の男を挑発して手玉に取っただけでなく、こちらの行動を予測して、あらかじめあの魔法を放ったということか。

確かに劣勢に陥れば隠滅に走るのは当然だが、そこまでのことをあんな十歳程度の子供が及びつくのか。

「あった……あったぞ！　銀だ！　しかもそれだけじゃないぞ……」

兵士の声が聞こえてくる。

そう、ここにあるのは運び出そうとしていた銀だけではない。

他の領の印章から、許可証を偽造した書類に加えて、今後の指示書までまだ残っているのだ。

——証拠品を見つけた。

——敵を無力化した。

兵士たちが次々にそんな歓声を上げ始める。

こうなったら最後、もう言い逃れはできないだろう。

思った通り、こんな場所を拠点として使っていたのが仇となった。

これもすべて、自分の忠告を聞かなかった馬鹿どものせいだ。

「だ、ダメだ……もうダメだ……」

ここはもう終わりだ。

領軍に押さえられ、伯爵の悪事は露見する。

だが、自分はこれでは終われない。

どうにかして逃げなければ。

自分が捕まれば、帝国の存在を気取られてしまう。

だからと言って、潔く毒を飲むなどしたくない。
やっとのことで兵学校を卒業できたのに。
これから輝かしい未来を掴むはずなのに。
こんなところで死ぬなど、決して納得できるものではない。
だから、どうにか、どうにかしなければ――

第三章
「エイドウの影」

Chapter3 ഗ Shadow of the Eidou

――ラスティネル領領主、ルイーズ・ラスティネルは、護衛と共に夜の街を急いでいた。

時刻は宵の始めころ。執務もあらかた終わらせて、さあて軽くワインでもひっかけて、うだうだしようかなと考えていた矢先のことだ。

執事にワインを選ばせていた最中、家臣の一人である小領主から至急の報告が入り。

このような時間に何事かと訊ねると、ディートたちがよからぬ企みをしていた連中の拠点を押さえたという話が返って来た。

……近頃、領地内で賊被害の報告がよく上がってくるようになった。

賊たちは小規模な村や旅の者を襲うだけではなく。

武装した隊商まで手当たり次第に襲い掛かり。

耳聡い商人たちの間では、すでに噂になるほどに被害が出ていた。

賊たちは領内のいたるところに出没し、また、一旦隠れるとまったくその姿が見えなくなる。

ならばこちらはと、生きるのに必要な食料など、物資を管理し、糧秣(りょうまつ)の流れを断つことで応戦しようとするも――期待した効果はまるで得られず。逆にそれが領内の売り渋りを助長させ、さらには不可解な買い込みと高騰まで呼び込んでしまうという有り様となった。

ままならぬ状況に、こちらが歯噛みする中。

賊は水を得た魚のように山賊行為を加速させ。

その尻尾すら掴ませてくれない。

となれば、これは何か大きなものが背後についているのではないかと考え始めた折、上がってきたのが今回の吉報だ。

山賊騒ぎの主導は、隣接する領地の主であるポルク・ナダール伯爵。

ラスティネル他、他領から銀を掠め取るために、商人や賊まで仕立て上げての計画であり。

まさか今朝方弁明に現れた商人が、その一味だったとは。

どうやら一度計画が成功すると、一旦ほとぼりが冷めるまで別名義を用いて別の領内で活動。そこで実績を積み、その領主からお墨付きを得ることで、改めて御用商として取り入るという方式を取っていたようだ。

（そう言えば、あれはナダール伯からの紹介だったね……）

ピロコロという名の商人が、ナダール伯の紹介状を持って来たことを思い出す。

なるほど自領に一旦戻して名前を変えて動かせば、怪しまれる可能性は低くなる。

……ディートたちが押さえた場所は、盗み出した銀を運び出すための拠点だったらしく。

さらに話を聞くと、現在ナダール領へ向かっている王太子殿下を害そうという計画まで立てていたという。

ナダール側からは王太子の出迎えと偽って王太子を攻め、山賊は背後から襲撃をさせるという挟み撃ち。

もし今宵、ディートたちが素早く拠点を押さえていなければ、一体どうなっていたことか。

この計画にいち早く気付き、知らせてくれた者には感謝してもしきれない。

銀色の髪を持った貴族の子弟。

貴族男子がよく着る服を身にまとう、少女にも見紛うほどに愛らしい容貌をした少年。

レイセフト家長男、アークス・レイセフト。

倉庫街の一角で、部下たちが忙しなく動く中、従者と共に領主である自分の到着を待っていた。

自分と対面した直後、アークス・レイセフトは一瞬呆けたようにぽかんとしていた。

おそらくは、領主らしい風体ではなかったためだろう。

バサバサの赤髪と。

眼帯に。

巨大な剣。

装束の上には猛獣の一枚皮を羽織っているのだ。

およそ領主が、しかも女のするような格好では決してない。

それを察したらしいガランガが、ニヤニヤしながら寄って来る。

「姐(あね)さん姐さん。山賊っぽいですってよ」

「あん？　まだなにも言ってないじゃないか？」

「いえ言わなくてもあの顔を見りゃわかりま……いてぇ！」

すこんと頭を殴ると、大仰に痛がる素振りを見せる道化者。

これでラスティネルでは家臣たちの筆頭格なのだから締まりが悪いことこの上ない。

むしろこの調子がうまく働いて、よくまとまっているのだから始末に悪いのだが。

八つ当たり気味にもう一発、今度はみすぼらしく出た腹を殴ると、いいところに決まったのか腹を抱えてうずくまった。

家臣とじゃれ合うのもそこそこにして、膝を突いて礼を執る少年に声をかける。

「あんたがアークス・レイセフトだね？」

「っは！」

改まって声をかけると、アークス・レイセフトはこちらの気風を感じ取ったのか。

顔が緊張で強張り、背筋もさらに伸びる。

「あたしがルイーズ・ラスティネルだ。今回は領内の悪事にいち早く気付き、伝えてくれたこと感謝するよ。さすが音に聞こえたレイセフト家の者だね」

「ご領内で差し出がましい行いをしたこと、まずはお詫び申し上げます」

「いや、謝ることはないよ。おかげでこっちは大事にならずに済みそうだからね」

そう言うと、アークス・レイセフトは再度、頭を下げた。

賊の居場所を報告し、捕縛にはディートに協力を仰いでいる時点で、筋は通している方だ。

それに、これだけの大事。報告せずに手柄を一人占めすることも、ラスティネルを追い落とす材料にもできたはずである。

それをしなかったのは、貴族としていささか純粋に過ぎるような気もするが――

（いやいや、そこまで考える年齢でもないか）

などと余計なことを考えていると、家臣の一人が書類束を持って現れる。

「ルイーズ様。これが指示書です」

受け取って一通り目を通すが、やはり書かれていることは報告と同じ。

「……ナダールが帝国側に寝返った紛れもない証拠だねぇ。しかしこうして証拠を残しておくとは……あまり有能なものを集められなかったのか」

証拠になるようなものをさっさと処分せず、残しておくのは手落ちと言うほかない。

そもそもこそこそと盗みを働くような者の下に、良い人材など集まるわけがないか。

家臣とそんな話をしていると、倉庫の入り口にディートの姿を見つける。

やがて向こうも、こちらの存在に気付いたのか。

「あっ！　カーチャン！」

手をぶんぶんと大きく振って近付いてくる。

領内の巡回から帰還し、そのうえ一暴れ済ませたあとにもかかわらず、まったく元気なことだが。

「ディート！　いい加減その呼び方はよせって言ってるだろうが！」

「えー、でもカーチャンはカーチャンだしさー」

ゴツン。

いつまでたっても言葉遣いを改めないディート。

その頭のてっぺんに拳骨を落とすと、その場に涙目になってしゃがみ込んだ。

「痛ってぇぇええええええええええ!!」

「まったくウチの子ときたら……どうしてこんな粗野っぽくなっちまったんだか」

そんな愚痴を漏らしたあと、家臣たちが白い目を向けてきていることに気が付いた。

この手の話題になると毎度こうなのは、何故なのか。

わからないままふとアークス・レイセフトの方を見ると、そちらはそちらで頭をさすっていた。

この少年もこの少年で、頭のてっぺんに拳骨を落とされることがよくあるようだが――それはともかく。

「ディート、よくやった」

「いや、これも全部アークスのおかげだよ。おれは捕まえただけだし」

照れ笑いを浮かべたディートは、どうしたのか神妙な面持ちとなり、

「あとさ、こいつら女まで攫ってたみたいなんだ」

「そうなのか?」

「さっき捕まってた若いねーちゃんを一人保護したよ。ひでー扱いを受けてたのか、木箱の中に裸で押し込まれて震えてた」

「人様の領地でそんなことまでしてたのか……その娘はしっかり帰してやるんだよ」

「わかってる」

銀を掠め取るだけでなく。

そんな無体まで働いていたとは。

しかもこの上は王太子殿下を害そうというのだ。

ポルク・ナダールへの怒りは募るばかり。

「あたしは一通り検分したあと、兵を連れてすぐにセイラン殿下のもとに報告しに向かう。お前も来るかい？」

「あ、うん！　行く行く！　アークスも行くよな⁉」

「え？　俺？」

「ディート、無茶なこと言うんじゃないよ」

「だってカーチャン。いますげー強い魔導師が殿下を追っかけてるって話なんだ。それに、その魔導師を見たのはアークスたちだけしかいない」

「……それで、一緒に来てもらった方がいいってことか。ふむ、いいだろう。ついてくる気はあるかい？」

「はい。閣下がよろしいのであれば、否（いな）やはございません」

「悪いね。あんたの方にも事情があるってのにさ」

「は。閣下のお心遣いに感謝いたします」

アークス・レイセフトが、あまりことを大きくしたくないというのは、すでにガランがから聞いている。

少女と見紛うような、銀髪の少年。確かに、端々に稚拙な部分はあるものの、だ。

押さえるべきところはしっかりと押さえた態度。

まるで、子供が嫌みのない態度を取るならまさしくこれといった素振りを、意識的に取っているかのよう。

まだまだ子供なディートと似たような歳とは思えない。

ともあれ、いまは、だ。

「クレイトン!!」

「は。兵は全員叩き起こして城門の外に待機させてあります」

「よし！　あたしが一回りしてくる間に、編成と出立の準備をしときな！」

「かしこまりました」

今回の事件はこれからが正念場だ。

王太子一行がナダールからの出迎えと接触する前に、ナダールとの国境を突破して、王太子のもとに馳せ参じなければならない。

先鋒は少数にして速度を重視し、いちはやく王太子一行と合流。後続の編成が整い次第随時ナダールに援軍を送り込ませ、防備を固めつつナダールから脱出するのが最善か。

王太子がナダール領の懐深く入り込む前に、追い付かなければならないだろう。

ナダールに銀を盗られていたという手痛い失態を報告しなければならないものの、ここで劇的な救出劇を演出すれば、まあ帳消しくらいにはできるはずだ。

今回の傷跡を少なくするために、ことは大仰に吹くべきだろう。

（……その分、あの坊やの評価が上がることになるが…………ん？）

……ガランガを伴い、倉庫内を歩きながら、政治的な方策を練っていると、ふいに不可解なものが目に留まる。

ひしゃげた鉄板と、砕けた建材。

倉庫内の一か所だけ、やけに被害の甚だしい場所があった。

近場の窓ガラスは割れて外へと散っており。

木製の備品のほとんどはバラバラ。

よく見れば、焼け焦げた肉片が散って、辺りにこびりついている。

「……ガランガ、これはなんだい？」

「……そいつはアークス・レイセフトが使った魔法の跡でさぁ」

「ほう？　あの坊やのか」

「へえ。敵方の魔導師とやり合った際に」

確かに、魔法と聞くと納得する惨状だが。

しかしそうなると、また別の疑問が湧き上がって来る。

「火の魔法……にしては、随分威力があるように思えるが？」

「随分なんてもんじゃありやせんぜ？　食らった魔導師はほとんど消し飛んじまいました。そこらにくっ付いてるのが、いま言った敵方の魔導師の一部でさぁ」

「それは」

人が消し飛ぶほどの威力とはまたすさまじい限りだが。

「一体なんの魔法だい？」

「それが、魔法の中身についてはウチの魔導師連中もさっぱりでして」

「わからないのかい？」

「居合わせたヤツの見解は一応火を使った魔法だってことで一致しているんですがね。それにしては瞬間的な破壊力がすさまじすぎて、断定するには至らないと」

さっぱりとした性格で明確な答えを好むガランガにしては、どうも要領を得ない。

火の攻性魔法というと、真っ先に思い浮かべるのが【火閃槍(フラムルーン)】の魔法だ。王国の火を得意とする魔導師が好んでよく使う攻性魔法で、〈火〉と〈槍〉の特徴を併せ持ち、対象物を炎上させ、破壊する効果を持つ。

国軍の魔導師が戦術的に使用する魔法にも指定されており。

その威力は他国からも怖れられるほど。

しかし、主たる効果が物を燃やすものであるため、破壊的な部分は副次的。

破裂し飛び火はするものの、使ったとしてもこのような痕跡にはならないはずだ。

この状態、まるで土関連の魔法で巨石をぶつけたあとのようにも見える。

ならば、どういうことなのか。

ふとガランガに目を向ければ、額に汗が一筋。

「命知らずのあんたが冷や汗かくとはね」

「そりゃあ……あれをもろに食らったときのことを想像したらって考えると……冷や汗くらい吹き出

しまさぁ」

そう言うガランガは、独白するように言葉を続ける。

「……ウチの魔導師が言ってましたよ。あれはあんな短い呪文で出せる威力じゃねぇって。なのに【火閃槍(フラムルーン)】の半分程度の呪文で、同じかそれ以上の威力ときた。あれを見て無邪気にはしゃいでいられる坊の純粋さが羨ましいでさぁ」

つまり、アークス・レイセフトは魔法の腕前もかなりのものということになる。

だが――

「……確か出回ってる噂じゃ、魔力がゴミみたいな量しかない無能者だったから廃嫡された……って話のはずだが？」

「俺もそう聞いていやすね」

では、そうではないのか。

いまいち状況が見えてこない。

こういうときは、だ。

「……ガランガ。あんたの見立てはどうだい？」

「アークス・レイセフトは、歳に似合わないほど利発。あの歳で刻印を施す腕前もあり、鉄火場に踏み込む度胸もある。で、魔法もそれでさぁ。あれで廃嫡されるなんて、とてもじゃありませんがなんの冗談なのか見当もつきませんぜ」

「だろうね」

「しかも、従者は二人とも魔法院の首席卒業ときたもんだ。大貴族が望んでも迎えられないような秀才二人です。一体どうやったらそんな人間を引っ張って来れるのやら」

国定魔導師の一人、【溶鉄】の魔導師クレイブ・アーベントも、もとはレイセフトの人間だったはずだ。

おそらくはその伝手なのだろうと思われるが、それでも首席を二人引っ張って来たうえ、無能と噂される者に付けるというのは、難しいようにも感じられる。

「……それで、アークス・レイセフトはなんでウチに来たんだったか？」

「それについてはまだ。シンル国王陛下の書状は姐さん宛てで開けるわけにもいかずでして。どうしてラスティネルに来たのかは、夕刻お話しした通り明日の謁見で話すことになっていやした」

「ふむ……」

親書ならば、開けるわけにいかないのは当然だが。

そもそもそういった書状は、相応の地位の人間に届けさせるのが通例のはずだ。

しかし、持って来たのは廃嫡された貴族の子弟。

まず国王の親書を預かれる立場の人間ではないし。

こうしてそれを預かってこられるということは、国王シンルの覚えめでたいということになる。

「…………」

「姐さん、なにか？」

「ガランガ。姐さんはいい加減やめろって言ってるだろ？　あんたもあの子と一緒だね……」

「あー、いや、つい」

ガランガはとぼけたようにそう言って、バツの悪そうな笑いを見せる。

「まったく……まあそれはいい。最近、王国軍の魔導師部隊の練度がやたら上がったって話はあんたも知ってるね？」

「へえ。なんでも。編成がやたらきっちりしだしたおかげか、指揮や運用がすこぶるいいとか。あと、医療部門の方でも随分と腕のいい魔導医が増えたって話でさぁね」

「それに、銀が関わってるって話がある」

「銀？　………………まさか、じゃあアークス・レイセフトが銀を？」

「この時期に、王家の印章付きの書状をウチに持ってきてるんだ。ウチに来るってことは欲しいものはまず銀だろうし、それに一枚噛んでるってのはありえなくないだろうね」

アークス・レイセフトと魔導師部隊の練度の向上をつなげるのは、話が飛躍しているようにも思えるが、そもそも廃嫡された少年が親書を携えて訪れること自体が前代未聞なのだ。

まだ推測の段階でしかないが、可能性はあるだろう。

「ではどうして無能などと……」

「さぁ。なんかの隠れ蓑とかかねぇ？　あんまり有能すぎるから、跡取りから降ろして新しい家を興させるとかの親心？」

「それこそまさかでさぁ！　あんだけ無能って吹聴してるんですよ？」

「だよねぇ。これは跡取りの娘の方が当主に相応しかったからって見るべきか……」

にしても、だ。

「……さすがは王国古参の子爵家だ。あれだけ利発で跡取りではないとはねぇ、彼の家はよほど跡取りに恵まれているということか」

古参にもかかわらず家格が変わらないというのは、あまり揮わないようにも思えるが、子爵という地位は上位貴族の補佐という面も持っているため、一概に有能な跡取りを輩出できなくなったというわけでもない。

ここは兄妹どちらも、有能であるという風に見るべきか。

ともあれ、アークス・レイセフト。

いまの話を抜きにしても、この歳でこれだけのことができるのだ。

今後の活躍を考えれば、ディートには、アークス・レイセフトと仲良くするよう言っておいた方がいいかもしれない。

…………ガランガと共に倉庫内を一回りして戻ったときには、第一陣の編成が終わっていた。

倉庫街に集まっていたのは、大量の軍馬を連れた一団だ。

整然と並んでおり、身じろぎ一つしていない。

見慣れた連中を一度見回して、声をかける。

「あんたたち、夜の楽しい時間の前にもかかわらず、よくこうして集まってくれた！　突然の呼び出しのせいで中にはせっかくの一杯をお預けにされたヤツもいるだろう！　だけど、それはあたしも同じだ！　さっさと飲んでへべれけになっておけばよかったと後悔しきりだよまったく……」

ボヤキのように口にすると、兵士たちの間から笑いが起きる。

「だけど、今回はライノールの王太子の危機だ。ことと次第によってはそのまま撤退戦になる可能性もある。これをうまいこと助け出せば、ラスティネルの評判もさらに上がるってもんだ。あんたたち、張り切ってあたしの株を上げげな！」


叫ぶように告げると、心地よい返事が戻って来る。

兵士たちの士気は十分だ。

これなら一昼夜走り通したあとでも、十分戦いに耐えられるだろう。

「撤退戦……撤退戦ねぇ」

何気なく言い直した折、ふと笑いが込み上げてくる。

戦いにならなければ、それにこしたことはないだろうが。

しかし、そうなったらそうなったでそれは面白い。〈断頭剣(ギロチン)〉はディートに譲ったが、新たな得物に血を吸わせられるいい機会が巡って来たというもの――


領都の倉庫街でピロコロや賊を捕縛したあと。

アークスたちは、ルイーズ・ラスティネル率いる強行軍に同行し、ライノール王国王太子セイラン・クロセルロードの行方を追っていた。

道行きは王国西部ラスティネル領からさらに西、ギリス帝国との国境に隣接するナダール領。セイランたちの行程が、ルイーズの把握している日程のまま進んでいるのであれば、すでにセイランはナダール領に入っている可能性が高いという。そうなればナダール兵、もしくは刺客と接触しているということは十分に考えられた。

移動ルートについてもルイーズが把握していたため、アークスたちは彼女の後ろに付いて行くだけの道のり。

しかし、楽な移動ではない。急がなければならないため、道中は休みなく移動し続け、食事や睡眠も落ち着いて取ることなどできず、何度も馬を乗り換えることになった。

もちろんそんな無茶な移動などやったことのないアークスは、付いて行くので精一杯。ただ景色が前から後ろに流れて行くだけで、どこをどう走っていたのかまるでわからなかった。

領都を出た翌日の夕刻。

領の境にある関門の一つ、ナダール領の関門は、思いのほか簡単に突破することができた。

ルイーズがアークスの持っていた印章入りの書状を見せたため、武力を用いずに通過することができたというわけだ。

関を突破してから数時間後、時刻は夜になっていた。

そしてアークスも、馬の上で喘いでいた。

「ひ、ひー、死ぬぅ……」

走り続ける馬の上で、揺られに揺られたアークスは、すでにへとへとのぼろぼろ。流れて行く景色に目をぐるぐるさせながら、「死ぬ、死ぬ」と何度も何度も繰り返す。

カズィが同意するかのように、うんざりとした声を漏らす。

「確かにキツイぜこいつは。俺もおっさんの訓練でだいぶ体力が戻ったと思ったんだが、強行軍ってのを舐めてたぜ……」

いつもの奇妙な笑みも、鳴りを潜めているのがその証拠だろう。

ノアが汗を拭きながら肯定する。

「これに関しては全面的に同意します」

「さすがのお前もキツそうだな」

「……そうですね。この手の行軍はクレイブさまに付いて何度かこなしたことはありますが、慣れることはないでしょうね」

「お、お前ら、よく話なんてしてられるな……」

「俺からすりゃあこれについてこれるお前の方が驚きだぜ。普通十歳程度の子供がぶっ続けで馬に乗るなんてできやしねぇぞ？」

「十二歳！　十二歳だっ！　そこっ、正確に頼むぞ！」

「自分が子供なのは認めるくせに、変なところでこだわるのな」

「その様子ですと、まだまだ大丈夫そうですね」

従者たちとそんな話をしていると、前方から巨大な黒い馬が、速度を緩めて近づいてくる。

いまアークスが乗っている馬よりも一回りも二回りも大きい巨馬だ。アークスの乗っているのも馬にもかかわらず、まるで象と犬ほどの差がありそうなくらいに大きさに隔たりがある。

その怪物のような馬に乗っていたのは、赤茶髪の少年、ディートだ。

追ってお目付け役のガランガも、近くに現れる。

「おーいアークスー、大丈夫かー？」

「大丈夫だけど大丈夫じゃない……というかディートはよく余裕でいられるな……」

「こんなの書類仕事に比べれば天国だって。だって馬に乗ってるだけでいいんだぜ？　楽ちん楽ちん」

「楽ちんちん……って、そんなわけないだろうが！　乗ってても体力使うっての！」

「そうかなぁ。もしかしてアークスって意外と体力ない？」

「うぐっ……それなりにあるわ！　たぶんだけど……」

「そうかなぁ。おれところの奴はみんな余裕なんだけどなぁ」

「おかしい。絶対おかしい……ってこのやり取りは！」

「前のおれと逆だなー、あははっ！」

こんな状況でも笑顔でいられるディートがうらやましい。

ともあれ、どうして近づいてきたのか訊ねると、

「うん。カーチャンが言うにはもう少しで追いつくだろうって」

「ということは、そろそろってところか」

「え？　そろそろって？　なにが？」

「坊。邪魔者が出てくるのでさぁ。物事を起こすときに一番危険なのは、直前や直後です」

「あ……」

そう、こういった接触前は、一番邪魔が入りやすいはず。

ナダール側だって、奇襲部隊が邪魔される可能性を考えないはずがないのだ。

こちらも、動きを読まれている可能性を考慮に入れる必要がある。

「あと一息だ！　あんたたち、気を抜くんじゃないよ！」

当然ルイーズも理解しているらしく、前方から彼女の声が聞こえてくる。

同行している兵たちを鼓舞しているのだろう。

しかして、そんなときだ。

ガウンに貰ったランタンが震え出す。

「――近くに敵がいます！　警戒を！」

「なに⁉」

「アークス。もしかして、倉庫のときの奴か？」

「ああ。いま反応があった。間違いなく近くに敵がいるぞ」

「ガランガ！　カーチャンに連絡！」

「了解でさあ！　お前ら、姐さんの方に行くぞ！」

「ノア、カズィも戦う準備を」

「この移動のあとに戦闘ってのはしんどいな。キヒヒッ！」

「これも強行軍の定めでしょう。もうひと踏ん張りです」

それぞれ気合いを入れながら、周囲を警戒しつつ馬を走らせる。

やがて、ごつごつとした黒岩が剥き出しの開けた場所に差し掛かった。

溶岩流の名残なのか。さながら賽の河原か、人を惑わす遁甲の陣の岩場にいるかのような気分にさせられる。

ふいに、ランタンが先ほどよりもさらに強く震えた。

おそらくは、ここに敵が潜んでいるのだろう。確かにここならば、待ち伏せには最適な場所だ。

こちらも念のための準備をしていると、やがて人だかりが見えてきた。

前方の部隊が停止している。

部隊の騎兵たちはルイーズを守るように囲んでおり、周囲を警戒していた。

「カーチャン！」

「ディートか。ここは嫌な感じがする。気を抜くんじゃないよ」

「わかった！」

アークスもルイーズのもとに向かう。

「閣下、おそらくこの周りにいます」

「さっきもそんな話が伝わってきたが、その根拠は？」

「ガウンに貰った道具が教えてくれました。敵対する存在を知らせてくれるものです」

「ほう？〈死者の妖精〉かい？　それはまた随分面白そうな道具を持ってるんだねぇ」

ルイーズは感嘆の息を漏らしたあと、大きく息を吸い込む。

そして、雄たけびのような声を解き放った。

「いるんだろう⁉　こそこそしてないで出てきな！」

辺りにルイーズの声が響き渡ると、やがて岩陰から孤影が剥がれ落ちる。

現れたのは、黒のニット帽をかぶった黒装束の男だ。

「世に名高き〈首狩りの魔女〉のお出ましか」

「あんたが殿下に差し向けられたっていう刺客かい？」

「その通りだ。まあ、一部と言った方が正しいだろうがな」

「エイドウ……」

「アークス君。まさかここにまで現れるとはな。さすがだ。この年頃の子供とは思えない」

「ピロコロたちは捕まえたぞ」

「そのようだな。どうやら今回ばかりは私の運が足りなかったようだ」

エイドウとそんな話をしていると、ディートが叫ぶ。

「アークス！　この男が⁉」

「そうだ！　気を付けろ！　倉庫にいた魔導師とは比べ物にならない腕前だぞ！」

ディートに警戒を促した折、ルイーズが指示を飛ばす。

「……ガランガ、クレイトン、ここは任せるよ！　ディートを補佐してやりな！」

「姐さん！　了解でさぁ！」

「姉御！　いってらっしゃいませ！」

「ディート！　相手が襲い掛かってくるなら遠慮はいらないよ！　暴れてやりな！」

「やったー！　久々に大暴れできるぞ！」

ディートは暴れてもいいという許可が下りたことで、嬉々とした声を上げる。巨馬の上で、巨大な剣を振り回す姿は、勇ましい以上になんとも物騒極まりない。

ともあれ、ルイーズはここで戦力を分散させ、王太子のもとに先行しようというのだろう。それが第一の目的であるため、間違いのない判断だ。

ルイーズがセイランを追うため、この場から離脱しようとした折、

「行かせると思うか？」

エイドウの思わせぶりな言葉が、彼女の行く手を遮る。

直後、ルイーズの行く手、前方の岩場に、エイドウの部下たちが姿を現した。

あるいは黒岩の陰から身を出し、あるいはこれ見よがしに岩の上に立つ者もいる。

彼らはそれぞれが弩を持っており、離脱しようとしたルイーズに狙いを付けていた。

「ちぃっ、そう簡単に行かせてはくれないか。あんたたち、突っ切るよ！」

ルイーズは被害を受ける前提で、切り抜ける選択を取った。

「ぐ、あ……」

そんな中、弩を撃ち掛けようとしたエイドウの部下たちに、突如として青白い影が襲い掛かる。

「なんだ、と……」

青白い光芒が過ぎ去るごとに、意識を奪われた者が倒れていく。

光はエイドウの部下にぶつかり、しかしすり抜け、また次の獲物のもとへと向かっていく。

それが何なのかいち早く気付いたエイドウが、言葉を漏らした。

「――そうか、君にはそれがあったな」

ひと際大きな岩の上に立っていたのは、幽霊犬トライブだ。

そう、こちらは敵がいることがわかった時点でランタンの窓を開け、トライブを解き放つ準備をしていたのだ。

トライブを初めて見たディートが、興奮した様子で訊ねてくる。

「アークスアークス、なんだ⁉　なんだあれ⁉」

「ガウンの猟犬だ！　トライブ！　閣下を頼む！　セイラン殿下のもとへ向かってくれ！」

そう叫ぶと、トライブは了承の意志を示すように、不気味な嘶き（いなな）を上げ、やがて青白い光のアーチをいくつも描きながら跳ねていく。

「ひゅう！　恩に着るよ！」

ルイーズはそう言い残し、部下たちと共にトライブを先導にして前方の闇に消えていった。

場に残されたのは、自分たちとディート、そして彼の預かる精強な領主たちが複数。

一方で、敵側は、エイドウとその部下が数人程度という状況だ。

「……双精霊の時代の存在を自由に扱える権能か。アークス君。君は一体何者だ？」

「俺は親に廃嫡された子供だけど？」

「廃嫡は無能がされるものだ。見たこともない強力な魔法を操り、ガウンから力を預けられるような人間には相応しくない称号だ。君を見ていると、まるで英雄譚の主人公でも見ているような気分にさせられる」

「そいつはどうも。でもそのセリフはうちのクソ親父の口から聞きたかったよ」

「だろうな。そう、運命というのは誰にとっても過酷なものだ」

エイドウとそんな風に言葉を交わして――ディートを制するように前に出る。

「アークス？」

「ちょっと俺に時間をくれないか？」

「え？　あ、ああ、別に構わないけど」

そう、ディートにこう言ったのには理由がある。エイドウに確かめたいことがあった。

あのとき、ギルズは言った。エイドウは賊たちとも、ピロコロたちとも違うのだと。

「なあ、エイドウ。あんたはどうして殿下を狙うんだ？　やっぱりあんたはポルク・ナダールの部下なのか？　それとも帝国の人間なのか？」

「その辺りのことは、君ならもう気付いているのではないか？」

「……あんたは違う。あんたは誰の部下でもない」

「そうだ。私はポルク・ナダールの部下でもないし、帝国の者でもない。さらに言うなら、生まれも育ちも、君と同じくライノール王国の王都だよ」

「ならどうして殿下を狙う？　もしかして金で雇われた傭兵なのか？」

「そうであるとも言えるし、そうでないとも言えるな」

「そういった謎かけはやめてくれよ」

そう言うと、エイドウは特に思案することもなく、理由を話す。

「個人的な恨みがあるのだよ。王太子ではなく、その父である国王にな」

「こくおっ……シンル陛下に？」

驚きのまま訊ね返すと、エイドウは頷く。

そしてどこか昔を懐かしむように、口を開いた。

「……もうずいぶんと昔のことだ。二十年以上前にもなるだろう。当時私は王都で一つの群衆を率いていてな、王都で勝手に治安維持の真似事のようなことをしていたのだ」

「治安維持？」

「そうだ。その頃の王都は治世の乱れから複数のスラムが形成され、そこに巣くうならず者が多くいてな。あの頃はいまのように子供が自由に外を歩くこともできないくらいに荒れていたのだ」

「確かに昔は結構ひどかったって、年長者からはよく聞くな」

「そうだ。その頃の役人どもは貴族のおこぼれを追いかけるばかりであてにならなかったし、いまのように国王の抱える軍も統制が行き届いていなかった。あの頃は王国の歴史の中で最もその権勢を落とした、そんな時代だろう」

エイドウはそう言って息を吐き、また言葉を紡ぐ。

「そして、そんな王都の状況を看過できなかった私や幾人かの実力者たちが、勝手気儘に群れを作り、貴族や役人が見て見ぬふりをする区画を縄張りとしていたのだ」

「その話があんたの恨みと一体どんな関係があるんだ？」

「君は私の話を聞きたいのだろう？　そう気を急くものではない」

こちらを弄するような物言いだが、しかし彼がそう言うということは、話してくれるということなのだろう。

敵の話など、聞く必要はないのかもしれない。

だが、それでもアークスは、エイドウが戦う目的というものを聞いておきたかった。

たとえこの男との出会いが、ほんのわずかな時間、道行きを一緒にしただけという縁だったとしても。

「当時の王都には大きな群れが二つほどあった。私が率いた群れと、ライと名乗る男が率いた群れだ。群れができた時期については差があったが、私にもライにも、王都を守ろうという思いが確かにあった」

「ライの群れは当時できたばかりにも関わらず強大で、そしてあの男自身も途方もなく強い魔導師だった。あの男の下に付くものもみな腕が立ち、それに比例して我が強い者ばかりだったが、みなライを心より慕っていた。不思議な男だったよ。性格は粗雑なのに、どうして他者にはあれほど魅力的に見えるのかと、な。いま思えば、私もその一人だったのだろう」

「ライの率いた群れは、次々と黒社会を制圧していった。一方で私にも、群れを率いる頭として、あの男よりも前から王都の治安に寄与していたという自負心があってな、あの男の群れに対抗するように、私たちも私たちの得手で、黒社会を潰していった」

「ときが経つにつれ、私たちもあの男たちと交流を持った。黒社会を潰すには、情報交換や縄張りの共有、協力が必要不可欠だったからだ。ときには争うこともあったが、あるときは彼やその仲間たちと酒を酌み交わし、あるときは王都を守るために共に戦った。ある意味、あのときが私にとって最も充実した期間だったとも言えるだろう」

「流れが変わったのは、ときの国王、先代ライノール国王が進めた腐敗貴族や役人に対する改革が行われ始めた頃だ。それによって貴族と役人との蜜月は終わりを告げ、それに合わせて王都では大掛かりな掃除も行われることになり、ならず者たちは一掃されることになった。そしてそのならず者たちの頭として名前を挙げられたのが、私だった」

「はぁ⁉　いやあんたはそれを捕まえてた側じゃ⁉」

「そうだとも。先ほど口にした通りだ。だが現実に私は犯罪者の烙印を捺され、王都だけではなくその周辺の町や村々にまで手配書が出回った」

「じゃあつまりあんたは、役人どもの成果のために生贄にされたってのか……」

「理解が早いな。その通りだ」

話の通りならば、当時改革が打ち出されたころは、主だったならず者はすでにエイドウたちに取り締まられているため存在しない。だが、それでも貴族や役人たちは、自分たちが仕事をしたという証が欲しい。

そのために、非公認の大きな集団の一つである、エイドウたちが狙われたというわけだ。

「そのとき、私はライを、あの男を頼ることにした。いま思えばお笑い種だが、あの男ならあの状況をどうにかしてくれると思ったからだ。だが逆にあの男は部下をけしかけ、私の仲間を殺し、生き残った私たちを王都から追いやったのだ」

「だけど、それが一体国王陛下となんの関係があるんだ？」

「君も王都に住むなら知っているだろう。ライノール王国の王太子は、成人になるまでその正体を誰にも明かさないことを」

「ああ。それが王家の慣習だ――って、まさか⁉」

「気づいたようだな。そう、そのライと名乗った男こそが、現ライノール国王、シンル・クロセルロードだったのだ」

「そう繋がるのか……いや、じゃあそのときに伯父上とも？」

「そうだ。当時クレイブ・アーベントは【護壁】の魔導師ルノー・エインファストと共に、シンル・クロセルロードの腕となって動いていた。そのときはまだ、世に名高い【溶鉄】の魔法は使えなかったがな」

「……伯父上たちが、本当にそんなことをしたって？」

「事実だ。なに、信じようが信じまいが、君には関係ないだろう。それが事実であろうとなかろうと、いま私たちは敵同士なのだ」

確かに、エイドウの言う通りだろう。ここで自分が過去のクレイブたちの行動を疑う意味もないし、エイドウが嘘を言っていないという保証はない。

そしてこの話を聞いたそのうえで、自分は彼と戦わなければならないのだ。

「だが、まさか、クレイブ・アーベントの甥が、私の前にこうして立ちはだかるとは……まったく因果なものだ」

エイドウは皮肉でも見せられたように、自嘲気味に笑っている。

「アークス君。これが、私がこうして暗躍する理由だ。君はこれで満足か？」

「ああ。聞きたかったことは、聞けたと思う」

「そうか」

周囲を見回してこちらの戦力を把握しようとしているエイドウに、訊ねる。

「やるつもりか？　さすがに今回はこっちに分があるぞ？」

「まさか。相手はラスティネルの猛者共に加え、アークス君とその従者たちだ。さすがに分が悪すぎる。ここは退かせてもらうことにしよう」

「大人しく逃がすと思うか？」

「そうだな。では、これと引き換えでどうだ？」

「これ……？　──!?」

エイドウが、懐から何某かを取り出す。

しかしてそれは、アークスにとって見覚えのあるものだった。

他人から見れば、なんの変哲もないひと括りの紙束であり、それこそ役所に行けば見られるような、ありふれたもの。

だが、それを見たアークスは、想像以上の衝撃を受けた。

それが、〈魔導師ギルド〉作業所内にあるはずの、魔力計の資料に他ならなかったからだ。

「これが、君がラスティネル領を訪れた理由だな？」

「バカな……一体どうやってそれを」

「この世には、そういう仕事が得意な者もいるということだ。私のような、な」

「つまり〈魔導師ギルド〉の守りを破ったってことか」

「王都で私の入れない場所は、国王と東宮の寝所、そして封印塔くらいのものだ。特に〈魔導師ギルド〉は改築や移転を何度もしているからな。私が昔に開けた穴に向こうが気づかなければ、どうとでもなる」

「…………」

焦りが顔ににじみ出る。エイドウにそれができない、とは言い切れない。先ほどの話が本当であれば、彼は国王シンルやクレイブたちと渡り合った過去を持つ。その経験と闇に溶け込む技を利用すれば、難しいことではないのだろう。

「ただ、見つけられたのがこれだけというのは、驚いたよ。警戒を密にするのではなく、情報を分散させてたどり難くする。私が魔導師でなければ、きっとここにこの資料はなかっただろう」

エイドウとそんな話をする中、ディートが怪訝そうに声をかけてくる。

「アークス、それは？」

「聞かないでくれ。流れ星に触ると手がなくなるぞ」

「お、おう……」

その言葉だけで、ディートはあの資料がどれだけ危険なものか理解できたようだ。

この流れ星の話は、【紀言書】にあるものだ。

金にいじきたない男が、落ちてきた流れ星に触れて手を失ったという寓話に由来する。

無用なものに好奇心や欲で手を伸ばせば、手ひどいしっぺ返しを食らうということだ。

この世界では触れてはいけないものを指すときにも、こうしてよく使われる。

「さて、どうする」

「ここであんたを倒せば、取引をする必要はない」

「その通りだ。だが万が一にでも私や、これを持った誰かを逃がせば、君は困ることになるだろう」

「それはいずれ明るみに出るものだ」

「だが、いまはその時期ではない。だからこそ、君はいまでも無能というまるでそぐわない評価に甘んじているのではないか？」

そうだ。いまはまだ発表の時期を窺(うかが)っているからこそ、誰の目にも触れないようにしているのだ。

そしてそれは、国王シンルの判断が必要でもある。

「……持ち出したのはこれだけか？」

「その問いに意味はないと思うが？」

「答えろ」

「これだけだ。まだ写しも作っていない」

敵であるエイドウを逃がすわけにはいかない。

だがこの資料を持った状態で万に一つも逃げられてはいけないし、それがもし、帝国の手に渡ることになれば、たとえ〈錬魔銀〉の作成方法が記載されていなくとも、その存在は確実に知られることになる。そうなれば、帝国はさらなる諜報員の投入に踏み切るだろう。

ここで取引に応じるのも、選択肢の一つだ。

だが、もしそれに応じたとしても、問題は持ち出したものが本当にその資料一つだけで、写しもまだなのかということだ。

……ここで、エイドウたちを捕まえさえすれば、ことは丸く収まる。エイドウもいまが危機的な状況だからこそ、こうして取引を持ち掛けてきたのだ。

むしろ取引を拒否してすべてが上手くいく可能性の方が高いだろう。

だが問題は、エイドウとその仲間の実力だ。ここで彼らが死兵と化せば、どうなるか。万一のことがないとは決して言い切れない。

トライブをルイーズの先導に付けてしまったことが悔やまれてならなかった。

「――安心したまえ。持ち出したものは本当にこれだけだ。それに、これを持ち出したのはポルク・ナダールや帝国の求めに応じたわけではない。護身用に拝借しただけだ」

「護身用？」

「そうだ。万一にもポルク・ナダールや帝国に背後から刺されないための、な」

「最後まで有用だと思わせるために、材料を持っておく、と」

「そうだ。こういうときにも利用できる」

だろう。エイドウの立ち位置は、ひどく不安定なものだ。いくら利害関係が一致しているとはいえ、用済みになったり、その存在に価値を見出せなくなったりすれば、容赦なく切り捨てられる立場にある。

どうするべきか。ここは万に一つも失敗できない。

「……条件がある」

「聞こう」

「アークス！」

ディートが叫ぶが、これに関してはどうしようもない。

「条件は俺たちがあんたを見逃したあと、そのまま殿下のもとに向かわないことだ」

「それは当然だ。私も君たちに挟み撃ちにされたくはないからな」

ディートとガランガが声を上げる。

「アークス！　おれもさすがにそれは見過ごせないって！」

「アークス。俺たちにも立場ってものがある。そんな勝手をされるわけにはいかない」

「悪いがこれは聞いてもらいます。どうしてもって言うなら、いまから国王陛下に確認を取ってください」

「陛下に確認だと？」

　ふと、エイドウが薄笑いを浮かべる。

「王国軍の魔導師部隊が強さを増した絡繰りの正体、と言えば納得するかな、ガランガ・ウイハ殿。彼の作り出した革命的な物品が、その」

「エイドウっ！」

「なに、私が助かるために、少し口をはさんだまでだ」

　すると、ガランガが何かを察したように呟く。

「……なるほど。そう繋がるわけか」

「あの、ちょ、えっと……ガランガ、どういうことなんだ？」

「要するにあの資料は、万一にでもナダールや帝国なんぞに持ち込まれたらマズいモンだってことですよ。なるほどやっぱり姐さんの読みは当たってたってことですかい……」

　これで、下手に動くわけにはいかなくなった。盗まれたのは〈魔導師ギルド〉の失態だが、ラスティネル勢も下手を打つことはできない。

　ラスティネルは、王家から自治を任された属国のようなものだ。

　国王シンルの方が立場は上であり、彼の命令には逆らえない。となれば、うまく立ち回るには彼の判断を予測する必要もあるのだ。

彼らとて、この情報が売り渡される前にエイドウを倒すことができればいいだろうが、足止めをするための戦力は残されていても、せん滅するための戦力は残されていないのだ。こうして判断に二の足を踏むだけの理由はある。

「どうやら、決まったようだな。これはあちらの岩場に置いておく。それまでは動いてもいけないし、魔法も使用してはならない。一人二人逃げることならできなくもないからな」

そう言うと、エイドウは岩場の陰に溶け込むように、その場から消えてしまった。

やがて、彼が指定した岩場に、資料が現れる。

それを素早く拾って辺りを確認するが、すでに気配は失せており、昏倒していたエイドウの仲間の姿もなかった。

「……やられたな。まさか」

「はあ。逃がしたなんて、おれ、カーチャンになんて言おう……」

「そこは俺が説明するよ。俺の責任だ」

エイドウが消えた岩場を見やる。

ただ単に逃げるだけならば、資料を持ったまま逃げることもできただろう。

だが、エイドウはそれをせずに、仲間全員で逃げることを選んだ。

「……なんだろうな。やっぱり悪い奴ってわけじゃ、ないんだろうな」

「そうなのでしょうね」

「なんとも、な」

エイドウが悪い人間ではないということは、間違いないのだろう。そんな人間でなければ、村の青年を助けようとしなかっただろうし、いまだってこんな妙な取引などしなかったはずだ。

ただ、彼が口にした過去の出来事が、歯車を狂わせてしまったのだ。

隊列を組み直したあと、道の先に視線を向ける。

「……救出の方、上手くいっていればいいな」

「大丈夫だって、なんたってそっちはカーチャンがいるんだからさ」

ディートの顔は明るい。ならば、よほどのことはないと思われる。

だが、いずれエイドウの方とは決着を付けなければならないだろう。

それがどういった形になるのかは、まだわからないが。

エピローグ　獅子と豚

――レオン・グランツが応接室に入った折、会談の相手であるポルク・ナダールは、すでに苛立った様子だった。

……ポルク・ナダール。

王国最西にあるナダール領の領主にして、王国では伯爵位を持つ上級貴族の一人。

不摂生でみすぼらしく出た腹を、王国貴族が好むジャケットで包み込み。

それでも各所から肉がはみ出ているといった有り様は、まったくもって怠惰と言っていい。

たるんだ頬肉。

肉で潰れて細くなったまぶた。

内臓を悪くしているのか、顔には部分部分が煤けたような黒い染み。

見た目はさながら、肥え太った豚か悪食(あくじき)極まったウシガエルか。

前にばかり蓄えられた贅肉のせいで、どこか後ろに反っているような印象を受け、それが横柄さを助長させている。

いまは応接室のソファに腰を深く沈め、部下から報告を受けている只中。

膝を突いて礼を執る家臣を前に、葉巻を乱暴に吹かしていた。

室内に葉巻の煙が充満しているのは、換気が行き届かないほど葉巻を嗜(たしな)んでいるためか。

苛立ちを誤魔化すために葉巻に手を伸ばすのだろうが、事が上手く運ばないと態度に現れてしまうところは相変わらずのことらしい。

「……セイランは逃げおおせたか。運のいい奴め」

「は。現在はラスティネル領に一旦戻り、諸侯に参集を呼びかけているとのこと。おそらくは準備が整い次第、領内に攻め込むものと考えられます」

「その通りだろうな。背任が露見したのだ。もはや弁明にすら耳を傾けてはくれまい」

葉巻の煙を口から吐き出し、室内の空気をさらに汚しにかかるポルク・ナダール。

一方で臭気にあてられた部下は二、三度軽くむせて、話を続ける。

「閣下。具申いたします」

「なんだ？」

「王太子が軍を興すというのなら、まだ準備が整っていないうちに攻め込み、撃破するのが肝要ではないでしょうか。拙速なれど、編成が整い次第こちらから打って出るのも一つの手かと存じます」

ポルク・ナダールの部下がもっともな策を進言するが、しかしポルク・ナダールが了承しない。

「ふん！　セイランなど恐るるに足らんわ！　こちらもじっくり準備を整えてからの方が兵も戦いやすかろう」

「し、しかし、時間をかければそれだけ敵も集まるのではありませんか!?」

「それは私もわかっている。だが、この参集の号令は国王がかけたものではなく、王太子セイランがかけたものだ。諸侯などそう簡単に集まりはしない。それに、こちらには帝国という味方がいるのだ。

大国からの支援が望める以上、こちらは籠城戦に持ち込めばいい。——そうだな？　グランツ将軍」

ポルク・ナダールがまぶたを思い切り開き、ぎょろりとした目玉を向けてくる。

その表情は、帝国の手厚い支援を確信してのもの。

だが、

「いや、それはやめた方がいいな」

「な⁉　一体なぜだ⁉」

「この戦い、帝国は援軍を出さないことに決めた」

冷ややかな現実を突き付けると、ポルク・ナダールは両手で思い切り応接机を叩く。

向けて来るのは、焦りの滲んだ怒りの表情。

そして、口の端から泡を飛ばさんばかりの勢いで食って掛かってきた。

「どうしてそうなるのだ！　ここで帝国が援軍を出せば、セイランを確実に討ち取れるのだぞ⁉　なぜ帝国はこのような絶好の機会をふいにしようというのかっ⁉」

「伯爵。現状、帝国は王国と大きく争うつもりはない。すでに北部で二つの戦線を抱えている以上、さらなる戦線の拡大は己が首を絞めることになりかねないのだ」

「だから私を見捨てるというのか！　私がいままでどれだけ帝国のために危ない橋を渡ったのか、それは将軍も知ってのことだろう⁉」

「確かに」

「では！」

「伯爵。これはすでに決まったことだ。皇帝陛下のご下命を、いち将軍でしかない私が覆すことなどできはしない」

「う、ぐ……そんな、それでは……」

ポルク・ナダールは潰れたカエルが吐き出すような呻き声を出し、頭を抱える。

「だが、勘違いしないでいただこう。帝国は貴公を見捨てるわけではない。帝国への従属への見返りはきちんと用意しているとも」

「それは戦に勝てねば意味がないだろうが！」

「ならば勝てばよいだろう。貴公は予定通りセイランの首を取ればいい。それができれば、帝国は貴公をいまと同じ伯爵待遇で迎える用意がある。それに、帝国が軍を出せぬというだけで、私が協力しないということではないぞ」

ポルク・ナダールにとっての朗報を告げると、彼の血色が目に見えて良くなった。

そして、口から大きな安堵の息と共に懊悩を吐き出して。

「将軍……意地が悪いぞ」

「申し訳ない。だが、悪い報せを先にした方がいいと思ってな」

「それで、援軍はどれだけ出せるのだ？」

「方面軍の一部……ざっと五百といったところだ」

「た、たった……たった五百だと!?　グランツ将軍はもっと多くの兵を指揮できる立場にあるはずだろう！　なぜそれほど数が少ないのだ!?」

「私とて皇帝陛下から兵を預かる身。確かに万の軍を率いることはできるが、それは上から指示があってのもの。それらをすべて自由に動かせるわけではない。こちらはこれが精いっぱいなのだ。これで我慢していただきたい」

「う、うぐ……」

ポルク・ナダールが顔を赤黒くさせる中、彼の部下が、己が主に縋るような視線を向け。

「は、伯爵閣下……いかがいたしましょう？」

「く……援軍が望めない籠城戦に先はない！　兵に十分な準備をさせたのち、打って出るぞ！　活路は切り開いてこそ望めるものだ！　我が従士バイル・エルンよ！　急ぎ準備せよ！」

「ははっ！」

ポルク・ナダールの部下は指示を受け取ったのち、すみやかに応接室から出て行った。

これから急ぎ軍を興して、部隊を編成するのだろう。

その苦労は想像するに余りあるものだが。

それをやらねば、主共々討ち果たされるか、捕縛されて縛り首だ。

彼も、やらないわけにはいかないだろう。

「――しかし、王太子が国王の指示を待たず軍を興すとは、前代未聞ですね」

若々しい女の声が響くのと、ほぼ同時。

霞のように室内を漂っていた葉巻の煙が、まるで何もなかったかのように霧散する。

いまふいにこの場に現れたのは、白仮面の女、アリュアス。

部屋の隅の影から黒い色味が剥がれるように、黒い装束がポルク・ナダールの背後に立った。

その口ぶりも、まるでずっと以前からこの部屋にいたかのよう。

突如とした出現に、ポルク・ナダールは驚くも、すぐに納得したように息を吐く。

「アリュアス殿か」

「伯爵閣下、長らくご無沙汰しておりました。不調法は卑賤の者の愚昧さと思いどうかご容赦いただきたく存じます」

「うむ。かまわぬ」

アリュアスとポルク・ナダールの間で、簡単な挨拶が交わされる。

……彼女が現れた際に口にしたのは、王太子セイランの行動について。

セイランが軍を興そうとしているのは、越権行為なのではないかということだ。

どの国を見ても、国王以外の王族が兵の徴収や諸侯への号令を行うことは、決して許されざるものとされている。

たとえ王の嫡子でも、許可なく軍を興せるようなものなら、権力の均衡が崩れるばかりか、反乱される恐れがあるからだ。

今回セイランは、ラスティネル領に戻った折、即座に諸侯へ参集を呼びかけた。

間を置かず即座にポルク・ナダールを叩こうということなのだろうが。

国王の下命が諸侯に届く前にそれを行ったということは、戒めを破ったことになる。

「……確かにな。アリュアス殿の言う通り、セイランの今回の行動は国王シンルへの反逆に相当するだろう」

「でしたら、ことは簡単でしょう。閣下たちはそれをうまく利用すればよろしいのですから」

「国内外から、セイランは国王シンルを蔑ろにしていると批判させろというのだな？」

「はい。そうすれば、ライノール国王はセイランを処罰せざるを得ないのでは？」

だろう。

国王シンルがこれを見過ごせば、ライノール国王の権威に傷がつく。

そうなってしまったが最後、国王シンルは国内外から侮られることになるだろう。

「――いや、それは無理だ」

しかしそれに反論したのは、王国貴族であるポルク・ナダールだった。

「閣下、それはどういうことでしょう？」

「うむ。アリュアス殿の献策は、これまでであれば可能だっただろう。だが、セイランは少し事情が違うのだ」

「違う？」

「そうだ。セイランは王国内での位置付けが、以前までの王太子のものとは違っている」

ポルク・ナダールの言葉に、ピンとくる。

「では伯爵。あの話は真実なのか？」

「そうだ」

ポルク・ナダールが、肯定の頷きを見せる。

これは、以前からまことしやかに噂されてきた話だ。

ライノール王太子セイラン・クロセルロードの出自には、大きな仕掛けがあり。

その権威は父であり現国王であるシンル・クロセルロードを超えるものだと。

だが、その話が本当に真実ならば、だ。

「それが正しいのなら、兵はセイランのもとに集まるのではないのか？　まだ正式に発表されてはおらずとも、貴公と同じように諸侯はそれを認識しているのだろう？」

「いや、セイランに兵を集める権利はあるとはいえ、召集はこれが初めてのことだ。国王の指示がない以上は、やはり様子見したい者もいるだろう。王国は帝国と違ってその辺りの統制が行き届いていないからな、諸侯への強制力は若干甘いところがある。当然、セイランの立ち位置がまだはっきりとはしていないゆえ、日和見する者も出てくるはずだ」

まだセイランの立場が明確になっていないゆえ、参集に応じた貴族も国王を蔑ろにしたということになってしまいかねない。

それを危惧する者は、少なからずいるということだ。

ポルク・ナダールはそこまで説明して、ふと気付いたように片眉を吊り上げる。

「それをわからない将軍ではないはずだが」

「そうだな」

「……グランツ将軍。わかっているのなら訊かないでいただきたい」

「いや。伯爵閣下の存念をお聞きしたかっただけだ。伯爵はセイランのことをどう見ているのかな」

ポルク・ナダールがセイランを低く見過ぎていないということは、これまでの話しぶりから知れている。

だが、かといって状況を正しく認識していないのは困るのだ。

ポルク・ナダールが愚昧すぎては、こちらの策は成らないのだから。

こちらの試すような物言いに、しかしポルク・ナダールはさほど気にした様子もなく。

「グランツ将軍。援軍の方、どうかよろしく頼む」

「それは期待しておいていただきたい。数は少なくあれど、精鋭を連れて来ることを約束しよう」

「必ずだ。必ずお願いいたす」

ポルク・ナダールは念を押すと、「私も動かねばならぬ」と言って応接室から出て行った。

いつかのように、応接室にはアリュアスと自分の部下たちのみ。

やはりアリュアスの面妖さには従者たちも慣れぬのか、緊張した面持ちでいる。

やがてポルク・ナダールの足音が廊下から聞こえなくなった折。

「……それにしても、意外でした。ポルク・ナダールは見た目通りの人間かと思っていましたが、中々慎重なのですね」

「見た目通りであれば、国王シンルも国境など任せんだろう。ポルク・ナダールが貪欲な豚であることは確かだが、少なくとも凡俗ではないのだ」

「閣下はポルク・ナダールを評価しているのですね」

「多少頭は回る程度には、だがな」

「ですがそうなると、ライノールの国王には見る目がなかったということになりますね。みすみす背任に走るような者を、重要な場所に据えたのですから」

「いや、そちらはそちらで裏切られてもいいと考えてのことだろう。隣接している領主の行動に躊躇いがなかったのはそのためだ」

ライノール国王、シンル・クロセルロード……先代国王の時代に、一時は帝国に圧倒されかけたライノール王国の権勢をここまで盛り返した男が、その程度のことを考えないはずがない。国王シンルにとって、ポルク・ナダールは一時的な防波堤なのだ。そうでなければ、国交が安定したあと早々に中央へと戻しているはずである。

……ポルク・ナダールが王国、帝国のどちらからも生贄にされているということには、若干の不憫さを感じるが。

「いえ、政治は奥が深いですね。魔導の道にしかいなかった私には、そういった政治の機微は難しい」

アリュアスはそんなことを宣(のたま)うが、内心どうだかと思う。

自ら疎いと言う割りには、基礎的な部分は弁(わきま)えているのだから。

「ですが――」

そんな中、ふいにアリュアスが背後に舞い降りる。

一体どういう手管を用いたのか、従者たちが動く間もなく。

そして、

——将軍閣下、欲を出しましたね？

囁かれたのは、そんな言葉。

「…………」

それは、先ほどの援軍についてだろう。

本来ならば、援軍など出す予定ではなく、すべてポルク・ナダールに賄わせる手筈だった。

そうすれば、帝国に痛みはないし、その関与を疑われる可能性も小さくなる。

しかし、ここでセイランの首を取ることができれば王国に多大な被害を与えることができる。

そう考えたからこそ、皇帝陛下に願い出たのだ。

派兵の許可をいただきたい、と。

ゆえに、確かに欲なのだ。

手を伸ばせば確実に届くと思ったからこそ、自分は欲を出して援軍を用意し、それをアリュアスに指摘された。

そう、これはただ、それだけのことなのだ。

外伝
「リーシャの試練」

Extra Chapter ∽ Lesa's Trials

――リーシャ・レイセフトは、王国は東部にある、レイセフト家の領地に存在する、とある森にいた。

レイセフト領の奥地にあるこの森は日中でも薄暗く、鬱蒼(うっそう)としているというだけでは決して説明のつかない暗さを抱えている。

この一帯は、王国の中でも植生が異なる地域だ。北東の端から続く大陸の背骨、クロス山脈由来の植物が自生しており、木々の葉はどれも緑ではなく紫や黒を帯びていて、木肌は枯れ木のように灰色を呈する。

木々には蔓が巻き付き、その蔓が他の樹木を巻き込んで木と木の間隔を狭めることはおろか、日の光をさらに遮る始末。

そのせいで晴天時でもかなり暗く、曇天となればほぼ夜のような様相を呈する。

さながら、暗黒の密林だ。

足元の水溜まりは周りの景色のせいで、晴れた日でも黒く見え、どこもかしこもその臭水(くそうず)めいた水で湿気っているという有り様。

暑さと湿気のせいで、訓練された者でなければ一日と過ごすことはできないだろう。

リーシャが歩くのは、獣道のような頼りない小道だ。

キャンプを出てはや二時間。道らしき道はすでになく、山林を開墾する開拓者になったような気分を味わって久しい。

いまは軽装の上に泥や砂を除けるマントを羽織り、足元は水の染み込まない加工を施したブーツを履いている。

そんな彼女の後ろには、二人の男が付き従っていた。

一人は無精ひげを生やした壮年の男だ。のっぽで大柄。革製の胸当てなど軽装に身を包む一方で、身体は随分と鍛えられているらしく、見た目からも引き締まっていることがよく窺える。顔には飄々とした笑みを浮かべており、斜に構えた態度を崩さない。

もう一人は、黒の外套を羽織った寡黙な青年だ。頭にはバンダナを巻き、口元は外套で深く覆っているため見えず。壮年の男と違ってこちらは言葉もあまり発さない。ただ時折、周囲に向ける眼光がひどく鋭くなるくらいのことが、リーシャが掴める特徴か。

彼らは、リーシャの護衛のようなものだ。

父ジョシュアの命令で付けられた、子飼いの傭兵である。

二人とも腕利きで、よく頼りになるというのが父の評だ。

事実、この二人は立ち振る舞いに隙はないし、動きも機敏だ。

機知に富み、知識にも優れ、王都からの道中はこういった場所での生存術に関する話なども頻繁に教えてくれた。

いまも周囲を警戒しながら、リーシャのことにも気を配っている。

鬱蒼とした密林を進んでいると、やがて開けた場所に出た。

黒土の地面が広がる空き地。木々はないが、黒い水溜まりが各所に落とし穴のように点在している。

地図によれば、目的の場所まであと少しというところだ。

「――お嬢様、近くに獣がいますよ」

そんな風に、警戒の声をかけてきたのは、無精ひげの壮年男だ。

さりげなく、周りに警戒しろ、戦闘になるかもしれないと教えてくれる。

「わかるのですか？」

「ええ。匂いと微妙な雰囲気で……って奴っすかね。近づくと、わずかに独特の獣臭さがしますし、耳を澄ませると、ほら、食い物を前にした犬みたいに、荒い呼吸が聞こえてくるでしょう？」

「匂いと音、ですか……」

彼の言葉を聞いて、五感に意識を集中させると、確かに言う通りそんな匂いと気配が感じられた。

身体を洗い忘れて久しい愛玩動物の発する、小便の混じったような匂い、と。

まだ躾も行き届いていない猟犬の目の前に、エサを置いたときのような息遣い、がだ。

「確かに感じます」

「でしょう？」

「すごいですね。すぐ近くというわけでもないのに、こんなことがわかるなんて」

「ええまあ、それが仕事ですもんで。こういうことに敏(さと)くならないと、この仕事はほんと呆気なく死んじまいますから」

壮年男とそんな話をしていると、今度は寡黙な青年が動いた。

手を前に出して、こちらの不用意な動きを制するような挙動を見せる。

「……近づいてきています。お気を付けを」

「ふむ。で、お嬢様。いかがいたしますか？」

「戦闘なら、私も戦います」

やがて、茂みをがさがさと揺らしながら、獣が姿を現す。それは番犬や猟犬を一回り大きくしたような獣だった。体毛の色はまだらで、薄汚れた風な色味が強い。

舌は長く、先に行くほど細くなっており、まるで夜の闇にちろりちろりと舌先を伸ばす、火災の炎を思わせる。

群れをなしているのか、他の場所からも複数、同じ獣が顔を出した。

「……トライブリードだ」

「これが、あの」

トライブリード。

紀言書は【精霊年代】において語られる、妖精の使役獣の眷属が野生化したものと言われている。

確かに、ガウンが使役したトライブと、シルエットが似通っている気がした。

リーシャも、レイセフト領の奥地に出没するとは父ジョシュアから聞いていたが、こうして見るのは初めてだった。

「ああ、お嬢様、こいつらなら安心ですぜ。なんせこいつらは賢いから、実力差がわかれば勝手に引いていきます」

「ではどうするのがよいでしょうか？」

「そうですね。じゃあこちらの群れのリーダーであるお嬢様が、あの獣共にも一発で実力がわかるようなお力をお見せすればよろしいかと」

「わかりました。ではお二人は後ろへ下がってください」

「へい。承知いたしました」

「…………」

リーシャが指示を出すと、片や暢気そうな声を上げ、片や無言のまま。二人は大きく後ろへ飛び退いた。

やがてリーシャは周囲を一度見まわしてから、魔力を全身に充溢（じゅういつ）させ、呪文を唱え始める。

《――大なるその身、火身とせしめて、土に変じよ。左に盾持て、右に剣取れ。身体に鎧うは天灼く真紅。四魔結殺。三障落命。相八式。皆その道理に埋没せよ。ならば太祖よ。後塵の炎王よ。我が背をとくと拝するべし》

リーシャの背後に、巨大な火柱が伸び上がる。すぐにそれは形を変え、人型めいた形に固定化する。それはまるで炎の巨人の、その上半身だけが彼女の背後に現れたかのよう。

その炎の巨人の上半身は、リーシャを守るように、巨大な炎の身体とその腕で彼女の身体を囲い込む。

　炎の巨人は呪文に含まれている通り、右手に剣を、左手に盾をそれぞれ持っており、リーシャが右腕を払うと、後ろの炎の巨人も彼女の動きに合わせて剣を払った。

　それはさながら二人羽織か、パワードスーツタイプのロボットか。

　炎の熱によって黒く濁った水溜まりは一瞬で蒸発し、強烈な剣圧によって突風が巻き起こり、木の葉や小枝が風圧で吹き飛んでいく。

　しかしてトライブリードたちは、炎の熱と巨人の圧力に屈したらしい。

　威嚇の唸り声を上げながら、じりじりと後ろに下がり、やがて後ろ姿を見せてその場から去っていった。

　当面の危機が去ったため、リーシャは炎の巨人を消す。

　すると、壮年男が飄々(ひょうひょう)とした口調で労いの声をかけてきた。

「お疲れ様です」

「いえ、疲れるほどのことではありません」

「いやまあ、それほどの規模の魔法を使ったんですし……いえ、お嬢様ほど魔力があれば、そうでもないのか」

「確かに、市井(しせい)の魔導師の基準ですと、かなりの消耗になりますね」

　壮年男が感じた通り、市井のごく一般的な魔導師であれば、この魔法の使用も大きな消耗となるだろう。使用時の魔力量は千の数値を超えるし、維持するだけでも魔力を常に消費する。魔力量の平均が二千程度の界隈では、おいそれとは使えない魔法に属するはずだ。

「にしても、レイセフト家の【後塵の炎王の繰り手（フラムブランドロード）】ですか。以前、旦那様のお供をしたときにも見ましたが、やっぱすごいもんですねぇ。攻めるのにも守るのにも長けた魔法。これを使って旦那様が大暴れしたときなんか、あの不気味な氾（ハン）族の連中が木っ端みたいに吹き飛んで壊滅しちまった」

「レイセフトの始祖が生み出したと言われる呪文です」

「昔の人はとんでもない魔法を作るもんです。いや、国定魔導師の方々も負けちゃあいませんがね」

「ええ。一人一人が相当の使い手だと伺っています」

「……お嬢様、そろそろ」

「そうですね。では、先に進みましょう」

寡黙な青年に促され、リーシャたちは先へと進む。

目指すは、奥地のさらに奥にある洞窟の中だ。

リーシャがこうしてこんな場所に赴いたのには、理由がある。

それは、父ジョシュアの言葉から始まった。


「――リーシャ。突然だが、お前にはこれからレイセフト家の領地に行ってもらう」

王都にあるレイセフト邸の応接室で、ジョシュア・レイセフトは開口一番、そう切り出した。

正面には父ジョシュアと母セリーヌが座り、周りに執事たちと見慣れぬ男が二人控えている。

セリーヌは事情を知らないのか、ジョシュアに不思議そうな顔を見せた。

「あなた、リーシャに一体何をさせるおつもりでしょう？」

「うむ。リーシャにはこれから、レイセフト家の次期当主に課せられる試練をこなしてもらおうと思ってな」

「試練、ですか？」

「年齢を考慮すればまだ早いが、この年頃の嫡子が試練をこなした例もある。なによりリーシャには才がある。多少年齢が低かろうとも、可能だろう」

瞑目（めいもく）して厳かに頷いたジョシュアに、リーシャが問いかける。

「父様、その試練とは？」

「うむ。先ほど言った通り、お前はこれからレイセフト家の領地に赴き、とある森の奥にある洞窟の祠（ほこら）に行ってもらう」

「祠、ですか」

「そうだ。その祠には、そこに行き着いたことを示す証が納められている。その証とこの札を交換して、再びここに戻ってくるのだ」

ジョシュアが札をテーブルの上に置くと、セリーヌがまた不思議そうな顔を見せる。

「あなた。行って帰ってくるだけなのですか？　試練というには随分と簡単なように思いますが」

「いや、森には凶暴な獣も巣くっているし、それは祠のある洞窟も同様だ。一筋縄ではいかない」

「凶暴な獣……それはリーシャにはまだ早いのではなくて？」

「そんなことはない。すでにリーシャは攻性魔法も習得しており、詠唱不全を起こさないほど詠唱技術は熟達している。同じ頃の私と比べても、リーシャの方が魔導師として格段に優れているだろう」

「その辺りのことはわかりませんが、あなたがそうおっしゃるならそうなのでしょう」

「リーシャも、そろそろ自分の実力を見極めてみたいと思っていたところだろう。力を手に入れれば、それを使う機会を欲するものだ。それに、自分の力がわからなければ周囲とも比較できない。それでは今後の向上にも繋がらないからな」

「はい。わかります」

「それに、お前がこれをこなせれば、分家の者からも次期当主として認められる。今後、次期当主としてやっていくうえでも必要なことだろう」

ジョシュアはそう言うと、リーシャに札を渡す。

渡された札は、なんの変哲もないものだ。木製で、大人の手のひら大。表面には【魔法文字(アーツグリフ)】で祈りの言葉が記載されている。

「ついては、道中の護衛も付ける」

「護衛を?」

「そうだ。この試練は供を付けてもよいということになっている。魔導師なら当たり前のことだがな」

「それで、その護衛の方とは?」

「すでに気付いていることだとは思うが、後ろにいるこの二人だ」

ジョシュアがそう言うと、後ろに立っていた見慣れぬ二人の男が頭を下げた。

「向かって右がラルフ。左がシャウガだ。二人とも腕が立つうえ、気配りもできる」

ジョシュアが短めに紹介すると、二人は前に一歩、歩み出る。

無精ひげを生やした壮年男と、黒い外套を口元まで被った青年だ。

「お初にお目にかかります、お嬢様。私はラルフと申します。お見知りおきを」

「……シャウガと申します」

ラルフはリーシャに気さくな微笑みを向け、シャウガは寡黙な性格なのか、端的に名前を述べてまた静かになった。

「ラルフは少し馴れ馴れしいところがあるが、気をほぐしてくれていると思えばいい。まあ、何か粗相でもあれば尻に蹴りを入れてやっても構わないぞ。むしろ喜ぶかもしれんからな」

「だ、旦那様……」

「なんだ。そう言われたくなかったら、態度を改めろといつも言っているだろう」

ジョシュアの言い様に、ラルフが弱ったような顔を見せると、隣にいたシャウガがぷっと噴き出した。すぐに「……失礼」と言って表情を元に戻す。

「シャウガについては……そうだな。影や空気のようなものだと思えばいい。気を掛けないことが、うまく付き合うコツだ。本人もそう望んでいる」

ジョシュアがそう説明すると、シャウガもコクリと頷いた。

だが、

「それでよろしいのですか？」

「居心地の良さは人それぞれだからな。仕事がしやすい環境を与えられるようにするのも、上に立つ者の度量だ。それは決して、上に立つ者の押しつけであってはならない」

「はい」

「次期当主として、これから人の使い方、付き合い方もよく学ぶように」

ジョシュアはそう言うと、目をじっと見つめ、やがて口を開く。

「リーシャ、洞窟の奥まで行き、しかとその証明を得てくるのだ。よいな？」

「はい！　承知しました！」

「よい返事だ」

……それが、リーシャがレイセフト家の領地へ赴くことになった経緯だ。

その後は、ラルフとシャウガと共に王都を離れ、馬車で十数日をかけてレイセフト領へ入領。領地の代官と顔合わせをしたあと、試練に臨むことになった。

その道中でわかったことだが、ラルフとシャウガは、いわゆる『冒険者』と呼ばれる職に就く者たちだった。

冒険者とは、王国の隣国であるサファイアバーグにいる特殊な傭兵のことで、魔導師たちのようにギルドを組織し、その管理のもと、貴族、商人、平民にかかわらず広範な範囲で様々な依頼を受け、特に護衛や用心棒などを務めるという。

ときには魔物が出現する土地の探索や開拓のための先遣や、古代の遺跡に潜って魔物の掃討などもするらしい。

ラルフ、シャウガともに場慣れしており、どちらも冒険者としてベテランという風格があった。

リーシャは洞窟に立ち入った折、二人に訊ねる。

「応接室では父様と親しげにお話しされていましたが、お二人は父様とのお付き合いは長いのですか？」

「ええ、俺たちレイセフトの旦那様にはよくお仕事を回してもらってましてね」

「……戦にも何度か招聘されたことがあります。供回りですが」

ということは、この二人は父にかなり信頼されている者たちということだろう。

基本供回りは近しい者を付けるのが慣習だ。それは従士だったり、家中の者であったりと、決して裏切ることのない人間を置く。そんな者たちを差し置いて供回りに付けるということは、腕が立つということもそうだが、父からよく信頼されているということになる。

「まさか、ここまで付いてきてもらえるものだとは思いませんでした」

「そうなんですか？」

「ええ。お二人に供をしていただくのは途中の森までで、洞窟の中には一人で行くのかと」

「魔導師に前衛を付けるのは基本ですからね。今回はそれに則って、そういう形にしたんだと思いますよ？」

これについては、別に父が過保護だったというわけではないらしい。

確かに、魔導師には前衛を付けるのが、基本的な陣形の作り方だ。近接戦闘に長けた者に前線を支持してもらっている間に、魔導師が呪文を唱える。基本中の基本であり、ごく当たり前の考え方でもある。

だからこそ、父はあのとき、「当たり前のことだがな」と言っていたのだ。

ラルフは怪訝そうな表情を見せながら、無精ひげを撫でまわす。

「しっかしまあどうしてレイセフトの旦那様は、お嬢様にこんなことさせるんでしょうね。まだ魔法院にも行っていない時分なのに、さすがにちょーっと無茶が過ぎるんじゃないかっていうか……あ、いえ、お嬢様の実力は先ほど見せてもらったんで疑うべくもないことなんですがね」

「……そうだな。いくらなんでも若すぎる」

「お前もそう思うよなぁ。次期当主の証明なんてそんな必要なんかね？　お嬢様の腕前を見れば一発だろうに」

「……ああ、あのような魔法、同じ歳の、才ある者と言われる者でも、使うことはできないだろうな」

確かに、それはもっともな疑問だろう。同じくらいの年頃の、同じ魔導師系の貴族の子弟であっても、ここまで実戦的な教育はしていないらしい。

代々レイセフト家の教育が厳しいのか、単に父の匙加減なのかはわからないが、他の家でもここまでするところというのは、そうそうないだろうと思っている。

そんな一方で、リーシャは父が突然そんなことを言い出したのには、心当たりがあった。

「……父様はきっと、焦っているんだと思います」

「旦那様がですか？」

「はい。父様自身、自覚しているわけではないのだと思いますが、おそらく」

「焦るとは……次期当主のことで、ですかね？」

「ええ。私が次期当主として相応しいということを周りによく知らしめたいのだと思います」

「どういうことです？」

「……私に兄がいるのはご存じですか？」

訊ねると、ラルフはどことなく言いにくそうに視線を逸らす。

「あー、えーっと、その、レイセフト家のあの話ですな」

「存じていましたか。いえ、ご存じでしょうね」

「まあ、こうしてレイセフト家に出入りしているといろいろ聞こえてきますし、当時は旦那様も随分お嘆きと言いますか、そんな感じになっていましたから」

「父様の焦りは、その兄様に関係しているのです」

「ご令息が、ですか？」

「父様は兄様を廃嫡し、私を次期当主としました。おそらくはそれで……」

「では旦那様は、その判断が間違いだったと思っているというわけで？」

「いえ、たぶんですが、父様はそこまでお考えになっているわけではないのだと思います。ただ兄様はことあるごとに活発に動きますから……その、なんと言えばいいかわかりませんが、それが父様にとっては目障りなのでしょう。そう感じます」

「……はあ」

ラルフは、要領を得ないというような、理解していなそうな返事をした。

「そうですね。私も考えたのですが、廃嫡した者が、庭で遅くまで魔法の練習をしたり、魔法の勉強をしたりすれば、父様は……父様だけではないでしょうが、どう考えるでしょうか？」

「そりゃあ……はあ、なるほど、ちょろちょろされるのが嫌で、叩き潰したくなると。ははん、それで今回、お嬢様の地位を盤石にしよう、ということなんですね？」

「はい、たぶんですが。兄様にはもうレイセフト家の家督に興味はないでしょうが、父様はそうやって兄様に圧を与えようとしているのだと思います」

そう言うと、シャウガが口を開く。

「……旦那様の判断は正しいのでは？　こう言ってはなんですが、ご令息は無能なのでしょう？」

「兄様が無能なら、私は道端に転がる石ころでしょう」

「は……いや、いえいえいえ！　さすがにそこまでは……」

「兄様は頭もよく、魔法の腕も立ちます。私も常々、私とは比べ物にならないほどの人だと思っています」

「ですが、旦那様はご令息を廃嫡したのでしょう？　なら、何か当主にできない重大な理由があったのでは？」

「いえ、ただ魔力が基準より少ないという理由だけです」

「魔力が少ないのは……軍家にとっては致命的なのでは？」

「本当にそうでしょうか？　私はそれがいつも不思議でなりません。何か問題があるのであれば、伯父様だって弟子にはしなかったでしょうし」

「えーと、お嬢様の伯父上というと、王国に名高き【溶鉄】の魔導師様ですか……って、その弟子って⁉」

「……では、ご令息は国定魔導師から直接手ほどきを受けていると？」

「いや、一族のよしみだから、ではなくてですか？」

「初めは確かにそういう理由だったからだと思います」

確かに、いま考えれば、あのとき伯父がそう思ったのも無理はないだろう。

廃嫡された甥を哀れに思って、手ほどきをする。家族のことを大事にするあの人ならば、そう考えてもおかしくはない。事実、あの人が伯父に教えを乞うたとき、あの人は魔法の才を発揮していたわけではないのだ。伯父も伯父で、あの人の実力を見抜いたとは考えにくい。

だが、あの人に才があるのは、揺るぎない事実だ。

「お二人は、スソノカミをご存じですか？」

「うげ」

「…………」

その名前を口に出した途端、ラルフとシャウガはあからさまに閉口する。

二人が見せた表情は、一様にひどく苦い。それだけで、見たことがあるかないかは簡単に察することができた。

「そのご様子だと、見たことがあるのですね？」

「ええ、まあちょっとサファイアバーグにいた頃に……」

「……嫌な思い出です。あれが現れたことで、多くの仲間が亡くなりました」

「そんなことが」

「あのときはシュレリリア・リマリオン――【狩魔】の魔導師様が多くの兵や冒険者を率いて滅ぼしてくださったので、俺たちも事なきを得ましたが、いやぁ、あんなのには二度と立ち会いたくないというのが正直なところです」

「やはり大きな被害が出るのですか？」

「被害なんてもんじゃないですよ。近づいた人間は呪詛に取り込まれるわ、周囲を呪詛で穢して人の住めないような土地にするわ。シュレリリア様がいらっしゃらなかったらと思うと、最悪王国からの援軍待ちですから……おそらくは、いえ、間違いなくひどいことになっていたでしょうねぇ」

「あの騒ぎで、村が十八、町が五つ無くなりました。亡くなった人間は数えきれません」

どちらも遣る瀬無いというような表情を見せ、奥歯を噛み締めている。

ということは、スソノカミの存在が、彼らにそれほどの影を落としたということだろう。

二人の話を聞いたリーシャは、そのとき亡くなった者たちに静かに黙とうを捧げる。

「それで、そのスソノカミがお嬢様の兄上のお話とどうご関係が？」

「……少し前に、王都にスソノカミが出現したのです」

「は？　いや、いえいえそんなはずは！　それにあんな巨大なモンが出たら、大騒ぎどころの話じゃないですよ⁉」

「……いくら王都には国定魔導師がいるとはいえ、少なくとも王都が半壊するくらいの被害は出るはずです」

「そうなのでしょう。ですが、騒ぎになる前に兄様が消し飛ばしたのです」

すると、二人は呆気に取られたというように、口を開けたまましばらく立ち尽くしてしまった。

やがて、自身が言ったことの理解が追いついたのか、たまげたような大声を上げる。

「け、け、け、消し飛ばしたぁ⁉　あ、あれを、あれをですかっ⁉」

「はい」

「じょ、冗談でしょう。いやぁ、お嬢様はなかなか変わったご冗談をおっしゃる……」

「本気です」

「……お嬢様、あのとき、スソノカミのせいでかなり被害が出ました。軽々(けいけい)にそうおっしゃられるのは、良いものとは思えません」

「シャウガさん。あなたがお怒りになるのも無理はありません。ですが事実なのです。そのとき私もスソノカミを見ましたので、その特徴も話せます。呪詛(スソ)の帯が身体を取り巻いた巨大な……もとが人間でしたので巨人のような怪物になり、周囲に害を与えるときはその帯を操って周りの物を破壊し、取り込み、周りの呪詛(スソ)をどんどん吸収して際限なく膨れ上がりました」

「え、ええ……確かにおっしゃる通りです。ですが」

「どうしても信じられないというのでしたら、これが終わったあとに墓地に行きましょう」

「墓地に？　どこのですか？」

「どこでも構いません。墓地に行けばガウンがいます。このことは彼がそれを証明してくれるでしょう。もとは、ガウンが兄様に協力を持ち掛けたことが発端でしたから」

さすがに妖精の名を出せば、彼らも信じざるを得ないか。

「……なんといいますか、失礼ですが、それは、本当に本当の話なのですか？」

「信じられないのは無理もない話でしょう。ですが本当です」

そう言うと、ラルフが心底不思議そうな顔をして訊ねる。

「ちなみにですが、ご令息はどうやってスソノカミを？　シュレリア様でも、多くの魔導師を動かして、動きが鈍くなったあと、最後にとどめを放ってバラバラにして、さらにそのあとは飛び散ったかけらを一つ残らず丁寧に潰していく作業まで行いました。いくらなんでも王都でそんなことがあったとは思いにくい」

「ガウンから魔力を借り、天を貫くほどの巨大な光の柱を出す魔法を用いて、スソノカミを塩に変えてしまいました」

「塩？」

「一時期、王都で変わった塩が売り出されたのをご存じですか？」

「ああ、ありましたね。なんか廃スラムにとんでもない量の塩が……って、あれスソノカミだったんですか⁉」

「そうです。あれはそうと知らない者たちが、その塩をかき集めて売り出したのです」

「う、お、お、お、俺……その買って使っちまったんですけど」

「大丈夫です。舐めても何もありませんので。それについてはガウンも警告しませんでしたから、問題ないのでしょう。あのときあの場にいた者も、少し舐めていましたから」

問題ないことを知ると、ラルフは胸をなでおろしたようにほっと息を吐く。

すると、シャウガが何かを思い出したかのように口を開いた。

「……光の柱、塩。まるで紀言書に書かれた話のようですね」

「ガウンもそう言っていました。紀言書に語られる、十の言象の一つ。地上のあらゆるものを浄化する【天からの光】のお話ですね。兄様も、それをもとに考えたものだとおっしゃっていました」

「天地創造の魔法って……それはまた、国定魔導師みたいな」

ラルフとシャウガの二人は、しばらく言葉を忘れたように黙り込む。

話があまりに衝撃的だったのだろう。大きな被害を出し、倒すのにも苦労したものが、まさか無能と言われている少年に倒されたのだ。

その心中はいかばかりか。

やがて、ラルフが口を開く。

「それで、そのことは、旦那様はご存じなのですか？」

「いいえ。父様はどうせ話したところで信じようとはしないでしょう。父様は兄様が嫌いなのです」

リーシャが悲しそうに目を伏せると、シャウガが訊ねる。

「……つまり、それだけのことができるから、お嬢様はご令息の方が当主には相応しいとお考えなのですか？」

「はい。レイセフトの当主にはやはり兄様がなるべきでしょう。もう無理な話ではありますが」

この件に関しては、もはやため息しか出ない。どうしてあれほど頑なのか。何度考えても、答えは出ない。あの人やガウンが言うには「人間は感情で動く生き物だから」ということだが、自分にはよくわからなかった。

「惜しむらくは、魔力なのでしょうね」

そう、魔力さえあれば。魔力さえあれば、こんなことにはならなかったはずだ。

いや、逆に魔力がなかったからこそ、あの人はここまで力を付けたのかもしれないが。

「俺がこう言うのもなんですが、魔導師はどこも魔力の量を重視しますからね」

「……継戦能力、使える魔法の幅、大魔法。魔力があるだけで、かなり違います。魔力が多ければ、同じ魔導師系の軍家に侮られることもないでしょう」

リーシャも、二人の言葉は理解できる。理解できるが。だが、これがごく一般的な認識なのだろう。あの人を見れば考え方を改めるかもしれないが、話の上だけではどうしても『魔法が多少使える魔力の少ない少年』から、脱却できないのだ。先ほどの話も、もしかすれば話半分に聞いているのかもしれない。

リーシャが胸の中を遣る瀬無い思いでいっぱいにしていた、そんなときだ。

シャウガが洞窟の奥に向かって、松明を掲げる。

「……来たぞ」

シャウガが視線を向けた方向に、同じように視線を向けると、そこには奇妙な姿形をした生き物がいた。

生き物――いや、生き物ではなく怪物と言った方が適切だろう。

目の前で目を妖しく輝かせているのは、足がいくつもある蜘蛛の胴体に、人形でも乗せているような不思議で不気味な姿。上半身は常に安定性を欠き、波に翻弄されるクラゲのようにふらふら。体色は蜘蛛の色味をそのまま写したようなまだら模様をしており、目は煌々と赤く光っている。

……父ジョシュアの話によれば、この洞窟の中に生息する生き物は、平地には存在しないもので、クロス山脈の奥地に出現するという魔物の流れを持った怪物なのだという。

当然、その生態は普通のものではなく、動きや行動も普通の生き物からかけ離れているとのこと。

怪物を見たラルフの顔が、あからさまにひきつった。

「こいつは、か、かむろぐも……？」

「……いや、その流れを持った生き物だ。それとは違う」

「そ、そうだよな。違うよな、呪詛(スソ)もまとってねえし………やれやれびっくりさせないでくれよ」

シャウガの言葉を聞いたラルフは、心底安心したように言葉を漏らし、しかし硬質な表情を崩さない。警戒心が強いのか、息をひそめたように呼吸音を抑制しながら、視線は常に怪物へと注がれている。

「その、かむろぐも、とは、あれのもとになったという魔物ですか？」

「……ええ。とてつもなく恐ろしい魔物です」

「目の前の奴と違って全身真っ黒で……もっと不気味なんですよ。姿が似てるからついつい勘違いしちまいましたがね」

いま目の前にいるこれも随分と不気味な見た目だが、ラルフの言ったような真っ黒の単色ではなく、きちんとところどころに色味がある。ただ、上半身の人型が綿の詰め込まれた人形のようにふらふらとしているため、ひどく気持ち悪さを覚える。

「……かむろぐもは、一匹倒すのに、前衛を揃えつつ、魔導師が五、六人必要になります」

「シャウガ、こいつは？」

「……俺たちだけでも十分倒せる相手だ。そもそも魔物でなければそこまで脅威でもないだろう」

「そうだな。確かにそうだわ」

ラルフは松明を片手に持ったまま、洞窟内でも取り回しのしやすい予備の剣を引き抜く。

相棒のシャウガは撃剣使いなのか、外套の裏から投擲用の剣を取り出した。

シャウガの話によれば、これは〈ひとぐも〉というものらしい。先ほど話に上った〈かむろぐも〉の流れを持った存在で、蜘蛛のような下半身が移動を受け持ち、上半身が蜘蛛の胴体から生えた槍のような棘を用いて戦うのだとか。

普通の獣では考えられないような生態だ。いや、本当に生き物なのかさえ疑わしい。

現れた数は、三体。計六つの赤い目が、こちらを見ている。

その視線に晒されていると、怖気が湧いて仕方がない。

まるで虫が背中を這っているかのように全身が総毛立つ。

〈ひとぐも〉は洞窟のなだらかな壁面でも起立は盤石なのか。体勢を崩すことなく、下半身の蜘蛛が、がさがさ、がさがさと縦横無尽に這い回る。

「……お嬢様、お気を付けを」

「はい。まず魔法を使います」

そう言うと、すぐに光源を生み出す魔法を使う。

《――浮遊する魂。触れても燃え移らぬ陰火。ものは静かに仄めく》

魔法陣から、黄緑色に輝く光の玉が数個飛び出すと、それは宙を漂いながら洞窟内を照らし始めた。

昼間とまではいかないが、洞窟内にかなりの明るさが保たれる。

これで松明を持たなくても視界を確保することが可能になり、前衛は両手を自由に使えるようになった。

ラルフは視界が確保された瞬間、松明を投げ捨てて一番近い〈ひとぐも〉に躍りかかる。

剣の腕も立つのか、機敏な動きを見せる怪物相手でも一歩も引けを取ることはない。

一方でシャウガは、リーシャに寄り添うように位置を取り、投擲用の剣を投げつつ〈ひとぐも〉たちをけん制する。

この中で最も火力を発揮できるリーシャはと言えば……閉鎖空間内での魔法戦に関する注意点を思い出していた。

洞窟のような閉鎖空間では、火を扱う魔法は厳禁と言われている。火は空間内の空気を減らすため、その手の激しい魔法を使うと気を失ってしまうことはおろか、そのまま命を失う危険すらあるという。それに加えて空間が限定されているため、威力のあり過ぎる魔法も使えない。これは仲間に影響が出る可能性も考慮しなければならないからだ。

《――足元を脅かす剣の審判。これ敵を引き裂き貫く苛烈なり。いま眼前を啓(ひら)くために、我らが大地に願いよ届け》

――【石鋭剣(リアースザッパー)】

これは、父に南部魔導師の集会に連れていってもらった際に覚えた魔法だ。

南部魔導師たちが使う基礎ともいうべき魔法の一つで、集団戦でよく使用されるという。

ラルフの近くにいた〈ひとぐも〉の真下に地面に魔法陣が構築される。

異変を感じ取った〈ひとぐも〉の下半身は飛び退くも、そこから一瞬早く石の巨剣が突き出された。

巨剣は〈ひとぐも〉を串刺しにこそしなかったが、その足の数本を斬り飛ばす。

足元の均衡を失った〈ひとぐも〉に、ラルフが猛然と襲い掛かった。

「うぉらっ!!」

上半身の人型の腕を斬り飛ばし、無防備になったところを下半身の頭部に剣を突き立てる。どうやらこの〈ひとぐも〉という怪物は上半身が付属品で、下半身の方が本体らしい。

一方でこちらは、再度【石鋭剣(リアースザッパー)】の魔法の準備に取り掛かる。

……この状況で使うならば、こういった魔法が適切だろう。蜘蛛の身体は這いつくばるため面積が広く、当たりやすいし、魔法で生み出された石の剣は外れても〈ひとぐも〉の機動を阻害する。動きが鈍れば、ラルフやシャウガのいい的だ。

リーシャはそのまま、援護じみた魔法攻撃で、怪物たちを追い詰める。あるいは土壁を立ち塞がらせ、あるいは先ほどのように石の巨剣を突き立てる。

火力が出せなければ、重量で攻めればいいというように。

〈ひとぐも〉が迫りくれば土の防壁を生み出して足止めを行い。

その裏側を突くように【石鋭剣(リアースザッパー)】を突き立て。

〈ひとぐも〉がラルフから距離を取ろうとすれば、その背後に土壁を隆起させ。

近場の〈ひとぐも〉には足止めとばかりに、低位の魔法で足元を凸凹にして機敏な動きを封じにかかる。

やがて〈ひとぐも〉は動かぬ骸(むくろ)となり果てた。

ラルフが剣を納めて、称賛の言葉を投げかけてくる。

「お嬢様、お見事でした」

「はい。ありがとうございます」

「……的確な援護でした。常に冷静で、初めて戦ったとは思えないほどです」

「こういう戦い方は、魔導師ならば普通のことだと思いますが……？」

「いえいえ、そんなことはありませんよ。魔導師ってのは意外と自分勝手でして、自分が主役だと思ってるのが、これがまあ多いんですよ。俺が魔法を使うから、お前らでうまく合わせろってね。お嬢様はこちらに合わせてくれるんでとにかく戦いやすい。旦那様の護衛をしてるときと同じような安心感があります」

「場や状況に合わせて魔法を使うのは当然のことだと存じます。周りをよく見て、周りの物を利用するというのは、兄様から教わりました」

「ご令息ですか」

「はい。周りの物を利用する戦い方をすれば、物を生み出す工程を減らすことができる分、素早い魔法の行使が可能になり、呪文の長さや魔力の節約にもなる、と」

「そうですね。確かに得意な魔法を使ったというよりは、環境に合わせたものばかりでしたね」

「周りをよく観察し、常に冷静でいることこそ、魔導師としての本道でしょう」

「いやぁ、御見それいたしました。同じ冒険者の魔導師たちにも聞かせてやりたいですよ」

その後も二人は、さながらほめ殺しのように称賛を送ってくる。

ということは、それだけ他国の魔導師は、その技術の上に胡坐(あぐら)をかいているということだろう。

そして、そろそろ先へ進もうと一歩踏み出したときだ。

「――え？」

突然、足場が崩れた。

――落ちた、と、そう自覚できた直後、お尻に衝撃が走る。

「はうんっ⁉　いたた……」

垂直に落ちたわけではなく、急な斜面を滑り降りたような格好になったため、着地のダメージは思いのほか少なかった。しかし、着地時にお尻を何かにぶつけてしまったせいで、ある意味被害は甚大だ。

しばらくその場でお尻を突き出しながら突っ伏してしまう。

「うう……こんな、失態です……」

こんな場所でこんな格好のまま、しかも痛みのせいで動けない。

次期当主にあるまじき失態だった。誰にも見られていないのが救いだろう。

やがて動けるくらいには痛みが引いたため、立ち上がる。

おそらく足場が崩れたのは、先ほど地面を利用する魔法を使ったせいだろう。

もともと下には空洞があり、無思慮に魔法を使ったため、足場が脆（もろ）くなったのだ。

まさか下にもこれほどの空間があるとは思わなかった。

上から、声が響いてくる。

「お嬢様ー！　ご無事ですかー⁉」

「――！　はい！　大丈夫です！　そちらの様子はどうですか⁉」

「こっちも問題ありません！　すぐに引き上げる準備をしますんで、ちょっとお待ちください！」

「わかりました！」

真っ暗な中、天井に向かってそう叫び、次いで先ほど光源を確保したように、明かりを生み出す魔法を使う。

再び周囲に漂う緑光。

これで周囲の確認ができるようになった。

周囲を見回す。どうやら落ちた場所は、かなり開けているらしい。

天井も高く、周囲の幅も広い。先ほどまで二人と歩いていた狭い通路とはかなり違うということが窺えた。

高く盛り上がった場所があった。よく見ると、何かしら祭壇のようになっているらしい。

箱のようなものが置かれており、かなり劣化が進んでいるようだった。

「これは……」

箱の劣化具合はかなりひどく、少し力を加えると簡単に崩れるほどだ。

どうやら先ほど尻をぶつけたものがこれらしい。

上面がお尻の形に丸くへこんで、ひしゃげている。

「うぐ……」

自分のお尻の跡がついた残留物を見て、恥ずかしさを感じつつも、箱を調べる。

蓋をどけて中を見るが、しかし、中身らしきものは何もない。

一体これは何なのかと怪訝に思っていると、不意に上から、争うような音が聞こえてくる。

「ラルフさん！　なにかありましたか⁉」

「っ、さっきの残りがいたようです！　すぐに終わらせますんでもう少々お待ちを！」

「はい！　そちらもお気をつけ――っ⁉」

　上にまだ〈ひとぐも〉がいたらしいが、残りがいたのは上だけではなかった。

　背後に物音と気配を感じ振り向くと、松明に照らされていない奥の闇の中に、赤く光る小さな玉がいくつも見えた。

　先ほど戦った〈ひとぐも〉に違いない。

　しかも数は……かなり多い。五、六……いや、七はいるだろう。

「つまり、ここが巣……ということですか」

　これだけ数がいるということは、そう見て間違いないだろう。

　最初に戦ったのは斥候で、いま上で戦っているのが本隊、そしてここが、その残りがいるねぐらということだ。

〈ひとぐも〉が動き出したのを見て、すぐに魔力を発散する。

　魔力の放出は、相手を威嚇するのにちょうどいい。物理的な攻撃にはならないが、相手をしり込みさせることができる。

　魔力に怯えたのか、〈ひとぐも〉たちは後ろへ下がるが、しかしこちらへの害意はまだあるらしい。

　奥の闇に身をひそめながらも、常にこちらの様子を窺っている。

　先ほど数体を倒し、絶対的な力量差はないということを知ったため、ひどい恐怖を覚えることはない。

だが、焦りとなるとまた別だ。

開けた場所だが、閉鎖空間であり、状況的にはかなり不利。背後は壁で逃げ場もなく、追い詰められたような格好だ。【後塵の炎王の繰り手（フラムブランドロード）】が使えれば容易（たやす）く切り抜けられる状況だが、こんな狭い場所では扱いにくい。

焦る思いが心を乱し、冷静な思考を阻害する。

そんな中、〈ひとぐも〉がこちらに向かって飛びかかってくる。それを、身を投げ出すように飛んでかわして、地面をゴロゴロと転がった。口の中に砂でも入ったのか、歯や舌に感じるじゃりじゃりとしたものをぷっと吐き捨てて、すぐに起き上がる。

「……っ、私は負けません！　私は、あの人に置いて行かれたくないんです！」

考えるのは、あの人のことだ。

そうあの人は、いまも揺るがない目標だ。

頭もよく、いろいろなことを知っていて、にもかかわらずそれに奢ることなく。

自分がつらい目に遭っても、いつも優しく接してくれて、常に前を歩んでいた。

そんな彼に置いて行かれたくないと、そんな風に思い始めたのはいつからだろうか。

あの人が、様々な呪文を生み出し、身に付けていったときからか。

それとも魔力計なるものを作ったと知ったときからか。

どんどん遠くに行ってしまうような気がして、いつしかそれを不安に思うようになっていた。

もう一緒に遊べなくなるのではないか。

もう自由に話もできなくなるのではないか。

二度と会えない場所に、行ってしまうのではないか。

あの人が何かをして、何かをなすたびに、そんな考えは強くなっていった。

自分は、それが嫌だった。本当なら、もっと一緒にいられたはずなのに、もっと遊んだり話したりすることができたはずなのに、その当たり前を当たり前にする前に、自分の手の届かない場所に行ってしまうのではないかと。

そんな不安だ。他愛のないものだろう。

褒めて欲しいわけでも、優しくして欲しいわけでもない。

ただ一緒にいたいという、ささやかな願いだ。

それが叶わないと思うと、ひどく胸が苦しくなる。

だから、こうして求めるのだ。前に進むのだ。

追いつくことはできなくても、決して、置いて行かれないようにするために。

《――我が意思よ火に変じよ。ならば空を焼き焦がす一槍よ、立ちはだかる者を焼き貫け》

咄嗟に呪文を唱え、〈ひとぐも〉に炎の槍を突き立てる。

つい火の魔法を使ってしまったが、これだけ開けていれば一度や二度なら大丈夫だろう。

次はどこから、どの〈ひとぐも〉が仕掛けてくるか。

判断しかねていた、そんなときだった。

——おっと、横も気にした方がいいんじゃないか？　前ばかり見てると、危ないゼ？


背後から、そんな声が聞こえてくる。

声質からして、年若い少年のもの。

咄嗟に横に視線を向けると、そこには赤く光る目と、棘を持って構えた〈ひとぐも〉の姿があった。

横跳びをして、魔法を放つ。

その魔法は当たらなかったものの、〈ひとぐも〉を大きく下がらせることに成功した。


——お？　うまくかわせたじゃん。上手上手。その調子だよ。ほら、今度は右だ。


この声がなんなのかは、わからない。

だが、そんなことを考えている暇も、いまの自分にはない。自分を助けてくれるというのなら、耳を傾けるまで。

指示の通りに右を見ると、やはり、〈ひとぐも〉がこちらに向かってきていた。

《——土塊真砂にごろ石。見えずの手によりかき回されて、みんなくるめて飛び上がれ。地面は波打ち荒くれて、あらゆるものを模り（かたど）生み出しこれを成す。大地よ息吹け、大地よ吼えよ。吹きすさぶ叫びに招かれて、崩れし御霊が天より落ちる》

――【繰る墓土（セイルグレイブヤード）】

以前、ガウンが使っていた魔法で土を盛り上げて、〈ひとぐも〉の突進を防ぎつつ、空間内の一部をふさいだ。

これで〈ひとぐも〉の移動先が限定されて、多方向からの攻撃に翻弄されることはなくなった。

そんな中も、〈ひとぐも〉三体が、狭くなった空間を押し合いへし合い向かってくる。

互いに譲り合うという意識や知能も欠如しているのか。

互いに引っかかって押すな押すなの状態。

すぐにはこちらにたどり着くことはないが、しかし、こういった物量戦をされると魔導師は途端に弱くなる。

――この連中はあれだね。光に弱い。

「光に弱い？」

――そうそ。見なよ、君が出した光を嫌って避けているし、下の蜘蛛の身体があからさまにあっち向いてないだろ？　暗いところにいる奴ってのは、総じて強い光に弱いんだよ。

「なら……」

声の言うことを聞いて、すぐに兄に教えてもらった目晦(めくら)ましの魔法を用いる。

《——夜でも昼でも明るく眩しい偽物太陽ここにあり。天に満ちろ地に満ちろ。陽光なんて目じゃないぜ》

——【目潰しの術(フラッシュクラッシュ)】

先ほど使った照明の魔法よりも、数十倍強い光を発すると、〈ひとぐも〉たちは目が潰れたかのようにめちゃくちゃな動きを取り始める。

あるいは洞窟の岩肌にぶつかり。

あるいは仲間同士で衝突する。

一方でこちらは石壁の端に身を潜め、一体ずつ確実に【石鋭剣(リアースザッパー)】を用いて倒していく。

これで都合四体目。残りは三。


——やるぅ。でも、だからって油断したらダメだぜ？　ほら、奥の奴が陰から君のことを狙ってる。

ほら、右後ろに飛んだ飛んだ。


「——ッ⁉」

言われた通りに右後ろに飛ぶと、それまでいた場所に槍のような棘が突き刺さる。

言うことを聞かなければ、串刺しにされていただろう。

声の主の指示は、やたらと的確だ。

まるで俯瞰した視点からこちらに指示を出しているかのようにも思える。

《――打て。叩け。殴れ。空に満ちるものは寄り集まって塊となし、手を模って痛打せよ。打ちのめす腕は彼方まで、その力は此方の如く。凪いでもやまぬ風の打擲》

――【風の鉄拳（ウィンドラッシュ）】

風の魔法で〈ひとぐも〉をけん制し、後ろに下がらせたそんな中、【繰る墓土（セイルグレイブヤード）】の効果が切れ、空間内の一部をふさいでいた土壁がなくなってしまう。

「っ――」

このままでは、他の〈ひとぐも〉も、すぐにこちらへ殺到するだろう。

魔法一つで、まとめて倒してしまいたい。

そんなことを考える中、ふいに強力なうえ、呪文も短いとある魔法を思い出す。

これだけ開けた空間ならば、あるいは――

そう、これから使うのは、あの人に教えてもらった魔法だ。

以前のガウンの一件が終わった折に、教えてもらったこの魔法。使う場所を選ぶ必要があり、人前では用いることを避け、特に父の前で使うことはやめて欲しいと言われた強力なものだ。

ここでこれを使えば、ほぼ確実に全滅させられる。

あの人にはこういった閉鎖された空間で使うことには反対されそうだが、いまはそんなことを考慮できる場合ではない。

《――極微。結合。収束。小さく爆ぜよ！》

――【矮爆(ドゥワーフ・スター)】

すぐさま地面に身を伏せて、兄から貰った耳栓を付け、差し向けた右手を握りしめる。

直後、魔法陣が一気に狭まると、魔法陣に取り付かれた〈ひとぐも〉の身体が爆発した。

頭の上を衝撃波が走り抜け、砂塵が吹き飛ぶ。

その一撃で〈ひとぐも〉の身体はバラバラに砕け散り、爆発の余波が周囲の怪物をも巻き込んで絶命させる。

衝撃で洞窟が揺れ、天井からパラパラと岩肌のかけらが落ちてきた。

――へえ、やるじゃん。なるほど、その【古代アーツ語】の組み合わせなら、それくらいの威力は出せるのか。呪文に込める魔力量に差を出しつつ、効力を調整して……いや、なかなかうまく作ってるじゃないか。

聞こえてくる声から、ふいに茶化すような音色が消えた。

呪文の出来具合に舌を巻いており、紛れもない称賛であることが窺える。

やはりあの人の作る魔法は、見る者が見れば評価の対象になるものなのだろう。

しかし、耳栓をした状態でも声が聞こえてくるというのは、一体どういう理屈なのか。

ともあれこれで、怪物は一つ残らず倒された。

念のため、周囲の安全を確認する。〈ひとぐも〉の残りはもちろんのこと、洞窟の天井や壁が脆くなっていないかなど。


――そうそう、周りの確認は大事だよね。それを怠った奴から死んでいくんだから。


耳障りな声だ。そうやって死んだ者たちを嘲笑うかのような物言いに聞こえる。

そんな声を聞き流しつつ、慎重に辺りを探る。きちんと絶命しているか、下半身の本体は動いていないか。

やがて周囲の安全が確認されると、次いで気になっているものに声をかける。

「――誰かはわかりませんが、私に声をかけてきていると考えていいのですか？」

『そうだよ。お嬢ちゃん。初めまして』

どこにでもなく訊ねると、そんな挨拶が返ってくる。

自分の声は洞窟の壁面に反射しているのに、向こうの声はなぜか反響音を伴わない。

まるで、耳に直接声が届いているかのようだ。

「あなたは誰です？　一体どこから話しかけてきているのですか？」

『君の後ろだよ。ま、君に僕の姿は見えないだろうけどね』

「見えない……？」

確かに、後ろを緑光で照らしても、声の主の姿はどこにも見つけられない。

しかし、声は常に背後から聞こえてくる。これは、果たしてどういうことなのか。

「いったいどこから」

『だから君の後ろサ。ああ、僕が出てきた場所かい？　さっき君が盛大にお尻をぶつけたの、覚えているよね？』

「おしっ……」

『そうそう。お尻を突き出してぷるぷる悶えてさ。いやー、あれはなかなかに可愛い見世物だったゼ？　口を結んで我慢しているところなんか最高だった』

「――――!?　わ、忘れてください!!」

『で、そこが僕のいた場所なんだよ。ほら、あれ。あれのこと。そのおかげでこうして出てこれたってわけ』

別に中身がなかったわけではなかったらしい。

だが、なにかとんでもないものを解放してしまったのではないかと不安がよぎる。

「ここはレイセフト家の領地にある洞窟です。あなたはなにか所縁ある者なのですか？」

『レイセフト？　その名前は僕は知らないけど、まあ、外はろくでもないことになってるんだろうね』

「ろくでもないこと？」

『あ、ううん。こっちの話サ。こっちの話。そのレイ……なんとかも、僕にはあずかり知らぬことだよ』

どうやらこの声の主は、レイセフト家の関係者ではないらしい。

ということは、初代当主がこの領地を王家から預かる前に、この箱はここにあったということだろうか。

それもそうだが――

「そもそも姿を隠したままとは卑怯です！　いいかげん正体を現しなさい！」

『卑怯って言われてもね。君に僕が見えないのは僕もどうしようもないしさ』

「どういうことですか！　ま、まさかお化けなのでは……」

『お化けね。確かにそうだったら面白いね。君にとり憑いて……そうだ！　僕、君にとり憑いちゃおっかな？』

「と、とり憑く!?」

『そうそう。こう、君の右肩あたりにね……』

「離れなさい！」

『やなこったー。君は面白そうだから、当分僕のとり憑き先にさせてもらうよ。なーに、損はさせないからサ。危ないときはさっきみたいに助言して手助けしてやるゼ？　なかなかお得でしょ？　アハハ！』

「何がお得ですか！　困ります！」

『大丈夫大丈夫。何か吸い取ったりしないし、できもしないから。それにもっと面白そうなやつがいたら、そっちに移ってやるって。だから当分の間、よ、ろ、し、くぅ！』

「……むうっ」

悪魔何某がこちらの話をまったく受け入れないことに、つい膨れてしまう。

そのまま、振り向きざまに拳をぶんぶん振るうが、当たり前のように虚しく空を切るだけだった。

『アハハ！　そんなことしても意味ないゼ？』

「こ、これは気分です！　あなたを追い払う儀式なんです！」

そう言って、再び拳をぶんぶんと振るう。しかし声の主は、快活そうな声音で笑うばかり。

『可愛いね君！　いやいや、僕、本当に気に入ったよ！』

「気に入らないでください！　あなたに好かれても嬉しくありません！」

『そんなこと言わずにサ。ね？　これから仲良くやろうゼ？』

「嫌だと言っているではないですか！」

だが、いまの自分にこの何者かを振り払うすべはない。

魔法を使えばいいのかもしれないが、まずどんな魔法が効くのかさえわからないのだ。

『諦めなって。そんな恨みがましい目をしても離れないから』

「く……」

『あとお嬢ちゃん、名前はなんて言うんだい？』

「言いたくありません」

『そう言わずにさ。教えてくれるまで訊くことになるけど？』

まるで耳元でがなり立てるように「名前はなんて言うんだい？」と連呼する。

当然、根負けするのはこちらの方だ。

「わかりました！　言います！　言いますからしつこく聞くのをやめなさい！」

『なんて言うのかな？』

「……リーシャです。リーシャ・レイセフト」

『リーシャちゃんか』

「そうです。私が名乗ったのですから、あなたも名乗りなさい」

『そうだね。そうじゃなきゃフェアじゃないよね。僕のことは、そうだね。うーん。何にしよっかな？』

「……そこは悩むところなんですか？」

『そりゃそうでしょ。名前とか呼び方は大事なものだよ。印象が決まる。うーん……そうだ！　僕のことはあれ、悪魔！　悪魔って呼んでよ！』

「あ、悪魔!?　悪魔とはあの悪魔のことですか!?」

『君の言う悪魔が、どの悪魔を指すかはわからないけどね。うん、悪魔がいいな。それがいい』

なぜわざわざ悪魔を称するのか。

悪魔と言えば、【精霊年代】に登場する、双精霊と敵対したという存在のことだ。

世界のすべての生き物を滅ぼして、地上のすべてを魔で溢れさせようとした超常の存在である。

人間を殺そうとはしても、人間に味方することはないはずだ。

それに、さっきの「うーん」と言って思考に使った間のこともある。

そうやって考えたということは、十中八九、悪魔などではないのだろう。

『こらこら、邪推はよくないぜ？』

「人の思考を読まないでください！」

『だってそんな顔してるしさぁ』

悪魔とそんな話をしていると、上の穴からパラパラと石のかけらが落ちてくる。

それに伴い、ロープが上から垂れ下がり、やがてラルフが降りてきた。

「ふぅ、お嬢様、ご無事ですか？」

「え？　は、はい。問題はありません」

「随分デカい音がしましたが、やはりさっきのはお嬢様の魔法で？」

「はい。正確には、兄様の作った魔法を使って、ですが」

「はあ………うわっ、なんだこりゃ⁉　〈ひとぐも〉どもがバラバラになって……」

ラルフは怪物がたどった末路を見て、絶句している。よくよく考えると、とんでもない惨状だ。確かに、最初にこの魔法を見たときは、自分もその効果とそれがもたらした惨状に愕然としていたように思う。

「いやぁ、さすがお嬢様。この数をものともしないとは、恐れ入りますよ」

「いえ、私もかなり焦りました。全部で七体もいましたから」

「七……それをお一人でですか。こりゃ旦那様も問題ないと言って送り出すわけだ……」

ラルフはひとしきり、呆れ交じりの称賛を述べたあと、ふいに辺りを見回す。

「あと、さっきまで誰かと話していたように思いましたが？」

「あの、それは――」

ラルフに説明しようとしたその折、ふいに口が開かなくなる。口を動かそうとしても何かに押さえつけられたように唇は開かず、言葉が出せない。「私の後ろにとり憑いた――」そう言おうとしたのに、何も発することができなかった。


――言ったらダメだよ？　それは。だから、邪魔させてもらうね。


「――っく」

悪魔が発する言葉に、歯噛みする。どうやら、本気でとり憑くつもりらしい。

「お嬢様？　いかがいたしましたか？」

「いえ、なんでもありません。上に行きましょう」

「そうですね。さすがにこんなとこ、長居したくはありませんね。じゃあ、俺の背中に掴まってください」

「はい。よろしくお願いします」

ラルフに背を差し出され、そこに負ぶさる。

彼はすぐに腰にロープを巻き付けて彼の身体と自分の身体を固定したあと、ロープを手繰って壁面を登り始める。

そんな中、再度後ろにいるかどうか確認のために振り返るが、やはり何も見えない。

——そんなに確認しなくてもちゃんといるから大丈夫だって。

大丈夫ではない。いることが問題なのだ。

……ともあれその後、リーシャは洞窟の奥の祠まで行き、見事証明を持って帰ることができた。

後ろ辺りに、大きな大きなオマケを付けて。

ダックサンド

ダックサンド

アークスがスウと一緒に食べた王都の屋台料理。数代前のライノール国王が、東の超大国である佰連邦（バイリャンバン）で食べた料理にいたく感動し、どうにかして再現できないかと試行錯誤した結果のもの。炒めた鴨肉に古典的なグレイビーソースを絡めたものを、小麦粉を練って蒸した大きな包子（パオズ）で挟んだ、要するに肉まんもどき。王都名物のファストフードとしてよく知られている。

冒険者

ぼうけんしゃ

傭兵たちがギルドを組織し名を変えたもので、主にライノール王国の隣国であるサファイアバーグで活動する者たちのことを指す。それぞれの功績によって階級付けされており、階級の低い者は基本的に「何でも屋」扱いで、階級が高くなると、国からも一流の傭兵団の団長と遜色ない待遇をされるほど。ギルドへの登録に制限はなく、出世も本人の腕前次第であるため、特に平民に人気がある。貴族、商人、平民にかかわらず広い範囲で様々な依頼を受け、時には魔物退治を請け負うこともあり、荒くれものの集まりではあるがサファイアバーグ内では親しみを持たれている。

ダンウィード

ダンウィード

第二紀言書【精霊年代】に描かれる旅の商人。貧しい村々を回り、その村に必要なものを安価で提供するなど常に滅私の精神で動き、多くの者を助け、多くの者に感謝されたとされている。平民が子供に道徳を学ばせるときに、よく引き合いに出されるもので、彼の物語はいまも多くの人々に愛されている。

地方君主

ちほうくんしゅ

王国に臣従する領主のこと。貴族とは違い、治めている領地も広く、大きな権力と軍事力を持つ。その土地をもとから支配していた豪族や、王国の傘下に入った国王などがこれに当たる。ライノール王国には十君主と呼ばれる王家に臣従する十人の君主たちが存在する。

断頭剣

だんとうけん／ギロチン

ディートリア・ラスティネルの所有する大型の剣。ラスティネル領の領主に代々伝えられてきた武具で、大掛かりな刻印が施されている。現代ではオーパーツとされる代物で、強靭で頑丈。腕輪とセットになっている。罪人を処刑する際に使用する斬首刀を改良したものとして知られており、これまで多くの帝国軍人の首を刈ってきた。経年劣化で刻印の効力が弱まり、このままでは刻印の恩恵を受けられず壊れてしまうところであったが、アークスが修理したことで持ち直した。

トライブリード

トライブリード

リーシャたちが遭遇した狼や犬のような姿をした獣。頭が良く、自分たちより強い者には襲い掛からない。ガウンが従える幽霊犬トライブの眷属だとも伝えられている。

ひとぐも

ひとぐも

レイセフト領の洞窟で、リーシャたちが遭遇した怪物。巨大な蜘蛛の胴体に、人形を乗せたような不気味な見た目をしている。下半身の複数の足で、どんな場所でも縦横無尽に動き回る長い年月を経て、おおもとの魔物とは違う生き物に成り下がってしまったもの。

矢の雨は堪らぬもの　カスケードアロー

エイドウが作中で何度か使用した呪文。武装構築系攻性魔法。局地的に多数の矢の雨を降らせて、複数の敵を攻撃する。呪文に文言をいくつか加えることで、さらに効果範囲を広げることも可能。地味だが強力で、エイドウが好んで使用する魔法の一つ。呪文は《鵲（かささぎ）が鳴く。シャシャと鳴く。その声は天より来りて、立ちはだかる者どもの耳を打つ。途切れぬ輪唱。雨ざらしの軒先。天よりの絶望。降り注ぐ雨は鉄の味なるや》。

ここは危険だ近寄るな　ワーニングサイン

アークスが降り注ぐ岩を除けるために使用した魔法。標識設置型防性魔法。アークスがあの男の人生の追体験で見た、警戒標識から着想を得たもので、地面から警戒標識を生やし、呪文に対応する危険をそれぞれの標識に招き寄せる効果がある。

動物に襲い掛かられたとき。工事作業から生まれる危険。落石など土砂や岩石に関連する危険。突風など風に関する危険。【路面は凸凹すべりやすい】に関しては、躓きや足場の悪さ、スリップなどを予防する。

あらゆる危険に対応できるわけではないものの、招き寄せる事象を限定しているため強制力が強く、意外と使い勝手がいい。呪文は《道路通行大変だ。動物飛び出し工事中。落石の恐れ横風注意。路面は凸凹すべりやすい。注意一秒怪我一生。警戒してれば怖くない》。

てるてる坊主の加護よあれ　レジスタントドール

アークスがエイドウの【矢の雨は堪らぬもの】を防ぐために使用した魔法。外性呪術式防性魔法。雨に関連するものから身を守る魔法で、作中では中空に生み出した人形が、降り注ぐ矢を撥ね退けた。効果は案山子だが、人形のイメージはその名の通りてるてる坊主。呪文は《矢も鉄砲も雨は雨。ずぶ濡れ嫌だ。にわかはやめろ。明日と言わず今晴れろ。てるてる坊主は祈らない》。

暗幕天幕　ブラックダウン

エイドウがアークスとの魔法の応酬時に使用した魔法。暗闇型かく乱助性魔法。目くらましの魔法。効果は相手を暗闇で包んで前後不覚に陥らせるという単純なもの。呪文は《帳が包む。こぼれたインク。速足の黒雲(くろくも)。遮る覆いは目蓋の如し。取り囲まれし者は無闇矢鱈に動くのみ》。

目潰しの術　フラッシュクラッシュ

アークスがエイドウの目くらましに対抗するため使用した魔法。閃光型かく乱助性魔法。作中では【暗幕天幕】を相殺するために使用した。あの男の世界の〈とある漫画〉に登場する技から着想を得たもので、本来は【びっくり泡玉】と両立させて、スタングレネードのように使いたかったが、うまくいかずに分けることになった。呪文は《夜でも昼でも明るく眩しい偽物太陽ここにあり。天に満ちろ地に満ちろ。陽光なんて目じゃないぜ》。

塵屑集積　コーナーダスト

エイドウがアークスの【がらくた武装】に対抗するため使用した魔法。生活応援型助性魔法改。ゴミを指定した箇所に引き寄せる魔法。本来は戦いで使うものではなく、散らばったゴミを片付けるために生み出されたポピュラーな魔法で、エイドウがアークスの呪文を聞いて既存のものを即興で改造した。ある意味、ものぐさのための魔法。呪文は《屑や塵。そこかしこに捨ててはならぬ。捨て場に置くのが正しき定め。くずかごは大きければ大きいだけ役に立つ》。

透明な左籠手　スリーブレスレフト

エイドウがカズィの【アルゴルの草薙の法】に対して使用した魔法。武装構築型防性魔法。左腕に目に見えない守りを生み出し、相手の攻撃から身を守る。周囲の者にはまるで透明な籠手を着けているかのように見えるが、防御にしか使用できないため汎用性は低い。呪文は《剣を弾け、色なしの籠手。形のない鉄。虚飾の装飾。誰にも見えない守りよここへ》。

キュルケルトスの大扇ぎ

アークスがエイドウの動きを阻害するために使用した魔法。暴風発生型準攻性魔法。大風を巻き起こしたあと、その風を突風に変えて相手を吹き飛ばす魔法。効果を発生させるには、風を攪拌させるように手のひらを舞踊の手の動きの如く動かしたあと、手で大きく扇ぐという仕種を取らなければならない。呪文は《手の一扇ぎ、大扇ぎ。キュルケルトスの大団扇。砂塵も雪もなにもかも。全部まとめてぶっ飛びやがれ》

雪解けを知らせる息吹　スプリングブレス

エイドウがノアの【霜柱疾走】を打ち消すために使用した魔法。融雪融氷型助性魔法。雪解けの時期の風を模した魔法で、氷や雪を強制的に溶かしてしまう。作中では【霜柱疾走】の勢いに、溶ける速度が間に合っていなかったが、エイドウが逃げるには十分な時間を稼ぐことができた。呪文は《春の風。穏やかなる風の前には雪も氷も消え去るのみぞ》。

変わり身の術　エスケープシェル

エイドウが【矮爆】から逃れるために使用した魔法。対象代替型防性魔法。まるで空蝉の術のように、敵の攻撃対象を変わり身と入れ替える。呪文を必要とするため使用するタイミングが難しいが、今回はエイドウの実力と発動タイミングの掴みやすい魔法が上手くマッチしたため、回避された。呪文は《騙り身はまどろみの夢。目蓋の幻。浮かぶ泡。薄明の写す影。抜け殻はぽとりと落ちる》。

お手を拝借　サードアーム

アークスがカズィに鎌を渡すために使用した魔法。物体移動系助性魔法改。呪文の基礎ともいうべき【念移動】の改良版。中空に大きな手が生み出され、術者が動かしたい物を掴んで動かすもので、【念移動】よりも速く動かせることができる。呪文は《忙しい忙しい。手が二つじゃあ足りないぞ。猫の手孫の手なんでも借りたいいますぐ寄越せ》。

あとがき

ご無沙汰しております。著者の樋辻臥命です。

『失格から始める成り上がり魔導師道！』もこれで三巻目！　三巻目となりました！

こんな分厚い本を三つも手に取っていただき、本当にありがとうございます！

さて今回は、アークスくんが魔力計に必要な銀を得るために、ノアやカズィと共に西へ旅に出るお話です。

その道中で、お食事を楽しみ、トラブルに巻き込まれ、新しい出会いもありとイベント盛りだくさん。

もちろん、アークスくんが魔法やら知識やらで大いに活躍いたします。

そして今回もWEB版にはない追加がありまして……。

WEB版には登場しないキャラが登場したり。

　WEB版には登場しない魔法や魔法戦があったり。

　前巻の最後にアークスがガウンからもらったあのアイテムも活躍します。

追加の魔法戦は、かなり力を入れました。

そのせいで呪文がまあ増えるわ増えるわ……。

今回も呪文の創作は前巻と同じく最後の最後までかかりました。

やっぱり呪文っていうのは字面もそうですけど、口ずさんだときの口当たりが良くないといけませんからね。適当にはできません。(末期の中二病患者のたわごと)

なので、すでにWEB版を読んでいただいている皆様にも満足していただけるかなと。

そして、今回の問題が解決しないまま、次巻に続きます。

次巻はWEB版を読んでくださっている皆様はご存じの通り、ついにサブタイトルにある「ときどき戦記」の戦記の部分が展開されます。

前巻の最後と今巻の最後の方に暗躍していた人たちが本格的に動き出し、アークスくんはついにあの人と対面することに。

そこにエイドウがどう絡むのかも、見どころです。

え？　ヒロインが全然出ないって？

そんなことないよたぶんできっとでおそらくだけど。

では最後になりましたが、謝辞と致しまして、GCノベルズ様、編集担当K様、イラスト担当のふしみさいか様、校正会社鴎来堂様、応援していただいてる読者の皆様、本当にありがとうございます。

次巻予告

アークス、初陣。

ライノール王国内の銀の流れを追うアークスは、
その背後に潜むポルク・ナダール伯爵の動きを知る。

ギリス帝国と結び、
王太子セイランを害すべく蠢動するナダール伯。
それに対し、セイランは西部諸侯を糾合し討伐に乗り出す。
そんな中、アークスは陰謀を突き止めた功もあり
王太子に謁見するのだが——？

〈麒麟（チーリン）〉と謳われる王太子と、
無能として廃嫡された少年。
二人の出会いで運命は大きく廻り始める。

失格から始める成り上がり魔導師道！ 4

Start up from disqualification. The rising of the sorcerer-road.

～呪文開発ときどき戦記～

2021年初夏 発売予定！

コミック!!
失格の烙印を押され
廃嫡させられた少年――
失格である
よしよし
いい感じだぞ
アークス
彼が生み出すは
現代知識と魔導の融合
それは
誰も見たことの無い
新たな魔法
はい！
伯父上に
ご指導願いたいのです！
どうか!!
泣くだけの
立ちすくむ僕は
もういない!!
前に進むんだ
コミックライドにて
コミカライズ
好評連載中！
毎月30日発売
https://comicride.jp/

原作イラストレーター
ふしみさいかによる
王道ファンタジー
ふしみさいか
Comic by Fushimi Saika
原作／樋辻臥命
Original by Hitsuji Gamei
失格から始める成り上がり魔導師道！
Start up from disqualification. The rising of the sorcerer-road.

GC NOVELS

失格から始める成り上がり魔導師道！

～呪文開発ときどき戦記～

3

2020年11月7日　初版発行

著　者　樋辻臥命

イラスト　ふしみさいか

発行人　武内静夫

編　集　川口祐清

編集補助　和田悠利

装　丁　横尾清隆

印刷所　株式会社平河工業社

発　行　株式会社マイクロマガジン社
〒104-0041　東京都中央区新富1-3-7　ヨドコウビル
[販売部] TEL 03-3206-1641／FAX 03-3551-1208
[編集部] TEL 03-3551-9563／FAX 03-3297-0180
http://micromagazine.net/

ISBN978-4-86716-070-1　C0093

本書は小説投稿サイト「小説家になろう」(https://syosetu.com/)に掲載されていたものを、
加筆の上書籍化したものです。

GC NOVELS 話題のウェブ小説、続々刊行！ 毎月30日発売